The Book
On
Writing

写作之书

［美］保拉·拉罗克 著
张铮 译

Paula
LaRocque

江西人民出版社

此书献给我的儿子大卫

我的姐妹基塔和莫娜

并以此纪念失去的小女儿，安德莉亚

序　言

　　我与很多作家一起学习写作、教授写作已经长达30年之久了。在这30年中，自觉收获颇丰，并把其中的心得体会记录在本书中。对于想要从事任何类型的写作者来说，这本书都可以为他们提供"一站式"服务。

　　本书分成三个部分，其中第一个部分介绍的是写作中的一些具体规范。自从我在大学里任教开始，我便发现在写作中存在某些规范。从那时候起，我就遵循这些规范写作。在工作中，我修改了成千上万份大学生的论文，发现总是会有这样或者那样的原因使学生们写的论文词不达意、晦涩难懂。于是我对出现的问题进行归纳总结，慢慢整理出一套写作的指导性规范。虽然这些规范大都比较刻板生硬，但是它们总会对你有所帮助，使你的文章简洁明了、引人入胜。

　　在第一部分里，每一个章节的开篇都有一句简短的指导，随后是细致的讨论以及来自各个方面的实例。这些讨论和实例清楚地展示了如何在实际写作中运用这条原则。

　　第二部分介绍了写作中具有创造性的元素，比如说叙事手法、故事类型和写作策略。这些创造性的元素能够引起读者的兴趣，使写出来的故事悬念丛生。与此同时，在这部分里还提出了要细致描写细节，运用各种修辞手法，注意故事的发展节奏，力求使读者在字里行间中产生身临其境的感觉。我尤其注意到，在叙事以及媒体报道中，故事的代表性和写作策略非常重要。对于写作者来说，介绍奇人奇事或者某些典型事件的故事是令人激动而意义深远的，这类故事也能够给这些写作者提供丰富的研究素材。但是，大家都忽视甚至误解了这类故事。

第三部分扼要地介绍了写作者要重视的在写作中出现的各种问题，例如语法错误、单词用法错误、标点符号错误以及文体错误等等。即使是文学大家也经常受到这类问题的困扰。但这部分并不是指导大家如何避免这些错误，而是给大家提供实例，这些实例涵盖了在写作中会遇到的各种容易出现的问题。许多写作工作室会向我提出关于写作的问题，我把问得最多的问题总结在第三部分的最后一章《文体指导》中。

无论你要进行何种写作——备忘录、新闻报道、人物传记和小说——我都真诚地希望《写作之书》能够为你的写作提供帮助。我希望本书能够使你的文章更加简明扼要，并且不论你正在创作的是纪实文学还是小说，我都希望本书能够为你的文章锦上添花。

本书出现的有瑕疵的例文全部取材自真实的文章。它们是我经过归纳总结，从各种出版物、新闻报道和信件中精心挑选出来的，为了保护原作者和出版社，我对在这些例文中出现的人名或地名加以改动。本书中的一部分内容也以不同的形式出现在我的其他文章中，例如《职业新闻工作者》杂志社出版的 *Quill* 中的专栏文章《掌握艺术》，以及《达拉斯晨报》的专栏文章《词语很重要》。

我要向我的先生保罗表示衷心的感谢。他不仅不厌其烦地通读了我的拙作，慷慨地提出了许多修改意见，还由衷地鼓励了我。我还要感谢艾米丽·勃姆。我与这位年轻的女士之前从未谋面，但她为这本书命名。她当时还是卡拉马祖学院的一名学生，在玛丽恩街出版社有限公司实习，正在写一篇文章，为此对我进行了采访。在采访中，我提到自己正在挠破头地为这本新书找一个合适的名字。

"你有什么意见吗，艾米丽?"我问她。

"你为什么不用你刚才提到的名字呢?"她建议道。

"我刚才提到什么名字了?"

"你刚才把它叫作《写作之书》啊。"她说。

就这样，我用了这个书名。

目 录

序 言 1

第一部分 写作流程：一些有助于写作的指导 1

指导介绍 3
第 1 章 多用短句，句型多变，紧扣主题 5
第 2 章 避免惺惺作态，不写官样文章，不要过分委婉 17
第 3 章 将长难单词改成简短的单词 27
第 4 章 要当心行话、时髦语和陈词滥调 39
第 5 章 使用正确的单词 51
第 6 章 开篇不要用过长的从属短语 67
第 7 章 多用主动动词和主动语态 75
第 8 章 避免赘言 81
第 9 章 避免使用模糊不清的限定词 87
第 10 章 删掉介词 93
第 11 章 限制数字和符号的使用 103
第 12 章 直入正题，然后逐步展开 107

第二部分　写故事的策略　113

第 13 章　原型、人物角色、情节　115
第 14 章　对真实故事的文学分析　127
第 15 章　不要把所有的事情都——至少不要马上——说出来　141
第 16 章　把一些工作留给读者去做　149
第 17 章　快！拿相机来！　157
第 18 章　学会比喻　171
第 19 章　以声音反映意义　189
第 20 章　快写慢校　207
第 21 章　影响文章节奏的症结　215
第 22 章　有逻辑的阅读、快速的阅读　229

第三部分　指导手册　241

第 23 章　一个简短（但不简单）的测试　243
第 24 章　驱散传言　255
第 25 章　写作风格指导　273

授权与致谢　289
出版后记　292

第一部分

写作流程：一些有助于写作的指导

指导介绍

> 我只知道一个原则：要明白自己在写什么。如果我不知道自己到底在写些什么，那么我的世界将会一片混乱，我也终将一事无成。
>
> ——司汤达，《写给巴尔扎克的信》

许多年来，我在工作中与许多人合作过，这些人有些是作家，有些不是，我发现他们写出来的文章经常会有错误。慢慢地，我了解他们出错的原因，并在这个部分里归纳出一些写作指导原则，但这些原则并不是金科玉律。有经验的写作者清楚地知道该在何时出于何种原因以何种方式忽略这些原则，但即使这些写作者真的这样做了，他们也是带着某种特殊目的、有选择性的。除了极少数的例外情况，这些写作原则可以使你的文章更加言简意赅、言必有中，还可以使你的文章充满感情、引人入胜。同时，由于这些原则非常容易理解和运用，所以你不仅可以在编辑文章时用到它们，还可以在灵光乍现、文思泉涌时调用它们。

标准英语写作中有一项严格的原则，但是这项原则并未列举在这个部分，而是写在了第三部分里。我在这里讲到的"标准英语"是指广泛接受的语法规则、标点符号的使用规则、行文结构的规则以及词汇的使用规则。这些规则无论是对新闻报道的写作还是对其他文体的写作都是至关重要的。当然，在进行小说或者其他文学创作的时候，为了追求特殊的效果，我们难免会违反标准英语的一些行文规则。但是，在书写备忘录、书信、新闻报道、各种印刷品尤其是广告时，我们通常会受到误导，主动破坏标准英语的行文规则。不管怎样，关于文体结构的准确性这个问题是本书第三个部分会讨论的内容。

除了准确性以外，简明扼要对于所有类型的写作来说都是最重要的标准。有趣的是，很少有写作者不知道写作需要准确，但是对于写作需要简明扼要这一要求却心存疑虑甚至抗拒。有这样一位 CEO，他习惯用浮夸的文字表达晦涩难懂的意思，行文也完全不遵守语法的规则。有一次，这位 CEO 说，要是遵守这些原则，那么他就会失去自己特有的"风格"。也许写出这种让人读不懂的文字确实是一种"写作风格"，但是这种写作风格不值得提倡。实际上，简明扼要是写出好文章的基石，自古以来便是如此。（不论是詹姆斯·乔伊斯、威廉·福克纳，还是亨利·詹姆斯，从作品的角度来说，我热爱他们的作品，但是这不属于这里讨论的范围。）

以下两个例句展现了两种截然不同的句式：一种是常见的措辞模糊不清、表达抽象难解的写法；另一种则是既便于写作者写作，又便于读者阅读的简明扼要的写法。第一个句子是这位作者最初的版本，第二个句子是他在这些写作原则指导下经过修改的版本：

初稿： 为了促进经济的发展需要以获得更好的服务，一项全新的减排法案得到了通过。受该法案的影响，我们需要开始重新做出估算，而这将会导致城市公共交通系统发生巨大的改变。

按照写作原则做出的**修改稿：** 当地领导希望让居民在没有汽车的情况下更容易出行。

简而言之，全书以下文提及的指导原则为目标。这些目标不是为了让文章变得愚蠢可笑，而是为了帮助文章更简明易懂、意味深长，同时使文章可读性更高，更引人入胜。

第 1 章

一些有助于写作的指导

多用短句，句型多变，紧扣主题

> 写长句总是比写短句更简单。
>
> ——塞缪尔·巴特勒

多用短句。句号是读者和作者最好的朋友之一。在大多数情况下，当一句话中的单词超过了 20 个，写作者就要开始考虑该如何结束这句话了。然而，要注意文章中句子的平均长度，这要比注意每个单句的长度更重要。使用不同长度的句子写作可以避免读者在阅读时感到乏味。句子的平均安全长度大概是在 20 个字左右。也就是说，文章里可以有很简短的句子（短到只有 1 个字），也可以有中等长度的句子（12 到 18 个字），还可以有长句（18 到 25 个字）。

然而，讲故事并不是简单的凑字数。让我们再来看一下上一段的最后一句话："也就是说，文章里可以有很简短的句子（短到只有 1 个字），也可以有中等长度的句子（12 到 18 个字），还可以有长句（18 到 25 个字）。"这句话里一共有 54 个字[1]（并不在我们规定的数目之内），但是由

---

[1] 本书正文出现的字数统计均按照中文计算，不包括标点符号。——编者注

于它的字数过多，并且受到许多插入语的影响，这句话可以说是一句不好读的句子。这些因素干扰了句子自然的表达，因此会让读者读起来感觉句子冗长甚至很难读懂。那么，这是否表明我需要在这个长句前后加上一些简短易懂的句子呢？对。

请注意我刚刚使用到的策略。我没有使用陈述句，而是使用了一个疑问句："这是否表明我需要在这个长句前后加上一些简短易懂的句子呢？"这个问句不仅简单明了，而且我还可以只用一个字就回答了这个问题："对。"这种阅读节奏可以让读者在阅读的时候松一口气。由于句式发生了变化，阅读本身也变得有趣了。这样的句式变化在演讲稿中是很常见的。

以上三段中的句子平均长度是 13.5 毫米，阅读等级是 7.7，易读度为 63.3 分。（有研究表明，大多数美国人——包括受过高等教育的人——更愿意选择阅读等级低于 10 分的读物，而这类读物的弗莱士易读度[①]分数通常是在 60 分到 70 分之间。）一般说来，如果读者对我在这三段中所写的内容比较了解，也没有遇到什么生词的话，那么他们只需要读一遍就可以清楚了解我要表达的意思。

那么我是否建议大家每写一句话都要像我一样考虑以上问题呢？并不是。但是，如果到现在为止，通过以上分析，你还没有发现自己特有的写作风格的话，那么接下来的分析也许能够帮助你找到属于自己的写作风格。你写出来的句子的平均长度是 25 个字？还是 50 个字？这两个数字的区别意味着你写出来的句子到底是更容易读懂还是不太容易读懂。同样，你写出来的句子的阅读等级是 10 级还是 20 级呢？（换言之，你

---

① Flesch Reading Ease，由在奥地利出生的美国作家鲁道夫·弗莱士（Rudolph Flesch）提出，其计算公式根据语句平均长度和单词的平均音节数得出一个在 0 和 100 之间的分数值，分数越高则文章越容易读。——编者注

是否接受过八年的高等教育？）你所写句子的弗莱士易读度分数是 60 分还是 30 分呢？你只需要轻点一下鼠标就可以得到以上信息。如果你使用的软件是 Microsoft Word，你可以在"拼写和语法"这个功能中找到它们。（点击"拼写和语法"，会弹出一个对话框，上面会显示选中文本的句子长度信息和可读性指数。如果在对话框里没有找到，你可以在"文件 – 选项 – 校对"中找到相关信息。）如果你手头缺少相关电脑软件，鲁道夫·弗莱士和罗伯特·甘宁都有相关著作，你可以在书中发现人工计算文本可读性的公式。

需要再次强调的是，正如指导原则一样，所有这些计算文本可读性的工具都是为了让文章变得简明扼要、通顺易懂、自然流畅，使读者只读一次就可以理解而不需要一遍遍地反复阅读、绞尽脑汁地猜测作者的意图。换句话说，读者不需要做作者的工作。除了句子长度之外，其他大部分信息也决定着文章的可读性。无论如何，冗长复杂的句子会使阅读变得困难重重索然无味。例如：

> 在这个案子里，直到布里吉德和山姆最后一次碰面——在这次碰面中，山姆的客户布里吉德杀手和骗子的真面目终于被揭穿了（这个谜题解开了）；同时阿彻之死的相关细节也被披露了（另一个谜题也解开了）——整个故事才算完结。故事的主线——贯穿了整个案件的始终——也令人满意地结束了。

"直到布里吉德和山姆最后一次碰面……整个故事才算完结"是整句话的主干。这个句子被生硬地插入了 62 个字。如果我们去掉这些插入的内容，把它们留到后面再说，就可以把这句话的意思表达清楚了："直到布里吉德和山姆最后一次碰面，整个故事才算完结，而整个故事的主线也结束了。"这样一来，原本复杂甚至很难读懂的句法也变得清晰起来。但是"主语－谓语－宾语"这样的语序在表达上才是容易读懂的方式："故事的主线随着布里吉德和山姆的最后一次碰面结束了，至此整个故事也完结了。"

这句话的句式结构有问题，除此之外，句子太长了，整句话有115个字。我们该如何修改这句话，使其在表达上更清楚明白容易读懂呢？修改一篇行文有问题的文章不止有一种办法，理清"主语－谓语－宾语"的关系就是其中一种：

在《马耳他之鹰》这部小说中，故事的主线随着山姆和他的客户——布里吉德——的最终对抗结束了。整个故事至此完结，布里吉德杀手和骗子的真面目被揭穿，阿彻之死的相关细节也得以披露。

这两句话一共只有75个字，比原来的篇幅少了近一半的字数，但仍旧说清了原文中提到的所有事情。而且，以这样的方式表达，读者读一遍就可以理解了。

列举清单。注意句子长度这一原则中的一个例外是列清单。如果我们可以把清单处理好，那么无论这个清单有多长，读者读起来都不会感到困难。以下两条建议能帮助你学习如何列条理清晰、易于理解的清单。

• 在开始列清单之前，需要先去掉句子中的主语和谓语动词。（要把主语和谓语动词放在清单之前，要用清单做谓语动词的宾语。请参见下面的例子。）

• 要保证在清单中使用平行结构（清单中列举的每条项目的第一个词都要使用相同的语法结构）。下面是一个行文不当的列举清单实例：

为了满足参加峰会俱乐部的需要，所有销售部门的工作人员都必须达到：

  所有在职时间超过9个月并且销售业绩达到要求的应收账款经理、客服经理和地区副总裁；所有在职时间超过9个月并且百分之百或超额完成配额的市场销售人员；所有在职时间超过9个月并且百分之百或超额完成配额的地区销售经理；所有在职时间超过9个月并且百分之百或超额完成指定配额的地区协调员，以上员工将有资格参加峰会俱乐部。

  这段文本只有一句话，但却一共有175个字。当然，如果处理得当，篇幅不会显得很长。清单中列举的条件在语法上确实是平行的，但是在句末出现的"将有资格参加峰会俱乐部"却显得很突兀。我们在读这个清单的时候，并不知道自己会在最后读到谓语动词。即使没有这个问题，这段文本也还是不太容易读懂，原因在于清单提到的信息太多，重复的部分也使句子显得很臃肿。这种清单列表应该让人读起来一目了然。在这样一个清单列表中，我们只需要简单地列举三五项内容即可。当列清单的时候，不仅要使用浅显易懂的文字，而且还要给读者留下阅读的空间，要使清单看起来赏心悦目，同时还要注意所列举项目的逻辑顺序。

修改稿：

  所有报名参加峰会俱乐部的人员的在职时间至少不少于9个月，除此之外，符合下列要求的销售人员将获得参加峰会俱乐部的资格：

- 销售业绩达到要求的应收账款经理、客服经理和地区副总裁；
- 完成或超额完成销售配额的市场销售人员；
- 完成或超额完成配额的地区销售经理；
- 完成或超额完成指定配额的地区协调员。

经过修改后，文本的篇幅减少了将近三分之一，只有131个字，而要传达的信息丝毫没有减少。

下面这段文本选自一份政府工作报告，这段文字有两百字，我们思考一下可以如何修改它：

为了解决史密斯菲尔德社区里出现的复杂问题，使该地区可以在考虑成本的前提下，从环保的角度出发，顺利地实现废物减量，委员会提出了一项含有多条建议的计划。这项计划可以检测城市固体废物流，对现有的废物处理机制进行评价，对社区的需求进行评估，确定短期和长期的轮替管理机制，调整当地固体废物的排放使其达到国家和地区的排放标准，提出切实可行的计划鼓励并达到更大程度上的废物排放最小化，以及对废物的回收和再利用。

这句话的问题不只是篇幅的长度，更主要的问题是作者没有意识到要充分利用清单列表的优势：

为了确保史密斯菲尔德地区顺利实现废物减量的目标，委员会提出了一系列既能保证低成本又能保护环境的建议。这些建议包括：
- 检测城市固体废物流
- 对现有的废物处理机制进行评价
- 对社区的需求进行评估
- 确定短期和长期的轮替管理机制
- 调整当地固体废物的排放使其达到国家和地区的排放标准
- 提出具体方案以减少废物排放，并鼓励对废物的回收和再利用经过修改的文本比初始的文本少了将近50个字，内容更易于理解，看起来也更整齐。

虽然列清单这一写作形式经常用于新闻通告类的文体中，但是在富有想象力的创造性文学作品中，也不乏脍炙人口的例子。在小说或者非虚构类作品中，经过精心处理过的清单变成了许多极具个人风格的漂亮句子，尽管这些句子很长，但令人百读不厌。查尔斯·狄更斯经常使用列清单的办法来压缩处理篇幅过长的细节描写。（这并不是说狄更斯不善于进行大段的细节描写！）下面是在《圣诞颂歌》里的一个例子：

噢！他是一个刻薄、精明、吝啬的老头儿，斯克罗吉的确是这样的！他没有丝毫热情，也从来不敞开心扉。他过着神秘、孤独的生活，对别人丝毫不感兴趣。

约翰·勒卡雷在处理这种棘手的材料方面颇有心得。下面这段文本取自他极具个人风格的著名小说《夜班经理》。这部描写了大量国际间谍故事的小说是如此引人入胜，让读者读起来欲罢不能。

从王室先贤酒店回来之后，商人就变成了布尔最讨厌的人。也许罗珀也是去过这家酒店之后才开始讨厌商人的，因为他总是把他们叫作"不可或缺的灾难"。这些从伦敦来的商人把自己打扮得油头粉面。他们的行李箱里永远有八十多件带白领子的蓝色条纹衬衫。他们整天穿着双排扣西装，肥肥的脑袋上永远长着一个双下巴。为了凸显自己家族的显赫，他们甚至连名字都用双姓……这些人形形色色各有千秋。罗珀把流氓会计师叫作"数豆子的"。这些会计师的身上带着一股挥之不去的外卖咖喱饭的味道，胳肢窝总是汗津津的。

每次和这些流氓会计师见面都像是在牧师面前做忏悔。他们和你说起话来总是谨小慎微，似乎要把你说的每句话都记下来，然后再把这些话伪造成对付你的证据。除了会计师，还有一些让人感到厌烦的人，他们不是英国人：穆尔德是库腊索岛人，一个又矮又胖的公证员，总是一副笑眯眯的模样，走起路来摇摇摆摆，像一只胖鸭子；从斯图加特来的施莱柏倒是说得一口流利的英语，但他总是为此向大家道歉，说没有想炫耀自己的英语有多标准；从马赛来的蒂埃里总是紧闭着嘴唇，他是某个贵妇人的地下情人；华尔街的债券经纪人不到四个钟头就会来拜访一次，好像他们真的能帮你赚到大钱一样；阿波斯图尔是一个在美国出生的希腊裔，总是一副想要通过自己的努力出人头地的样子，脖子上的金项链黄澄澄的，上面挂着好几个金十字架，他的假发就像一只黑熊的熊掌扣在了脑袋上，他那个委内瑞拉情妇总是耷拉着张臭脸，脚上蹬着上千美元的鞋子，一步三摇地跟在他身后。

那么列清单这一形式在什么情况下会失效呢？如果文章从一开始就让读者感觉到空洞乏味的话：

在英语公园里有一个小码头。在斯玛德公园里有一架浮桥可以通往英国公园。从第一大街拐进去就是市中心的商业步行街。在市政酒店的西边是一条林荫大道。每到周三，你脑子里能想到的就是这些……

如果作者稍加修改，这个糟糕的开头可能会得到修复：

星期三，一个专门讨论改善市中心地区的市议会特别会议产生了一些新的想法：英国公园建一个码头，从斯玛德公园延伸到英国公园的河流上有一条浮动或悬挂的走道，第一条街道会变成市中心的步行街和行政客栈以西的林荫大道。

每句话都要保证有一个中心思想。但是，如果一个句子需要同时表达两个意思，而这两个意思之间又存有关联性的话，那么我们可以把其中一个当作这句话的主要意思，把另一个当作次要意思。不论说话还是写文章，我们总是会用到这样的句子：我正准备去做（主要意思），但其实我并不想做（次要意思）。那么，请试着阅读下面这段多达240个字的段落，看看你是否能弄明白它的意思：

许多美国游客对圣莫里茨这个地方的了解是：这个位于瑞士东南部的小镇是旅游者的乐园，在这里游客可以乘坐小型喷气式飞机从空中俯瞰优美的自然景色；这里是两次冬奥会（1928年和1948年）的举办地；这里也是阿尔卑斯冰雪运动会（1864年）的发祥地；这里还是个声称"充满着阳光和香槟气息"的地方；许多描写阿尔卑斯地区的小说都细致地介绍了上恩加丁六千英尺的湖畔地区，大量的电影也把该地选为外景地；更不用提这个地区最神秘之处——瑞士小小的领土上第四大语言（排在德语、法语、意大利语之后的罗曼斯语）的中心。

在这句话里，作者一下子抛出这么多信息，必然会让读者感到应接不暇。

对于注意句子长度的原则来说，这里还有另一个不太常见的特例。从事小说或其他文学创作的作家在语言使用方面天赋异禀，他们有时会故意写下一些很长的句子体现自己的写作风格。(但是，对于专业技术类的写作来说，在列举的清单中，最好把句子控制在适合的长度之内。)不管怎样，如果你必须要写一个长句，一定要确保这个长句前后的句子都是短句。

下面这段有 125 个字的段落摘自汤姆·沃尔夫的《太空英雄》。如果仅以句子的长短来评判作品是否优秀，那么这段文字是糟糕的。但是，沃尔夫的文章向来以风格怪异但趣味横生著称，他对自己写的句子了如指掌，不会让读者不知所云。

> 随着每一次进步，你会不断增强对自己的信心。你会越来越相信自己就是经过精挑细选之后被赋予神圣使命的人。你们经过训练，掌握了各项技能，可以走得越来越远。如果天从人愿，也许在将来的某一天，你也可以成为最顶尖的精英之一，成为太空英雄中的一员，受万众瞩目，令万人敬仰。

把沃尔夫的句子拿来和先前那段描写圣莫里茨的例文进行比较，立刻就可以发现其间的差别所在。大量纷繁复杂的信息无序地充斥在第一段介绍圣莫里茨的段落里。这会让读者毫无头绪，不知道作者想表达的主题到底是什么，比如说："瑞士的第四大语言(排在德语、法语、意大利语之后的罗曼斯语)"。虽然沃尔夫的句子也不短，但是字里行间却只突出了一个主题。汤姆·沃尔夫在一开篇就点出了"信心"二字，在随后的句子里，沃尔夫细致地解读了这一主题。沃尔夫的句子虽然看起来略长，但是紧扣一个主题，对句子的处理很细致，选择的词汇也很有讲究。

萨默塞特·毛姆曾经说过："把文章写简单与把文章写好一样困难。"

从某种程度上来说，以上提到的长句之所以可以很好地为文章服务，正是因为作者选择使用简单精炼的词汇，保持了简明扼要的主题。在下一章我们将要讨论的是在写作中使用过分抽象化和模糊的语言带来的危害。

第 2 章

一些有助于写作的指导
避免惺惺作态，不写官样文章，不要过分委婉

>一旦你的文章没有做到言简意赅，那么在文章里能剩下的就只有含糊不清的泛泛之谈和莫名其妙的呓语了。
>
>——温德尔·拜瑞

对于在写作中出现的惺惺作态和胡言乱语，我曾经和一些职业文字工作者谈论过它们的危害。我们谈到了我们在文章中会使用那些听起来至关重要，但实际上却是词不达意的语言。我们还谈到了在写作中只想着强调内容，而不是让表达更清楚的危害非常大。例如：

如果对当代社会的现象进行客观审慎的考虑的话，我们会发现这样一个结论：在激烈的竞争中是否能够取得成功与我们本身固有的能力之间并不存在必然联系，最值得我们注意的是无法避免的不确定因素。

经过讨论，我们发现上面这个例子的阅读等级已经超过了12级，而它的可读性分数竟然达到了惊人的零分。（正如上一章介绍过的一样，有研究表明大部分接受过教育的美国人更愿意选择阅读等级在10级之下的文字材料作为读物。弗莱士易读度分数是普遍使用的可读性参考，满分

是一百分，分数越高说明文章越容易理解。对于大部分读物来说，理想的弗莱士易读度分数应该在60分和70分之间。)

谈到这里，一位在公司从事文案工作者满脸困惑，她的工作是编写公司的年度报告之类的事务。她问我如何才能做到两全其美，既保证文章简明扼要，又可以使用一些艰深晦涩的词汇。

"为什么你要这样做呢？"我问道。

"我们的读者包括在农场工作的文化程度不是那么高的老头儿和老太太，也包括接受过高等教育的人。我们要在文化水平很高的读者中保持良好的口碑啊。"

我还能说什么呢？跟很多人一样，她没有真正理解什么叫作"简明扼要"。我在大学教授写作的时候，一名学生曾经坚定地认为一名教她的教授是"才华横溢"的，因为她很少能听得懂这名教授说的东西。还有一位工程师，向我诉苦说他费尽心力就是为了能让自己作品的阅读等级达到11级，因为他认为如果能够达到一个更高的水平，那么他在别人的眼里就会更聪明。但是11级实在是太高了啊！绝大部分人更愿意阅读那些阅读等级不到10级的读物啊！根本就不需要写等级这么高的文章啊！对于优秀的写作者和演讲者来说，不论他们要表达的内容有多复杂，他们也会在保证内容没有缺失的前提下，把文章的阅读水平保持在10级以下。

我们之前提到一种观点：老头子和老太太是看不懂任何"睿智的"东西的。让我们先撇开这一观点。真实的情况是：在晦涩抽象的文章里不存在所谓"睿智的"内容。所谓睿智的标志之一是将文章简化的能力，以及让复杂难懂的内容变得易于理解的能力。不具备这种能力的人写出来的文章做不到言简意赅。

想让文章好评如潮，就要抛弃容易使人感到困惑乃至会产生歧义的

第 2 章　避免惺惺作态，不写官样文章，不要过分委婉

词语，要简单直接地说话和写作。喋喋不休、废话连篇，让读者无法准确地了解文章想表达的意思，这样的文章自然不会有好口碑。林肯在葛底斯堡所作的演讲行文优雅、字字珠玑，时至今日，人们仍旧把这篇演讲视为典范之作。难道会有人认为这篇只有短短两分钟的演讲过于简单了吗？

温斯顿·丘吉尔在演讲里说："我们将在海滩上同他们作战。我们将在登陆点同他们作战。我们将在田野和城市的街道里同他们作战。我们将在山林同他们作战。"我们会认为温斯顿·丘吉尔的话过于简单了吗？那些更有文化的人是不是会"在纷繁复杂各不相同的地点与入侵者的战斗部队进行敌对的军事行动"呢？

本章的第二段真的没有一点可读性吗？其实这是乔治·奥威尔故意用夸张的手法重写在《传道书》中的一个著名段落：

> 我又转念：见日光之下，快跑的未必能赢；力战的未必得胜；智慧的未必得粮食；明哲的未必得资财；灵巧的未必得喜悦。所临到众人的是在乎当时的机会。
>
> （I returned and saw under the sun, that the race is not to the swift, nor the battle to the strong, neither yet bread to the wise, nor yet riches to men of understanding, nor yet favor to men of skill; but time and chance happeneth to them all.）

这段文字因其言简意赅和意义深远而广受喜爱。段落里使用的单词大部分都只有一个音节，都是浅显易懂的日常用语。这段文字的阅读等级是 8 级，可读性分数是 78.3 分。奥威尔重写的那一段文字看起来是不是更加"睿智"呢？那些有文化的读者会不会更喜欢奥威尔的版本？

换句话说，这是不是恰恰说明了老头子和老太太喜欢的文字也正是我们喜欢的文字呢？

尽管简洁的文字如此优美，有着无与伦比的优势，但冗长晦涩的措辞仍旧随处可见。在一些特定领域中，这一问题尤为突出，例如商业、科学、医疗、教育以及政府管理。当我们遇到具有挑战性的内容时，似乎会不由自主地给自己设置障碍，导致我们不能写出好的文章。但越是在这种情况下，我们越要努力做到简明扼要。

比如，我们会在商业公文中写："CEO 认为，由于严重的经济危机，公司必须严格预算制度以使成本最小化。"如果我们把这句话换成简单的词语，它读起来会是什么样子呢？"CEO 认为公司必须节约成本。"

夸张的写作方法会让文章产生歧义。如果写得过于夸张，作者想表达的意思就会迷失在云山雾罩的词语中，那么读者就不能抓住作者想要传达的信息。这样一来，读者要么放弃阅读，要么读不懂或误读。阅读华而不实、词不达意的文章既费时又费力，而且还经常会读不懂或者误读，这让阅读变成了一项高成本的活动。那么人们为什么偏偏喜欢使用烦琐浮夸的语言呢？我是不是应该这样问："到底有什么原因可以解释人们偏爱如同破译密码一般的阅读方式以及有着冗长音节的辞藻这一现象？""他跳下车跑开了"这句话怎么就被说成"行凶者撤离了他的机车，以步行的方式逃走了"？香蕉怎么就变成了"长条状的黄色水果"？

为探讨上面这些问题，我们完全可以写出一篇学术论文了。当然，我们也可以说为了使话语听起来更有道理、更能体现自己渊博的学识，所以常不由自主地以夸张的方式写作。也许我们错误地把简单直接理解成了肤浅直白，认为简单直接的意思就是"跑啊，迪克！快跑！"但实际上，简单的语言并非苍白无力，也并非由小学生所使用的初级词汇组成。简单直接的意思是直截了当、妙趣横生、引人入胜、准确无误。

一位警察局长告诉我,当他还是一名小警员的时候,为了方便市议会查阅卷宗,他要对所有的案件进行归纳整理。他非常担心自己无法胜任这项工作,每次写报告,他都会在手边准备一本字典和一本百科全书。他对最后的报告感到非常满意,认为写得细致,而且富有感情。他的上级和同事也都极力称赞他,他们不无羡慕地对他说,没想到他"能写得这么棒"。这让他感到非常开心。

到了向市议会汇报的那天,市议员那里传来了一个消息:他们想要见见写报告的这位警员。他非常激动,认为自己可以得到市议员的表扬。然而当他到了市议会,市长却手里挥着报告问他:"这里面写的是什么玩意儿?"

"从那以后,"这位警察局长说,"我就只用自己的话来写东西了。"

当我们想润色文章时,不免会落入俗套。我们试图让文章适合更多人的胃口。这样迟早会写出过分委婉、流于形式的官面文章。这样一来,文章沦为人们茶余饭后的笑料,最糟糕的结果则是没有人再想读它。"那项计划让我们赔了一大笔钱"变成"那项计划的结果与预期截然相反"。

过分的委婉在写作中起不到作用。我们都知道"附带性伤亡"[①]实际上就是指对平民的残杀。有一次,某个广播访谈节目邀请一位得克萨斯州某监狱的监狱长做嘉宾。谈到对监狱里的犯人进行劳动改造时,他说"我们正在重塑对社会有用的人"。某人事部经理准备开除公司里的一名员工,他居然对那名员工说公司要与他"去招聘化"。这是迄今为止我听过的最直接最好笑的委婉语了。

直截了当不一定也不应该意味着粗鲁无礼。生硬死板的官面文章无

---

① Collateral damage,对意外目标造成的死亡、伤害或其他损害的总称。在美国的军事术语中,它用来描述在攻击合法的军事目标期间偶然杀伤、伤害非战斗人员或损害非战斗人员财产等情况。

论如何也不会让人感到亲切，反而会让读者更想去了解隐藏在圆滑世故的词语背后的事实。简单直接的词语会显得作者真诚，能让读者感到更亲切。

使用晦涩难懂的词语也可能是为了含糊其词。在一次写作研讨会上，一位作家对自己新作品的开头进行了修改，把文章改得更加直截了当。他对我说："如果我想要让文章一目了然，那么我就得写成这样。"

自古以来作家的工作就是把文章"写对"。

我们是不是绝对不能用高级的词汇或抽象的表达呢？不！这样做是不对的，即使我们可以做到不用高级的词汇，不用抽象的表达。正如阿尔伯特·爱因斯坦说的："把事情变得越简单（simple）越好，但不要简化（simpler）。"假如一个高级的词汇是最合适的，那么它就是最好的。如果我们原本可以使用简短和具体的语言，却非要堆积冗长而抽象的词汇，那么文章就不可能简明扼要。比如说用"利用"（utilization）而不是"用"（use）；用"依据"（pursuant）而不是"按照"（concerning）或者"考虑到"（regarding）；用"指示"（indicate）而不是"说"（say）、"表明"（show）或者"表示"（suggest）；用"起始"（initiate）和"终止"（terminate）而不是"开始"（begin）和"结束"（end）；用"依……而定"（contingent）而不是"依靠"（depends on）；用"登门拜会"（personal visitation）而不是"拜访"（visit）；用"电话通信"（telephonic communication）而不是"打电话"（phone call）；用"金融资金"（financial wherewithal）而不是"钱"（money）；用"用发行长期债券的方法来收回短期债券"（funding）而不是"基金"（funds）；用"为计算机编制的运行程序"（programming）而不是"程序"（program）。

行话和短语也会使文章含义变得含糊不清：

由于金融投资是以市场为基准，把大量的资金广泛地投入到各个行业中，因此这只股票账户无法抵挡市场负增长带来的影响。

我们可以把这句话说成："基金损失了很大一笔钱。"或者，我们还可以说得更具体一些："财产缩水了将近60%。"从语言学上来说，"负增长"一词的使用是有问题的。"负增长"在这里是指降低、减少，但是从字面意思来看，"否定的"增长不是增长。因此，这个词是自相矛盾的。作者没有考虑过读者的感受，才会写出这种词不达意的句子。

这个段落只提到了情况不是什么，而没有说是什么，这样会误导读者。资金"无法抵挡影响"听起来比较温和，实际情况则是受到了极大的损失。此外，"以市场为基准，把大量的资金广泛地投入到各个行业中"听起来似乎能够给读者留下深刻的印象，但实际上读者没有弄懂这句话的意思。

在行话中，我们经常会发现这样的情况。我们会在某些本可以直接使用的词语前毫无道理地加上"提前""预先"，甚至在单词前乱加前缀"pre-"，例如："提前计划"或者"预先计划"，"提前警示"或者"预先警告"。（所有的计划和提醒本来就都是要提前完成的。）在搭乘飞机的时候会见到的"提前登机"就是一个特别奇怪的例子。在我们真正上飞机之前，我们要怎样"提前"登上飞机呢？

乔治·奥威尔认为，作者在写作中使用过多抽象的语言会使人不快，而且如果掩盖了事实真相，那还会是危险的。他说："在最糟糕的情形下，现代写作不会为了要表达的意义而在用词上精挑细选，也不会为了表达更清晰的意义而使人联想到某种景象。它只会将别人已经连缀好的句子重新拼凑在一起，并通过彻头彻尾的障眼法使它看起来还不错。"

那么我们该如何在写作中避免矫揉造作呢？作为写作者，我们应该停止追捧并模仿毫无意义的说话方式，也不要再使用词不达意的单词和短语。我们应该不再绞尽脑汁地让文章给读者留下深刻的印象，相反，我们应该想方设法通过文字与读者交流，让他们明白我们想要传达的信息——天知道做到这一点有多难。从某种意义上讲，我们需要抛弃之前的错误观念："高级词汇会显得更'棒'，会使文章显得更有水平、更专业、更正式"。我们要使用具体而不是抽象的短语，要更节制地使用抽象名词，比如：情况、过程、自然、话题、事件、问题、设施、因素、基础、性质等等。让我们来看看下面的例句："他的身体状况成了大问题"与"他的身体很差"；"在这个联邦设施中进行的清洁工作将会处于一个比较缓慢的状态"与"对联邦大楼的清洁工作进展缓慢"；"他们提交了一项具有可质疑性的建议"与"他们提交了一项有问题的建议"；"他们在认真考虑关爱儿童的问题"与"他们在认真考虑对儿童的关爱"。

　　下面的段落是从一家公司里找到的实例。这家公司正在考虑开展电脑租赁业务：

　　　　今天，科技发展和商业需要正在以一种爆炸性的速度发生着改变。这些变化造成了技术淘汰和设备贬值，同时还给我们的资产带来了风险。众多公司的情况变得非常危险。它们渴望从现有和将来的技术中获利，又需要从成本的角度出发，保持现有设备的高利用率。许多公司正在竭尽全力找到这两者间的平衡点。购买设备的拥有权这一传统模式不能再满足公司的需要了。

　　这篇文章是由这家公司公关部门的一位员工执笔的。请注意，文章过于注意文字的渲染效果了，整篇文章中没有提到过"电脑"或"租赁"

这样的词语。这家公司请我对文章进行修改，当我向作者指出上面的建议时，他感到非常吃惊，完全不敢相信我的说法。然而，当他意识到自己居然没有使用那些最合适、最直接、最有说服力的词汇后，他感到无比郁闷，认为自己失去了沟通的能力。但事实不是这样。当他和我交谈的时候，他的表达能力非常出色，简明扼要、风趣幽默。

事情怎么会变成这样呢？一名文字工作者是怎么忘记如何用文字来表达想法的？这是因为工作中使用的行话和抽象无意义的表达方式，听起来很重要，实际上能传递的信息非常少。

那么要想让这段文字变得简明扼要、言之有物、入情入理，我们应该怎样修改呢？首先，我们仔细研究一下这段文字：

对于"今天"一词，读者会默认我们说的就是当下，因此没有必要这样强调时间。"以一种爆炸性的速度"在表达上和"爆炸性的"是一样的，过度修饰了。"这些变化造成了技术淘汰和设备贬值，同时还给我们的资产带来了风险。"唉，句子太长了，而且它到底要表达什么意思呢？尤其是"我们的资产"是什么意思呢？"众多公司的情况变得非常危险。它们既渴望从现有和将来的技术中获利，又需要从成本的角度出发，保持现有设备的高利用率。许多公司正在竭尽全力找到这两者间的平衡点。"这些公司遇到的危险到底是什么？在"渴望"和"需要"之间找到平衡点，这个说法实在是有意思，但这种需要到底是什么呢？再有，"从现有和将来的技术中获利"还有"从成本角度出发，保持现有设备的高利用率"这两个短语，首先，这里用了"将来"一词，一个人怎么可能从一种尚未研究出来的技术中获利呢？其次，公司要如何保持"设备的高利用率"？高利用率是不是指频繁地使用？"从成本的角度出发"是不是指相对便宜的？到底是什么不能再满足公司的需要了？传统的模式吗？更糟糕的是"购买设备的拥有权这一传统模式"这个短语。拥有权是一种模式吗？拥有权要分成传统的和非传统的？拥有权的模式难道不就是指拥有权？

在修改烦琐冗长的文章时，首要的问题是理解作者的用意。有时，你需要认真研读才能挖掘出作者在字里行间嵌入的信息，一旦了解了作者的意图，修改工作就会变得简单。这段话就是这种情况。对文章的改写不止一种方法，这里我试着给出一个版本：

> 在技术高速发展的情况下，公司购买电脑系统已是不切实际之举。昂贵的设备在一夜之间变得一文不值，甚至有些设备尚未使用就已经过时。在这种情况下，购买新设备意味着会造成资金和生产力的双重损失。如果选择租赁电脑，那么公司便不用考虑设备购买的成本，可以随时增加设备，也可以随时更新设备，因此租赁电脑无疑是一种更经济有效的办法。

经过修改的版本不但使用了具体的词汇——这是我们在下一章会深入讨论的内容——而且还尽可能地缩减了篇幅，简短而常见的词语也让句子变得具体起来。在写故事的时候，要尽量使用简短、有力和合适的单词。过长的单词会让文章变得晦涩难懂，它们经常用在报告类的文章中，而这类文章通常都写得很糟糕。

一个讲故事的人会说出下面这样的话吗？"他进入自己的永久住处之后，便表露出不悦的情绪。"不会，讲故事的人会说："他面色阴沉地走进了家里。"正如我们所见，简短的词汇依旧可以胜任复杂专业的新闻写作，我们应该信任它们。

第3章

一些有助于写作的指导
将长难单词改成简短的单词

> 简短的词是最好的,又短又古老的词更好。
>
> ——温斯顿·丘吉尔

刚开始在大学教书的时候,我答应校方每周给一群有特殊需要的学生上一次晚课,任务是给他们补习基础英语。这些学生许多是在农场里工作的临时工,他们的母语都不是英语。他们有着不同的背景,但对英语学习都怀着极大的热情,因此自费上16周的课程。由于这门课只是大学里的一门选修课程,与正式的学分课程相比,这门课程的价格还算可以接受,但是,对于只能拿到最低工资的临时工来说,这个价格还是非常昂贵的。

这些学生都怀着极大的热情一丝不苟地学习,所以他们的成绩很好。更重要的是,他们教给我的比我教给他们的要多得多。

我要求这些学生每天写日记。我认为写日记是自我放松的活动。我要求他们每天最少花半小时的时间写日记,他们可以把任何想写的东西写进日记里。每过一个月,我就会把他们的日记收上来批改。

写日记也是一种学习的方法。我亲眼见证学生的写作能力在慢慢地提高。他们不仅在语法和句法上取得了很大的进步，而且也越来越自在和自信了，至少可以在写作的时候更完整地展示自己。在学期刚开始的时候，有些人认为自己的词汇量太小，担心自己的词汇量不足以支持写文章。我告诉他们："不要紧，用你会的单词去写就好。"我告诉他们，约瑟夫·康拉德（Joseph Conrad）在年纪很大的时候才开始学习英语，但他的文章极具想象力，影射了许多社会现象，比许多母语是英语的人写得还要出色。比如，他描写自己听到岸上的爆炸声之后赶回船上的情景："我像挤在蜂群中的蜜蜂一样随着人群攀上了缆绳。"（I swarmed up the rope.）母语是英语的人也许认为不应该用"攀登"（swarm）这个说法。但是在那样的情境下，这是一个很好的表达，栩栩如生地刻画出了人群的慌乱。

我告诉我的学生，要快速地写，不要翻字典。如果想查字典，可以在写完之后再去查。我说，我不会给他们的日记打分，所以不要重读或修改写好的文章。如果想拿到高分，只需要不停地写、写、写。

简而言之，记日记是一项减压的练习，可以强迫他们多多写作，帮助他们放下田间地头的体力工作，转而做一些更复杂的脑力工作。

起初，他们的日记读起来就像是在看一场经过精心准备却拙劣无比的表演，一点儿也不自然。我能看得出来，他们努力想把日记写好，但是批改这样的文章实在是毫无乐趣。过了一段时间之后，他们的日记就变得朴实诚恳、用词准确、行文流畅了。下面这句话是从这些日记中摘抄的："我妈妈没有上过什么学。听说我报名上了辅修班，她把眼睛拉成了细细的一条线，嘴唇也紧紧地挤在了一起。"

我之所以一直记得这个句子，是因为在这句话里有很多可以分析的内容。当我读到"她把眼睛拉成了细细的一条线"时，我想大部分人会把它写成"她把眼睛眯成了一条线"；大部分人会把"嘴唇也紧紧地挤在了一起"这句话写成"她的嘴唇也撅了起来"。但是，女孩的这段描写更新鲜、更真实，因为她不知道所谓的套路。英语不是她的母语，她只是在用自己知道的词汇去描写自己所看到的。

这个进修班里的学生写的文章总是有一种有辨识度的难言之美。在那时，我认为那是一种自然流露出来的质朴之美，但我只说对了一部分。多年之后，我才理解到他们的文章中有一种重要的特征，直到现在我还十分想念它。

最后，我开始让他们限时写作。我还带他们到一些写作工作室去，让他们自由创作。我会给他们一个片段作为开头，规定一个时间——最多十分钟——然后喊"开始"，他们要以最快的速度完成拿到的片段，并把文章写下去。这个练习的关键在于要在很短的时间里用尽可能多的字数写完一篇文章。

跟让学生写日记一样，这个写作练习主要还是自由创作。我在这项练习中也有了一些发现：这种结果导向的练习写出来的文章通常都很出色，表述清晰、可读性强、故事讲述完整。即使是让通常只会写复杂主题、用词晦涩难懂、行文冗长的写作者来做同样的练习，结果也是一样。

就在我欣赏其中一个学生的作业时，我突然意识到：文章里出现的全是单音节词，即使偶尔出现的多音节词也是很简单和常见的。于是，我激动地翻阅了所有的作业。确实，所有的作业都是这样。

于是，我在写作训练中加上了一项单音节词写作练习。在那之后，我批改了成百上千份习作。在这些由单音节词写成的文章中，我从未见过一篇糟糕的文章。我给过的最差评语是良好，最好的评语是优秀甚至是完美。这种由单音节词写成的文章表现出来的正是我在之前那个进修班上发现的难言之美。

为什么会这样？这些单音节的单词到底有什么魔力呢？

在我们古老的词汇中有许多这样生动具体、含有强烈情感的单音节词，比如：土（earth），日（sun），天（sky），星（star），云（cloud），风（wind），雨（rain），雪（snow），餐（food），饮（drink），闻（smell），尝（taste），听（sound），看（sight），像（feel）。如果古老简单的单词是"概念"单词，它所表达的概念通常会是熟悉的、充满感情的，而不是抽象的。比如：生命（life），死亡（death），爱情（love），憎恨（hate），战争（war），和平（peace）。最为大家熟知的具体词汇是每天都和我们在一起的——表示身体的词汇。从头（head）到脚（toe），我们都是有血有肉的（skin and bone）：脸（face），眉（brow），眼（eye），鼻（nose），唇（lip），口（mouth），齿（teeth），舌（tongue），喉（throat），颊（cheek），颌（jaw），颏（chin），耳（ear），颈（neck），胸（chest），乳（breast），背（back），脊（spine），臂（arm），腕（wrist），手（hand），臀（hip），腿（leg），膝（knee），股（thigh），腓（calf），足（foot）……同样，我们还有肩（shoulder），肘（elbow），踝（ankle）和指（finger）。更不用提我们还有肠（intestine），阑尾（appendix）和其他多音节词汇。但重点是：我们所熟知的东西通常都有一个很简单的名字。

最能够引起读者和听众共鸣的是说话简洁的作家和演说家，他们所依赖的是简短有力的词汇。这些词汇直截了当、严肃庄重，可以深深地打动读者。而且，这些简短的词汇彼此之间紧密配合又不会产生冲突。类似的例子有很多。在英王钦定版《圣经》中，从头到尾用的都是简短的词汇：

开头： 起初神创造天地。地是空虚混沌。渊面黑暗。神的灵运行在水面上。神说，要有光，就有了光。

（In the beginning God created the heaven and the earth. And the earth was without form, and void; and darkness was upon the face of the deep. And the Spirit of God moved upon the face of the waters. And God said let there be light: and there was light.）

结尾：愿主耶稣的恩惠，常与众圣徒同在。阿门。

（The grace of our Lord Jesus Christ be with you all. Amen.）

我们也可以想一想著名演说家和作家的名句。温斯顿·丘吉尔："热血、辛劳、汗水和眼泪。""吵吵总比打打好。"富兰克林·德拉诺·罗斯福："我们从来没有过在这么少的时间里要做这么多事情。""唯一能让我们感到害怕的就是害怕本身。"亚伯拉罕·林肯：

> 我现在做的事情是我所知道最好的事情，也是我能做到的最好的事情；并且我知道我要一直坚持做到最后。如果结果证明我是对的，那么所有反对我的事情对我来说都不会没有意义。如果最终证明是我错了，那么就算有十个天使发誓说我是对的，也不会改变我是错的这个事实。

莎士比亚的词汇量在他那个时代无疑是巨大的。他不但能巧妙地引用艰涩难懂的华丽辞藻，还能熟练地使用当时流行的拉丁语。然而，在最引人入胜的部分，他却选择使用了最简单的语言。"我的心已经变成了一块坚硬的石头；我用手敲打它，而它却伤了我的手。""让我们把他切为献给神的祭品，不要把他像喂狗的死肉那样砍劈。""世界是个舞台，男男女女只是演员而已。""生存还是毁灭，这是一个问题。""他年轻的身体如同绽放的玫瑰。""我们之于神明，如同苍蝇之于顽童，他们以杀我们作为消遣。""构成我们的东西就是构成梦境的东西，我们短暂的一生，都环绕在沉睡之中。"

丘吉尔、罗斯福、林肯、莎士比亚，这些人没有一个说过"线性组合假设在复合校准中是不合常理的，这是不言自明的"这样的句子。

内兹佩尔塞部落的约瑟夫酋长在1877年熊掌山的战役中投降时，对他的人民做了一番演讲。这篇演讲是如此简明扼要、不卑不亢，在一百多年后仍然感人肺腑。下面是演讲的部分摘录：

> 我的族人，他们中有一些人已经远远地躲进了山里，他们没有被褥，没有食物。没有人知道他们现在身处何处，也许他们已经冻死了。我希望还能有时间去寻找我的孩子，看看还能找到多少个孩子。也许我只能在尸堆里找到他们了。听我说，我的子民们！我已经累了！我的心已经生病且感到难受。从现在太阳升上的位置开始，我不再战斗了。
>
> （My people, some of them have run away to the hills and have no blankets, no food. No one knows where they are, perhaps freezing to death. I want to have time to look for my children and see how many of them I can find. Maybe I can find them among the dead. Hear me, my chiefs. My heart is sick and sad. From where the sun now stands, I will fight no more forever.）

这段感人至深的文字有76个单词[①]，其中有66个单词只有一个音节。

---

① 这里指英文单词。

第3章 将长难单词改成简短的单词

剩下的单词中，除了一个单词以外，全部都是简单的双音节词：people, away, blankets, perhaps, freezing, children, many, among。整段的最后一个单词是一个三音节词，虽然音节比较长，但也是简单得不能再简单的词。在 forever 之后，整个段落就结束了，但这份悲情却能在很长的时间里让我们产生共鸣。

我曾经在美联社编辑协会工作过几年，那时候，我领导了一个委员会，专门为美联社编辑协会写稿和修改稿件。委员来自全国各地的编辑和教育家，除了工作之外，我们还做学术研究。我们的工作之一是研究写作和编辑，并且每年给编辑协会的会员寄去一份相关的年度报告。

在其中的一份报告中，我们找到了某中西部小镇的一些高中英语老师。我们请他们给学生布置写作任务，让学生用单音节单词进行写作训练。在此，我要向印第安纳州伦斯勒中心高中的师生表示感谢，以下的几个段落摘自该高中的学生们所写的文章：

当我有生以来第一次穿过礁石并见到海岸时，我的心中充满了敬畏。辽阔蔚蓝的海面上闪耀着太阳的光芒，一望无际的天空中飘着几缕洁白的云。在远远的海面上，一艘小船随着破浪上下起伏。一些小小的白海鸥轻盈地在天空中飞翔，似乎它们一点儿重量都没有。泛着泡沫的海浪轻轻地拍打在礁石上。我脱掉鞋子，跑在海边潮湿粗糙的沙子上。冰冷清新的空气让我的后背感到一股股寒意。我在海边走了很久，可以感受到太阳的光线落在皮肤上，这使我感到阵阵暖意和慵懒。海边非常安静，只能听到海浪的声音和海鸥的叫声。

现在，我站在今年爬上的第一雪坡上。我用尽全力冲下了雪坡。

我能听到滑雪板的金属边缘把冰雪切开的声音，脚下的冰雪嗖嗖作响。在山的一边，我看到了一个雪堆，于是就朝它滑过去。我从雪堆上一跃而起，跳得甚至比滑在我身边的人还要高。我在空中飞行的时间似乎很长，而且飞得也很平稳。

这是一次愉快的海滨之旅。海边的风很轻，蔚蓝的天空万里无云。一个小孩在海边放风筝，小手里握着长长的风筝线。一只鸟飞快地在沙滩上奔跑着，在靠近风筝的地方飞了起来。它在空中盘旋了一会儿，然后嗖的一声朝着一个头戴宽檐草帽的老人俯冲过去。

我们可以在这些例文中发现之前我提到过的"难言之美"。由于这些例文都是描述性而不是说明性的，因此更能体现这种"难言之美"。这种由真诚的词语、基础的表达带来的简洁可以使各种类型的文章受益。极简的语言为真实可靠提供了基础。从某种角度来说，使用单音节词的文章就是在尝试接近事实。欧内斯特·海明威曾经说，他把全部的写作生涯都用来寻找"一个真实的词语"，指的就是这个意思。居斯塔夫·福楼拜也曾发出过类似的感慨。其他许多力求完美的作家也是这样。伟大的思想家兼作家伯特兰·罗素甚至开过这样的玩笑："我的写作是按字计酬的，因此我总是用尽可能短的单词。"

尽管简单的语言有如此明显的优势，但作家还是担心这样会让读者认为他们只会用浅显的词汇写作。"如果你不打算使用高级词汇，"他们抱怨道，"那么就算你掌握得再多又有什么用呢？"詹姆斯·布坎南·布雷迪曾经提出一条关于交流的理论，我们可以作为参考。詹姆斯·布坎南·布雷迪，也被称为钻石·吉姆·布雷迪，是一位19世纪的美国金融家和慈善家。他出身贫苦，曾在一家铁路供应公司做销售员，后将积蓄用来投资，并以此积累了大量的财富。但他的举止并未能与财富相称。钻石·吉姆以穿金戴银、生活穷奢极侈著称。他也因为喜爱珠宝而得到"钻石"这个称号。据说，当被问到为什么如此热衷珠宝时，他回答道："珠宝嘛，买来就是为了戴的。"

这位新近的暴发户布雷迪无法理解炫富的谬误之处（炫富是一种庸俗的行为），也无法理解何为品位（少即是多）。良好的品位意味着克制和简洁：珠宝只需要带一两件就够了，而这一两件一定是最适合当下的。至于其他珠宝，把它们收好，放在保险箱里，等着有合适的场合再戴。

用词的选择也是如此。只有当我们把掌握的大部分词汇都放进保险箱里，剩下的才能丰富我们的语言，帮助我们更好地交流。我们掌握的词汇越多，在选择词汇的时候就越能做到游刃有余。我们会从掌握的词汇中选出最简单、最平常，同时也是最合适的词汇。只有清楚和简要地用词汇传递信息时，词汇对我们才是有用的，这要求我们在选词的时候要由繁入简。弗吉尼亚·伍尔芙曾经做过一个形象的比喻："这就像让思想一头扎进词汇的海洋中，当我们把它从海里提出来时，它还在往下滴水。"如果我们像伍尔芙比喻的那样去选词，那么我们的文章永远也做不到简明扼要。

你是不是应该严肃对待这个问题了？你是不是应该只用单音节词来写作呢？无论如何都要严肃地对待写作。但是尽管只用单音节词汇写作是可取的，但在实际情况中是不可能的，比如说大写单词通常就是个例外。在有些情况下，最短的词汇不一定是最准确的词汇。一位参加了单音节写作训练的职业作家曾经说过："如果我想说杂酚油（creosote），那么我是不是该用焦油（tar）这个单词呢？"当然不！就用杂酚油这个单词，因为它的名字就是这样，这才是对它最准确的表达。

在下面这段文字里，我们怎样才能在不影响文章意思的情况下删掉

"捐赠""偿还""自愿的"这些词汇呢？这是不太可能做到的。如果我们可以尽量缩减单词的长度，那么更加没有必要这么做了。除非上述三个词语被认为是多余的或过于抽象的，否则，对于读者来说它们就是最熟悉、最容易理解的词汇。

在联邦法规（CFR）第45章第74条第G款中明确规定可以把实物捐赠的实际价格算入受捐助人的分摊成本中。但是，CFR第42章中430.30（e）部分中有专门的条款规定医疗补助项目不在规定的捐助条款之中。我们基本的政策是允许付还州政府所有合理的花费，在1991年增加的有关捐赠和纳税的条款并不能改变这一政策。因此，在自愿的工作时间中所产生的价值并不适用于联邦财政项目。

在这样的一篇文章中，为了方便读者阅读，我们可以尽可能地把它改短："在某些情况下，将实物捐赠的实际价值算入分摊成本之中（CFR第45章第74条第G款），但是医疗补助项目除外（CFR第42章中430.30[e]）。我们只会付还州政府的实际花费。由于州政府并未产生任何开销，因此在自愿工作时间中产生的价值不适用于联邦相关资金。"

这是一篇很难读懂的技术性文章，但正如你从改写的句子中看到的一样，即使是晦涩难懂的技术性文章，只要作者决心把它写简单，就可以让它变得易于理解。然而，如果使用了过多不必要的词汇，那么即使是再简单的意思也会变得难以理解。"我们能否完成公司的战略任务完全取决于采取的方法能否让我们顺利满足既困难又多变的政府要求。"在这句话里用到的词汇不能准确表达句子的意思，它们只会让句子变得晦涩难懂。如果我们把句子变短，那么句子的意思就很好懂了："政府的要求既难以满足又变幻无常，如果我们想要达到公司的目标，就必须找到满足政府要求的办法。"

我们生活在一个复杂的世界中,因此我们有时候必须使用复杂的词汇。当这些词是上下文中最好或唯一的词时,我们会使用它们。但只要我们还有选择,那么我们就一定会选择最短的词。当我们想解释复杂的情况时,简短的词汇可以创造出清晰简单的文本,而冗长的词则会损害文章。

但不要认为这样做很简单,它远比看上去困难得多。简短的单词天然好读,它们看起来不费力气,但这只是一种假象。教育家和作家雅克·巴尔赞说过:"简单的英语并不是任何人的母语。想掌握它的人必须为之努力。"

第4章

一些有助于写作的指导

要当心行话、时髦语和陈词滥调

> 有独创性的作家不是不模仿任何人,而是谁也模仿不了他。
> ——弗朗索瓦·勒内·德·夏多布里昂

当我还在读研究生的时候,聚会上经常会有人问我:"你是学什么的?"我那时的回答是:"主要是神话与原型批评。我最近在研究的是大母神文学中的形象。"在讲这番话的时候,我没有眉飞色舞,也没有冷嘲热讽,更没有颐指气使。我非常严肃,非常真诚。

听到这个回答的人是不是突然怔住了?他们的脸上是不是露出了迷惑不解的神情?是的。但我不知道他们为什么会是这种反应。

到底是什么地方出问题了呢?我一直在一个非常生僻的领域里做研究,以至于我几乎忘记了它的生僻。我甚至忘记了这个世界上的大多数人不知道也不在乎什么是原型批评,大母神是谁和他们也没有丝毫关系。我像一个与世隔绝了的隐士,已经不懂得和世人交流了。

要是不注意专业术语的使用,这种情况就会经常发生。

那么是不是绝对不能用专业术语呢?当然不是。随着全球知识领域的细化和专门化,语言也日益细化和专门化。我可能听不懂全美医疗协会的会议，但是医生不会听不懂。想象一下，我们要费多大的力气才能向一般读者解释高度专业化的知识。如果读者已经具备了一定的专业知识，知道并能理解一些专业术语，那么作者甚至不需要费神解释。接下来，我介绍一个很小很简单的专业术语："标识系统"（signage）。

对于与之相关的人或事来说——比方说一个城市的交通部——这个简单的词语表达了很多的含义。它代表了所有与交通相关的标识：应该在哪里安放这些标识，这些标识应该是什么样子，应该怎样称呼这些标识，怎样对这些标识进行排序，谁来为这些标识买单，怎样安装这些标识。外行人也许会问："这只是一个单词吗？"答案是"是的"。对于了解这个领域的专家来说，它就是一个单词。它非常有用，只用一个单词就能表达很多内容。

一个专业的表达方法对于同样专业的读者来说就是好的行话，写作者的任务就是要让世界上的其他人也了解那些专业的知识。也就是说，写作者要替外行把专业术语翻译成浅显易懂的语言。下面这个段落摘自一份公司的内部简报。从这个段落中，我们可以看到不翻译专业术语的结果：

> 最近旨在改善自愿人身意外保险和意外伤亡险的计划包括增加了偏瘫截瘫险的理赔额度、新增了配偶职业培训津贴和截肢子女的双倍津贴。

如果这篇文章的读者是保险行业的专业人士，那么文章里的保险行业术语是没有任何问题的。文章的作者在公司的人力资源部门工作，也许他在工作中经常会碰到这样的专业术语，以至于听起来很自然，但是对公司的其他人来说却不是这样。那么要怎样修改才能让外行人读得懂这篇文章呢？

> 公司提高了意外伤害险的理赔额度。在新计划里，在意外事故中受伤导致半身瘫痪的员工可以领到专门的津贴。新计划还为员工的配偶提供了培训津贴。如果员工的子女不幸因意外截肢，公司将为其提供双倍津贴。

我们必须再次提醒，好的文章能让普通人理解专业的知识。也就是说，好的文章能用浅显易懂的日常用语去解释晦涩的专业术语，让所有人都能看得懂。

我在聚会上向别人说自己的专业是原型批评的时候就忘记了这一点。但是对于我的研究生同学来说，这是一个合适的行业术语，并不会给他们带来困扰。这也正是为什么会有训诫"不要用行话"。但是这样的训诫对我们毫无帮助，它只是发现了问题，没有提出解决的办法。除非它指我们不要使用那些不合适的行话，否则，这样说就过于一概而论了。并不是所有的专业语言都是好的。有些专业语言毫无必要、含糊不清、空洞无物，甚至会造成错误的理解。无论在什么情况下，这样的文章都算不上是好文章。

下面这段摘自一份报纸的专栏文章：

> 狼广泛地分布在地球上。无论是人类活动还是随机的环境变化，任何限制狼的生存空间的行为都会造成狼的数量的减少。

这篇文章想说明对狼栖息地的限制会让狼的数量减少，无论这种限制是来自人类活动还是环境的改变。这里并没有任何行话。好的行话是一种用最经济最专业的语言来表达复杂意思的办法，不好的行话则是用烦琐的语言表达简单的意思。正如过分委婉的语言所掩盖的通常是谎言一样，不好的行话所掩盖的通常是浅薄愚蠢的言论。这并不是说我们不使用行话就不会说傻话了。但是，如果没有行话，读者就会发现这些话是愚蠢的。在听起来高深莫测的行话的包装下，愚蠢的言语就会显得聪明睿智。这种虚伪的方式对于一篇好文章无疑是有害的。

我们在第二章中已经说过了惺惺作态的危害。但在这里，我们还是要说惺惺作态与不好的行话总是如影随形，甚至有时候大部分不好的行话就是由惺惺作态的语言构成的，它们大部分都来自无意义的词汇。

单独使用这样的词汇时，它们也许是简单且有意义的。但当它们和其他类似的词汇一起使用时，就变成了令人厌烦的毫无意义的废话。下面这篇文章就是一个很好的例子：

> 考虑到我们自身不稳定的加工能力，我们可以一方面优化资金，一方面解决问题。我们把这一模式作为生产流通的指导，将会通过我们的战略规划以及有既定目标的年度工作计划来实现。凡事预则立，不预则废。全公司上下必须协同一心认真执行这项计划。与此同时，我们还要加强结构建设、明确岗位职责、增强责任感，以此确保计划的顺利执行。

这篇文章完美地向我们展现了喋喋不休毫无意义的词汇。在措辞上通常偏重于名词短语，比如"自身不稳定的加工能力"。读者可以读懂这个短语里的每一个单词，但是如果把它们放在一起，读者就感到困惑了。以下是常见的喋喋不休毫无意义的词语：

第 4 章 要当心行话、时髦语和陈词滥调

资本化（capitalization）

组件（components）

部署（deployment）

元素（element）

设施（facility）

功能性（functionality）

指数（indices）

输入（input）

集成（integration）

界面（interface）

杠杆（leverage）

物流的（logistical）

矩阵（matrices）

机制（mechanism）

操作的（operational）

最优的（optimal）

优化（optimize）

最佳（optimum）

范式转移（paradigm shift）

参数（parameters）

预评价（preassessment）

优先化（prioritization）

步骤（procedure）

进程（process）

补救（remediation）

阶段（stage）

相位（phase）

水平（level）

战略上的（strategic）

制定战略（strategize）

协同（synergy）

体系（system）

利用（utilization，utilize）

为了体现如何使用这些喋喋不休毫无意义的词语，我们来玩一个小游戏：从上面的列表中随便找出几个词语，把它们随意排列，直到你觉得能用它们拼成一个完整的意思。例如"系统补救集成"（system remediation integration）。然后，再打乱这几个词语的顺序"补救集成系统"（remediation integration system），或者"集成系统补救"（integration system remediation）。每种组合听起来都似乎冠冕堂皇，实际上都毫无意义。

也许是因为每个人都能接触到新闻媒体，又或者因为媒体文章的作者是唯一不会使用自己笔下的行话的专家，所以**陈腐的媒体写作**也是一种模式化的写作方式，这样的文章无法传递有用的信息。下面是一些过时的新闻术语：

在……之间（amid）

可论证地（arguably）

被围困的（beleaguered）

血腥政变（bloody coup）

第4章 要当心行话、时髦语和陈词滥调

要旨（bottom line）

跌至谷底（bottomed out）

受到攻击（brought under fire）

迅速成长（burgeoning）

审慎的乐观（cautious optimism）

激冷效应（chilling effect）

抗议的呼声（cries of protest）

临界质量（critical mass）

前沿（cutting edge）

大批杀害（decimate）

决定性时刻（defining moment）

极度富有（delegate-rich）

受到抨击（drew fire）

豪门（dynasty）（用于体育报道）

经济萧条（economic crunch）

四面楚歌（embattled）

与作品同名的（eponymous）

不断升级的（escalated）

不断升级的冲突（escalating conflict）

设施（facility）

著名（famously）

自由落体（freefall）

原爆点（ground zero）

敲定（hammered out）

强硬路线（hard line）

45

热烈的讨论（heated debate）

激烈争论（heated exchange）

高度批评（heightened criticism）

劫持人质（held hostage）

热线（hot line）

激烈争辩（hotly contested）

尾随（in the wake of）

基础设施（infrastructure）

抢跑（jump start）

细目清单（laundry list）

创造公平竞争环境（level the playing field）

长篇累牍（litany）

寻求（looking to）

低姿态（low profile）

暴发户（mushroom）

富含石油的（oil-rich）

当场（on the ground）

正在增长（on the upswing）

政治难题（political football）

政治自杀（political suicide）

感到震惊（reeling）

共鸣（resonate）

发信息（send a message）

发信号（send a signal）

急剧下降（sharp decrease）

第 4 章　要当心行话、时髦语和陈词滥调

飙涨（skyrocketing）

温和立场（soft line）

火花（spark）

产物（spawn）

促使（spur）

令人震惊的（staggering）

坚定辩护（staunch defense）

锐减（steep decline）

饱受战火折磨的（strife-torn）

震耳欲聋的（stunning）

突然衰退（sudden downturn）

出奇制胜（surprise move）

一网打尽（sweeping）

细线（thin line）

引发新一轮（unleash a new round）

史无前例的（unprecedented）

事发现场（venue）

内容广泛的（wide-ranging）

广泛的暴力（widespread violence）

政治迫害（witch hunt）

在最糟糕的情况下（worst-case scenario）

时髦的表达方法和过时的词语是相互关联的。这些词语或新或旧，不知道从什么地方被翻了出来，然后莫名其妙地一下子流行起来。有人用"在一天结束的时候"来代替最后或者最终，立刻就有成百上千万人

开始跟着说"在一天结束的时候"了。有时,一种新的表达方法会一直被人们使用,并且编入词典。但更多的时候,时髦的词汇在很短的时间就销声匿迹。现在还会有人想听到"这真是太棒了(awesome)"和"咄"(duh)吗?

时髦的词汇和过时的词语有着很明显的问题:随着时间的流逝,这些表达方式会变得平庸无奇、枯燥乏味。在所有的艺术形式中,模仿是与原创截然不同的,语言也不例外。

这里是一些流行的词汇和表达方法。虽然有很多人喜欢使用这些词汇和表达方法,但实际上它们名不符实:

终止(closure)

拼凑(cobble together)

风口浪尖(cusp)

赋予权力(empowerment)

单挑(got game)

与……有问题(has a problem with)

有问题(has issues)

对……产生影响(impact)

试金石(litmus test)

别弄错了(make no mistake about it)

重大违约(material breach)

意志力(mental toughness)

挑战极限(push the envelope)

更上一层楼(raise the bar)

增加(ramp up)

第 4 章 要当心行话、时髦语和陈词滥调

逐渐升高（ratchet up）

急于下结论（rush to judgment）

即便如此（that said）

机遇之窗（window of opportunity）

　　换句话说，你不必非要是一名脑外科医生或一名研究火箭的科学家才知道这些时髦的词汇来自地狱。或者说，只有我们在做最可怕的噩梦时，才会想到这些时髦的词汇。我的意思是：经历过就可以了（been there, done that）。即使是最笨的人也知道它不过如此而已，没有任何新意，还是老一套。不要再用那些过时的词汇了，它们已经成为历史。这很好理解。你认为人们真的想再听到"臣妾做不到哇"（just doesn't get it）和"潇洒活一回吧"（get a life）？还是"小锤锤举高高"（yeah, right）？求求你们了！你们要是真的想说这样的句子，请你们在自己的梦里说好么？我们早就不用这些句子了啊！

　　我要离开这里了。

第 5 章

一些有助于写作的指导
使用正确的单词

> 正确的词语与几乎正确的词语之间的区别就像闪电与萤火虫之间的区别。
>
> ——马克·吐温

这里有两条广告，我们来看一下它们的措辞：这个产品是"penultimate"，而那种饮料的味道更加丰富，更"fulsome"。

我的天呀！

没有一条广告能够准确说出它原本想表达的意思。Penultimate 来自拉丁语，原意是"几乎是最后的"，换句话说，就是"几乎在最后的"，或者说是"倒数第二个"。无论一个球员的技术如何，如果他在排队的时候站在了最后一名球员之前，那么他就是倒数第二个球员。写出这条广告词的人一定以为这个单词的意思是"额外的"终极，或者是绝对的终极。但这怎么可能呢？怎么会有比终极还要终极的东西？这就像在说"额外怀孕""彻底斩首"和"特别的唯一"一样。

然后是"fulsome"。作者在这条广告里使用这个单词，是想说明这种饮料的味道非常丰富，甚至是非常奢华吗？但是这个单词并不是这个意思啊。至少直到 16 世纪，这个单词还没有这些意思。fulsome 最常见的解释是"令人作呕的""令人不快的"。当然，这条广告的文案并不是想说这种饮料的味道非常恶心，会让人不舒服。

"Penultimate"和"fulsome"是两个被广泛误解的单词。起先还只有一些人误解，但后来就变成绝大多数人都在错误地使用了。如果让这种情况继续下去，那么对它们"最常见的"解释就也要跟着变化了。

例如，"fortuitous"这个单词的意思是"偶然发生的"或"意外的"，而不是"幸运的"。但是，由于这个单词被广泛地误解，因此有些字典就给这个单词加上了"幸运的"这样一条义项。字典的作用是帮助读者理解当读者在用某个单词时那个单词所表达的意思。字典里的内容是描述性的，而不是说明性的。字典通常会告诉你一个单词的意思，而不会告诉你怎样正确使用这个单词。许多字典都会尽可能地写清单词的用法，但是很明显，这样做受到页面篇幅的极大限制。为了编写出收词量巨大的英文字典，他们必须精简每个单词的注解。

换句话说，单词的词义和语法不同。语法一般不会发生变化，就算变化，改动也非常小。单词用法的关键不在于对或错，而在于是否能被接受，是否有问题。威廉·萨菲尔曾经谈到过单词的用法，他说得非常有道理："如果我们当中说错的人足够多，那么我们说的就是对的了。"单词最终的意思是有文化知识的读者认为的那个意思。单词的词义并不是一成不变的，随着时间的变化，我们对单词的理解也在发生着变化。同时，一些单词为了适应这些变化，它们自身也在变化，编写字典的人迟早也会把新含义加到字典中去。很快，单词的新释义就会取代旧的释义，从而成为被广泛使用的——或者说最受欢迎的——释义。这就是字典存在的意义——反映人们当下对词汇的理解。

但是词汇的改变需要很长的时间，同时其改变趋势也是不确定的。为

第 5 章 使用正确的单词

了保证词义准确可靠，最好还是使用被广泛使用的义项。如果有人在文章中发现了他们认为用错了的单词，那么他们就会认为作者是无知的，因此，如何使用单词就显得尤为重要。简而言之，严谨的作家的手里都会有几本被广泛使用的、最新版的字典。他们会把这些字典当作写作的参考书。

这里有一个测试。测试里包括一些我们经常用错或误解的单词。随后的答案给出了这些单词被广泛使用的词义。在编辑这个测试的时候，我参阅了许多参考书，找出了它们对这些单词一致的解释。如果某个单词在这些参考书中的词义不同，那么我则选用相对更被广泛认可的《韦氏新世界词典》作为参考。

在这项测试之后是一些棘手的词对：

1. podium

    a. platform sandal

    b. stand that speakers place their notes on

    c. platform that speakers stand on

    d. foot doctor

2. epitome

    a. embodiment

    b. peak

    c. perfect

    d. core

3. friable

    a. easily crumbled

    b. withered

    c. frizzy

d. monkish

4. decimate

    a. to use decimals

    b. to destroy a fraction

    c. to destroy all

    d. to marry in December

5. flout

    a. disregard

    b. flounder

    c. show off

    d. whip

6. gauntlet

    a. narrow lance between two lines

    b. medieval whip

    c. musical scale

    d. glove

7. disinterested

    a. exhausted

    b. annoyed

    c. bored

    d. unbiased

8. antebellum

    a. auspicious

    b. before the war

    c. against bells

d. form of belladonna

9. restive

    a. peaceful

    b. thoughtful

    c. fidgety, resisting control

    d. relaxed

10. prone

    a. lying face down

    b. pertaining to the ankle bones

    c. dead

    d. lying face up

11. reticent

    a. reluctant

    b. silent

    c. whimsical

    d. nasal

12. tortuous

    a. lawsuit

    b. causing pain

    c. flat bread

    d. winding

13. ingenuous

    a. dishonest

    b. hypocritical

    c. guileless

d. imaginative

14. votary

   a. vestment

   b. voting box

   c. polling place

   d. one bound by a vow

15. aquiline

   a. like an eagle

   b. turquoise

   c. an aquarium lining

   d. underwater movement

答案

1. **podium** c. 讲台

2. **epitome** a. 缩影，摘要

3. **friable** a. 脆的，易碎的

4. **decimate** b. 十中抽一；大批杀害

5. **flout** a. 嘲笑；藐视

6. **gauntlet** d.（中世纪武士用的）金属手套

7. **disinterested** d. 公正的

8. **antebellum** b.（美国南北）战争前的

9. **restive** c. 焦躁不安的；难以驾驭的

10. **prone** a. 俯卧的

11. **reticent** b. 寡言少语的

12. **tortuous** d. 扭曲的，弯曲的

13. **ingenuous**　c. 天真无邪的

14. **votary**　d. 信徒；追随者

15. **aquiline**　a. 鹰的，似鹰的

棘手的词对

下面这些经常容易混淆的词对，尤其值得我们注意。我没有给出详尽解释，只给出了一些建议。在这里，我只给出了这些单词最基础的释义，简单地列出了它们被广泛使用的义项，提供了一些其他的义项，只有个别情况才提供更进一步的解释。如果想了解更多释义，请你自己动手翻阅字典吧。

abjure, adjure

abjure: 发誓放弃

adjure: 恳请，恳求

abrogate, arrogate

abrogate: 废除；取消

arrogate: 霸占

affect, effect

affect: 影响；感染；感动

effect, noun: 影响；效果；作用；verb: 产生；达到目的

allude, elude

allude: 暗指

elude: 逃避

all right, alright

all right 是被广泛使用的形式，大多数专家认为 *alright* 是拼写错误。

a lot, alot

a lot 是被广泛使用的形式；不要用 *alot*。

awhile, a while

awhile: adverb 一会儿；片刻

a while: noun 一会儿；一段时间。搭配使用的介词是 *for*，也可以用 *in*。

bate, bait

bate: 减少；缓和

bait, noun: 诱饵；verb: 引诱

balky, bulky

balky: 倔强的；不愿干的

bulky: 庞大的；笨重的

boast, boost

boast: 吹牛

boost, verb: 促进；noun: 推动

bruit, brute

bruit: 散播

brute: 畜生；残暴的人 beast

bus, buss

bus: 公共汽车

buss: 接吻

callus, callous

callus: 老茧

callous: 无情的；麻木的

closure, cloture

closure, noun: 终止，结束；verb: 使终止

cloture: 结束辩论

compliment, complement

compliment: 恭维；称赞

complement: 补足，补助

comprise, consist, constitute

comprise 的意思是"包括、含有"，和其他两个单词的意思是一样的。不能用 *comprise of*（Consist 后面要加上 *of*，*comprise* 不需要）。但是，consist 的用法是：The whole *consists of* the parts. The parts *constitute* the whole.

condemn, contemn

condemn: 谴责；判刑

contemn: 蔑视；侮辱

defuse, diffuse

defuse: 平息；去掉……的雷管

diffuse, verb: 扩散；传播；adjective: 弥漫的；散开的

demur, demure

demur: 提出异议

demure: 端庄的；娴静的

depreciate, deprecate

depreciate: 使贬值；贬低；轻视

deprecate: 反对；抨击

disburse, disperse

disburse: 支付；支出

disperse: 分散；使散开

discomfit, discomfort

discomfit: 挫败；扰乱

discomfort: 不适，不安

discreet, discrete

discreet: 谨慎的；小心的

discrete: 离散的，不连续的

elicit, illicit

elicit: 抽出，引出

illicit: 违法的；不正当的

emigrate, emigrant, immigrate, immigrant

emigrate, emigrant: 移居；移居外国；移民，侨民

immigrate, immigrant: 移居入境；移民，侨民。

envelop, envelope

envelop: 包围；包封

envelope: 信封

exult, exalt

exult: 狂喜，欢欣鼓舞

exalt: 赞扬；使得意

exercise, exorcise

exercise, verb: 锻炼；练习；使用；*noun*: 运动；练习；运用

exorcise: 驱邪；除怪

farther, further

farther: 更远地

further: 进一步地

flack, flak

flack: 宣传员

flak: 高射炮；抨击；谴责

forego, forgo

forego: 居先；在……之前

forgo: 放弃；停止

forte（French）**, forte**（Italian）

forte（French），noun: 长处；特长

forte（Italian），adjective: 强音的；响的

forthcoming, forthright

forthcoming: 即将来临的

forthright: 直率的；直截了当的

gibe, jibe

gibe: 嘲笑；愚弄

jibe: 与……一致，顺风时将船帆自一舷转向另一舷以改变方向

home, hone

home: 朝向；自动导航

hone: 用磨刀石磨

imminent, eminent

imminent: 即将来临的

eminent: 杰出的

immure, inure

immure: 监禁，禁闭

inure: 使……习惯；使……适应

infer, imply

infer: 推断；推论

imply: 意味；暗示

innervate, enervate

innervate: 使受神经支配

enervate: 使衰弱

insure, ensure

insure: 确保；投保

ensure: 保证，确保；使安全

irrelevant, irreverent

irrelevant: 不相干的；不切题的

irreverent: 不敬的，无礼的

lead, led

lead, noun: 铅

led: lead 的过去分词

loath, loathe

loath, adjective: 勉强的；不情愿的

loathe, verb: 讨厌，厌恶

luxurious, luxuriant

luxurious: 奢侈的；丰富的

luxuriant: 繁茂的；肥沃的

Milquetoast, milk toast

Milquetoast: 意志薄弱的人；懦夫

milk toast:（和热牛奶一道上的）烤面包片

moral, morale

moral, noun: 道德；寓意；adjective: 品行端正的

morale: 士气，斗志

naval, navel

naval: 海军的；军舰的

navel: 肚脐；中央；中心点

oral, aural

oral: 口头的，口述的

aural: 听觉的；耳的

ordinance, ordnance

ordinance: 条例；法令

ordnance: 军火；大炮；军械署

paean, peon

paean: 赞美歌

peon: 日工；劳工

peak, peek, pique, piqué

peak: 最高点

peek: 偷看；一瞥

pique, noun: 生气；愠怒；verb: 刺激；激怒

piqué: 凸纹布

pedal, peddle

pedal: 踏板

peddle: 叫卖；兜售

persecute, prosecute

persecute: 迫害；困扰

prosecute: 起诉；告发

phase, faze

phase: 阶段

faze: 打扰

phenomenon, phenomena

phenomenon: 现象

phenomena: phenomenon 的复数形式

perspective, prospective

perspective: 观点；远景

prospective: 预期；展望

plumb, plum

plumb, adjective: 垂直的；noun: 铅锤；colloquial: 恰恰；正 completely

plum: 李子

pore, pour

pore, verb: 细想；凝视；熟读；noun: 气孔；小孔

pour: 倒；倾泻；倾吐

postulate, postulant

postulate: 假定；要求

postulant: 申请人；圣职志愿者

prerequisite, perquisite

prerequisite: 先决条件

perquisite: 额外补贴；临时津贴

prescribe, proscribe

prescribe: 规定；开药方

proscribe: 剥夺……的公权；禁止

principal, principle

principal, noun: 首长；校长；adjective: 主要的

principle: 原理，原则；主义

prostrate, prostate

prostrate: 俯卧的；降伏的；沮丧的

prostate: 前列腺

ravage, ravish

ravage: 毁坏；破坏

ravish: 强夺；强奸；使着迷

refute, rebut

refute 的意思是不赞同对方的观点。我们可以用 *rebut*（反驳；揭露；拒绝 dispute, deny, reject, challenge, contradict）表示拒绝或反驳一个观点，但是这不等于我们可以成功地驳倒或推翻这个观点。

retch, wretch

retch: 反胃，呕吐

wretch: 可怜的人，不幸的人

sensual, sensuous

sensual: 感觉的；肉欲的

sensuous: 依感观的；诉诸美感的

stationary, stationery

stationary: 固定的；静止的

stationery: 文具

taut, taunt

taut: 拉紧的；紧张的

taunt: 嘲弄；讥讽

tic, tick

tic: 抽搐；痉挛

tick: 滴答声；扁虱；记号

trooper, trouper

trooper: 警察；步兵

trouper: 戏团演员；台柱演员

trustee, trusty

trustee: 受托人；托管人

trusty: 模范囚犯；可信赖的人

venerable, vulnerable

venerable: 值得尊敬的；珍贵的

vulnerable: 易受伤害的；有弱点的

want, wont

want: 想要

wont, adjective: 习惯于；noun: 习惯

wangle, wrangle

wangle: 哄骗；伪造

wrangle: 争论；争吵

wrack, rack

wrack: 彻底破坏

rack, noun: 架子；拷问台

verb: 折磨；榨取

wreak, reek

wreak: 发泄；报仇；造成

reek: 臭气

yoke, yolk

yoke, noun: 轭；束缚；verb: 结合；匹配

yolk: 蛋黄

第 6 章

一些有助于写作的指导
开篇不要用过长的从属短语

> 首先,我会努力简化故事中的结构和语言。
>
> ——伊塔洛·卡尔维诺

假设你度过了这样一个有趣的早上:你在瓢泼的雷雨中长途跋涉,历尽千辛万苦才到了公司,你精疲力竭地把车停好,刚一下车,就碰上一个拿着枪的蒙面人。

"快点儿!把钱交出来!"他用嘶哑的声音朝着你大喊。你当然会乖乖听他的话。随后,你冲进办公室大喊:"刚刚有人把我给抢了!"你会这么喊吗?也许你会这样说:"今天早上,我冒着倾盆大雨,长途跋涉,好不容易才把车开到了公司之后……"

又或者是这样:早上一起来你就看见原本在和比利一起玩的小尊尼正在哭。"嗨!怎么了?"你问道。小尊尼说:"比利他打我。"也许小尊尼不会这样说。也许他会这样回答你:"在沙箱里发生的一次争执中……"

这听起来相当荒谬,不是吗?但是它让我们看到了我们习以为常的文章是多么的不自然。在这些文章里,开头的那句话经常会有长长的从句或短语。除了以对话形式写就的文章之外,我们经常可以见到这种不自然的例子，这种例子可以让我们明白它们的问题出在哪里。我们根本就不会那样说话嘛。这样的写法既无趣又不自然。无论是口语还是写作，它都违背了交流中开门见山的重要原则。

让我们具体到一句话上来。如果我们用颠倒的词序来开头，会先写上一个介词、动词、非谓语动词、连词或副词。这样的句子非常容易辨认：它在一开始会用到一个从属性从句或短语，而不是直接把句子的主语放在句子的一开头。这样一来，不仅会让读者迟迟找不到句子的主语，而且还使句子的意思模糊不清。下面这个例子摘自一篇书评：

> 故事发生的地点非常固定，一部分故事发生在伦敦和英国的乡村中，但是主要发生在英属西印度群岛。作者用详尽的笔墨栩栩如生地描述了当时经久不衰的盛况和19世纪英属西印度群岛的异域风情。讲了两个独立、在时间和地点上都紧密相关的故事。

如果这句话的语序是"主语—谓语—宾语"，那么就会是这个样子："这本书里讲了两个紧密相关的故事，其中大部分事件都发生在19世纪的英属西印度群岛。"我们为什么省略了其他的内容呢？这是因为尽管这些文字看起来很好，但是不符合逻辑。如果一本书描写了一个国家全国各地的风貌，那么我们就不能说它描写的地点是"固定的"。此外，这句话里同时出现了"经久不衰的"和"当时"这两个自相矛盾的词语。

这种有缺陷的开头为什么不能引起读者的兴趣呢？因为它未在附加的句子和短语中告诉我们有用的信息，读者不会读这样的句子。训练有素的读者会忽略过长的从属部分，直接找到主语，然后从主语开始阅读。他们知道，这才是有用的内容。

第6章 开篇不要用过长的从属短语

　　显然，为了反对有关白宫政策正处于瘫痪状态以及战事不利的传闻，总统………

　　目前，尽管航空公司的精力都集中在简化票价、力争满座、增加利润，但是，一些高官……

　　由于在财务申报方面和守口如瓶的巴赫曼兄弟有冲突，哈罗德·W·辛普森……

　　上面这些例子告诉我们为什么这种颠倒的语序不受欢迎，尤其是在文章的第一段。我们可能偶尔有意使用颠倒的句式以实现句子结构的转换和变化。只要结束句写得足够清楚，这样做是合理的。然而，由于过长且复杂的从句和短语违反了常规的句子结构——"主语－谓语－宾语"这样的语序，因此这样的句子不能引起读者的兴趣。通常，我们也会以这样的方式说话：人－动作－对象。

　　你绝不会对一个人说："显然，为了反驳白宫政策正处于瘫痪状态以及战事不利的传闻……"你不会这样说话的原因在于：首先，别人根本就不会听下去；其次，你会想方设法让自己的话不那么无聊并且易懂。写作也是一样。

　　令人开心的是，修改词序颠倒的开头是件易事。我们只要从主语开始写就可以了。对于上面提到过的例子，这本书、总统、高官以及哈罗德·W·辛普森，（这个人到底是谁？如果读者不认识这个人而这个人却又在句子中出现了，那么不把这个人的身份说清楚是非常冒险的。）如果在这些从属短语中的内容非常重要又足够简短，我们可以把它放在句子中间或句尾。如果不是这样，那么我们可以把这些内容放在另外的句子里，当然，还是在第一段。

　　下面这段的最后一句话就是最糟糕的语序颠倒情况。它的从属短语多达100个字，这让读者感到满头雾水。读者不得不仔细研读，直到读到"灵感"才能发现句子的意思发生了变化。

理查德·康登说，他从来不会——也不需要——走出他那看似普通的房间去寻找灵感。"你要做的是读读《纽约时报》。它们讲故事的方式就好像它们不是新闻一样。"他说。他客厅里的桌子上铺满了各种杂志，有《美食家》《纽约客》《琼斯夫人》《华盛顿月刊》《美国电影》《共同事业》和《国家民族政坛》；他的书架上堆满了各种关于葡萄酒、CIA美国中央情报局、交通运输、纳粹德国以及英格兰的书，就连畅销书作家也可以从这些书中找到写作的灵感。

如果以一个短语作为开头是危险的，那么用一个包含很多内容的长清单作为开头就更加危险了。解决的办法非常简单：把这样的"清单"放到主语——"畅销书作家"——后面去。这样做可以让句子中的两个"灵感"连续出现，从而使得它们的关系更加明确。

理查德·康登说，他从来不会——也不需要——走出他那看似普通的房间去寻找灵感。"你要做的是读读《纽约时报》。它们讲故事的方式就好像它们不是新闻一样。"他说。就连畅销书作家也可以从他房间中的那些书里找到写作的灵感。他客厅里的桌子上铺满了各种杂志，有《美食家》《纽约客》《琼斯夫人》《华盛顿月刊》《美国电影》《共同事业》和《国家民族政坛》……

我们可以发现语序颠倒的句子最大的问题在于很难找到主语。读者在找到主语之前不得不了解一些与主语相关的事情。我们就像只凭空看到了一些无人表演的动作。或者说，在知道我们在谈论的是谁或是什么东西之前，我们要对它们有所了解或解释。这样的短语越长、越复杂，文章的意思就会越含混不清，我们也就越不应该这样写作。

  拿到了由亚当斯维尔的查尔墨·史蒂文斯·亨宁斯和斯科特工程公司做出的结构评估报告，准备向市政委员会申请两百万美元拨款用来修复码头，在"从前的老旋转木马"社团成员和那些热爱老式建筑的保护主义者的支持下，迈克尔·弗莱厄蒂成了这个老码头最后的救世主。

  想象一下，如果你要告诉别人这样的内容，以这样的方式开头是否会更好："迈克尔·弗莱厄蒂也许真能成为这个老码头最后的救世主。其他人也想挽救这个老码头，但徒劳无功。弗莱厄蒂可不会孤军奋战。他拿到了……"

  一般来说，数字和数据都是枯燥乏味的。在写作中，应该尽量避免数字和数据的简单堆积。有谁会想读一份年度报告或一封由国税局寄来的信呢？如果把混有数字和语序颠倒的句式结合起来写，那么绝对没有几个人愿意看这样的文章：

  由于来自西欧和第三世界国家的出口量——在今年的前五个月一直保持着上升的趋势——在6月份下跌，而全球的进口量却出现了上升的趋势，美国的贸易顺差在六月份里急剧增加到121亿美元，这是自1988年以来出现的最大幅度的增长。在与西欧的贸易中出现的顺差尤为巨大。与日本的贸易中顺差也出现了增长。在联邦储备局针对目前的市场做出调整，保证美元的坚挺，干预美元对日元的汇率之前，美元对日元的汇率已经跌到二战后的最低点。

同样，以主语而不是从属从句和短语开头可以使文章的表达清晰：

美国的贸易顺差在六月份增长到了121亿美元，这是自1988年以来出现的最大幅度的增长。出口量的减少和进口量的增加——主要是在与西欧的贸易中——导致贸易顺差。

与日本的贸易顺差也出现了增长，这使得美元对日元的汇率急剧下降。然而，联邦政府在外币市场中大量买进美元，并以此快速稳定了美元的价格。

正如我在前面提到的"哈罗德·辛普森"中说的那样，把主语藏在句子中间会有额外的风险。如果句子的主语是读者不熟悉的人或事，这样做会让读者更难读懂句子。

由于移民局的官员在周一给来自印度尼西亚的电脑专家贾里安托·希贾华颁发了全国第一张"绿卡"，许多人担心抵制外国人，甚至是攻击外国人的行为会影响到有一技之长的人，使他们不愿意来德国工作。

这个例子展示了语序颠倒的句式中的常见问题，其中的从属短语延误了句子的主要内容，同时也使句子的关键内容变得模糊不清。因为读者不知道贾里安托·希贾华是何许人也，所以在文章的一开头就提到这个名字不仅无法引起读者的兴趣，反而让读者更加困惑不解。"由于移民局的官员……许多人担心"这样的表达也不能使平淡无奇的句子产生戏剧性效果。

仔细想一想，我们可以简化句子的主要内容，使其变得更合理。我们可以把贾里安托·希贾华这个名字留到第二段再提，同时，我们可以在第二段里对他做一些介绍。

> 德国从周一开始对有一技之长的外国人实施绿卡计划，但是官员表示他们担心对外国人的敌视行为会成为德国吸引人才的阻碍。
>
> 作为一名印度尼西亚人，贾里安托·希贾华拿到了德国的第一张绿卡。希贾华是一名电脑专家……

那么到底有没有什么语序颠倒的结构对文章的开头是有帮助的呢？当然有！下面就是一个颇具深意的例子。此文的作者是《费城调查者报》的记者大卫·奥莱利。文章以一个故事作为开头，在这个故事里，大卫·奥莱利介绍了作家杰克·迈尔斯和他的著作《上帝：传记》，后者曾获得普利策文学奖。

> 他喜怒无常，却又嫉恶如仇；他悲天悯人，也有着嗜血无情的一面；虽然我们不能确定他的存在，但是他尽人皆知。在西方世界的观念里，他就是神一样的存在。
>
> 这一切都是因为他是上帝。

奥莱利把主语隐藏在句子中间是有理由的，这句话的主语就是整句话的点睛之笔。在下面这个例子中，语序颠倒也起到了很好的效果。这个例子摘自杰里·西格尔和乔·舒斯特的作品，他俩是《超人》系列的创作者。

比飞行的子弹还要快，比火车头还要有力量，只需轻轻一跃就能跳过高楼大厦——看啊！就在天空中！那是一只鸟！那是一架飞机！那是超人！

我反复在本书中提到，无论是在口语还是在写作中，要想吸引读者的注意，最好的办法就是开门见山。要想做到开门见山，最好的方式就是让读者先读到主语，然后是动词，最后是宾语，我们把这种结构叫作主动语态。之所以说这种结构是直接有效的，是因为我们就是这样说话的，任何一个思路清晰、文笔出色的写作者都会尽量让自己的文章直接有效。

颠倒的语序可以给故事的主干部分带来丰富的变化。在极少数的情况下，在文章的开头部分使用颠倒的语序也能收到很好的效果。如果语序颠倒的短语足够简短，那么它不会对文章有不好的影响，比如"去年，在芝加哥""在罗斯福执政期间""当我还是个孩子的时候"。烦琐冗长、不切实际的内容会影响读者对文章的理解，这才是我们应该避免的。只有在下面这些情况下，我们才可以使用颠倒的语序：

1）我们已经考虑过其他选择。

2）我们知道自己在做什么以及为什么这样做。

3）我们有特定的目的，只有语序颠倒的结构才能满足它。

第7章

一些有助于写作的指导
多用主动动词和主动语态

> 艺术家要模仿积极的东西,从形式到修辞。
>
> ——塞缪尔·泰勒·柯勒律治

这里有一条政府工作手册中的条款:原告应及时被提供咨询服务,不应乱收费或只将其记录在案。

这句话是一条指导建议还是一句观察报告呢?它更像是后者。这句话使用了被动语态,只是告诉了我们什么是错误的做法。这样的表述实在是太不清楚了。"被提供咨询服务"是一个被动结构,究竟是谁提供咨询服务呢?这里缺少动作的发起者。在指导建议中,动作的发起者是明晰的,也就是你,因此大多数指导建议都是祈使句:(你)要这样做;(你)要那样做。在这样的工作手册中,要尽量使用主动语态,这样读者就会清楚了解它的意图,读起来也更像是指导建议:应及时为原告提供咨询服务,不应对其乱收费或只是记录在案。

养成使用主动动词的习惯可以避免使用毫无必要或毫无吸引力的被动结构。请注意,我说的是毫无必要或毫无吸引力。有时候,文学大家也会向我们提出忠告：不要用被动语态！我们从来都不用它。被动语态的存在是有道理的，在写作中，我们不仅可以使用它，在有些情况下，使用被动语态能更好地表达文章的意思。

为了防止你不熟悉被动语态，我们先来解释一下这个语法现象。被动语态打破了"主语—谓语—宾语"这种正常的语序，把动作的对象放在了动作的发起者的位置，把动作的发起者放在了动作的对象的位置（如果它们都出现在句子里）：

主动语态：The boy hit the ball.（男孩打球。）

被动语态：The ball was hit by the boy.（球被男孩打了。）

被动语态：The ball was hit.（球被打了。）

这个例子显示了被动结构为什么被认为是松散无力的。比如说在"The ball was hit."（球被打了）这句话里，因为在被动结构中不需要出现动作的发起者，所以它给我们提供的信息不足。被动结构在很大程度上被误解了，我也不知道为什么。有人认为只要在一句话里有助动词或者"be"动词，那么这句话就是被动语态。不是这样的。被动句中确实包含助动词，但并不是说所有含有助动词的就都是被动句。"She was walking down the street"（她在街上走着）是主动语态。"The authorities have been looking into the case"（官方已经介入这个案子）也是主动语态。

语法检测软件加深了我们对被动语态的困惑。这些程序会自动搜索文本中的助动词，一旦它们找到一个助动词，就会提示你"这句话也许是被动结构"。然而在很多情况下，它并不是被动结构，只是包含某种形式的"be"动词，并把它们当作助动词，例如：is, are, was, were, be, been, being 或 am。

下面是一些被动语态和主动语态的例句：

主动语态：Students must declare their majors before the third semester.（学生必须在第三个学期前选好自己的专业。）

被动语态：A major course of study must be declared by the students before the third semester.（专业课必须在第三个学期前由学生自己选好。）

被动语态：A major course of study must be declared before the third semester.（专业课必须在第三个学期前被选好。）

主动语态：The president announced my promotion.（总裁宣读了我的晋升令。）

被动语态：My promotion was announced by the president.（我的晋升令由总裁宣读了出来。）

被动语态：My promotion was announced.（我的晋升令被宣读了出来。）

主动语态：The tour bus picked up the visitors.（旅游巴士接到了游客。）

被动语态：The visitors were picked up by the tour bus.（游客被接上了旅游巴士。）

被动语态：The visitors were picked up.（游客被接上了车。）

在上面这些例句中，所有的被动结构在表达上都很无力、过长及缺少关键信息。被动语态在什么情况下才比主动语态更有效呢？如果动作的发起者无关紧要或者影响了句子要点的表达，那么就要使用被动语态。例如"Doe's novel was acknowledged a masterpiece at the outset."（多伊的小说从一开始就被认为是传世佳作。）是谁这样认为的呢？有人会在意？这句话的重点是强调这篇小说的艺术性，而不是判定艺术性的主体。实际上,刻意把被动结构改成主动结构反而会扭曲句子的真实用意,例如:"Lots of people acknowledge that Doe's novel was a masterpiece at the outset."(很多人从一开始就认为多伊的小说是一篇传世佳作。)虽然这个版本使用了主动结构,但是错误地强调了"大多数人"(lots of people)。下面是另一些有效的被动结构表达:

The company's mission statement has been completed.(公司的宗旨已经宣读完了。)

The absentee policy has been found effective.(这项缺席的政策被证实是有效的。)

The package was delivered to the wrong address.(包裹寄错地址了。)

同样,是谁宣读了公司的宗旨,是谁发现了政策是有效的,是谁寄的包裹,这些信息与句子要表达的信息不相关。

用主动动词写作并不意味着总是要用"主语—谓语—宾语"这样的语序。有时候,我们可以用一些在表达上略显无力的词来代替单独的主动动词。比如:

Marie Andrews was dominant in the event's bicycle phase.(玛丽·安德鲁斯在这次比赛的自行车项目中排名第一。)

Marie Andrews dominated the event's bicycle phase.(玛丽·安德鲁斯主导了这次比赛的自行车项目。)

简单有力的动词可以使表达充满活力。"Decided"要比"made a

decision"显得更有力。"Substituted"、"intended"、"tried"、"demonstrated"要比"made a substitution"、"have the intention"、"made an effort"和"gave a demonstration"更有力。

下面是一个小测试。请将在措辞上显得无力或重复的部分改写成简单的主动动词。

1. We managed to determine the project's deadline.（我们设法了解到了计划的截止日期。）

2. The president has made a request that employees give their support to community arts.（总裁提出了一个要求，希望公司的员工为社区的文娱事业提供帮助。）

3. The group offered a donation of food and clothing to the charity.（集团把食物和衣物作为捐献物捐给了慈善机构。）

4. Please provide us with a summary of your proposal.（请把你的建议的摘要提供给我们。）

5. This equipment will serve to make reductions in maintenance cost over time.（该设备可以做到长时期降低维护成本。）

6. We want to make progress toward the goal of better communication skills.（我们希望朝着提高沟通技巧的目标迈进。）

7. Please do a study of the policy's effects.（请对这项政策的效果进行调研。）

8. Take the corner of the paper and make a fold on the dotted line.（捏住纸的一角，沿着虚线折。）

9. Give them an estimate of your total cost after you've done a

calculation of the new figures.（你计算完最新的数据后，请给他们提供总成本的预算。）

10. You will please note that Ms. Ames made an objection.（请你记录，艾姆斯女士提出了异议。）

改成主动动词后：

1. We determined the projects deadline.（我们确定了计划的截止日期。）

2. The president asked employees to support community arts.（总裁要求员工支持社区的文娱事业。）

3. The group donated food and clothing to the charity.（集团为慈善机构捐助了食物和衣物。）

4. Please summarize your proposal.（请总结你的建议。）

5. This equipment will reduce maintenance cost over time.（这台设备将会长期降低维护成本。）

6. Our goal is better communication skills.（我们的目标是掌握更好的沟通技巧。）

7. Please study the policy's effects.（请调研这项政策的效果。）

8. Fold the paper on the dotted line.（请沿着虚线折。）

9. Estimate your total cost after you've calculated the new figures.（在你算完新数据以后，请评估总成本。）

10. Please note that Ms. Ames objected（请记录艾姆斯女士的反对意见。）

无论你是调整了句子的语序，给主语找到了一个合适的位置，还是把几个单词压缩成了一个有力的动词，你都会发现经过努力，句意变得更加清晰和更有活力了。噢，句子也变得更短了！

第 8 章

一些有助于写作的指导

避免赘言

> 他们已努力回答所有的问题,
>
> 也在文章里竭尽了全力,
>
> 但就算是照抄经典,
>
> 他们还是写不好文章。
>
> ——亚瑟·克莱门特·希尔顿

我们之前讨论的内容引导我们来到了这一章。我们一再提到,好文章的秘诀在于让文章里的每一个字都有价值。对于一篇语言简洁、文风积极向上的文章来说,赘言就是它最大的敌人。无论是小说还是非虚构写作,最顶级的作家都坚持认为文章中用到的每个字都应该承载意义。

我们说过,对话式的写作风格是一篇好文章的要素。然而,对话式的写作方式也有缺点——很容易使语言显得啰唆。众所周知,演讲中的语言就很容易让人感到啰唆。但是,讲话和写作之间最重要的一个区别就是,在写作的时候,我们可以对文章进行大量的修改,当我们在讲话的时候则不太可能有效地修改自己的发言。当我们在演讲时,即使发现自己说的话枯燥乏味,也要硬着头皮说下去。听众可不会等着我们修改演讲稿：嗯，啊，然后回过头来重新开始。

尽管我们可以在文章中使用略显烦琐的语言，但是我们最好还是用对话式的语言快速写作。写完文章后，你要做的第一件事情就是对文章进行"脱壳"。这种修改方式非常简单，你只需要挑出烦琐冗长的语言。

某些特定的词汇和结构会让文章显得臃肿烦琐。比如，介词经常会让文章显得烦琐，因此，要想让文章变得精炼，我们就要去掉文章中的介词短语（这是第10章的内容）。如果我们可以用一个词来代替一个短语，那么我们就要用这个词。比如：

in regard **to**: *about*

in the event that: *if*

a sufficient number **of**: *enough*

in the vicinity **of**: *near*

were **in** agreement: *agreed*

on a daily basis: *daily*

were **in** attendance: *attended*

on the occasion that: *when*

at this point **in** time: *now*

are **of** the belief: *believe*

没有必要的重复和冗长多余的词语也会使文章显得烦琐。例如：basic fundamentals（fundamentals 基本原理）；consensus of opinion（consensus 舆论）；potential promise（potential 可能性）；past history（history 历史）；personal friendship（friendship 友谊）；total effect（effect 效果）；end result（result 结果）。

第 8 章 避免赘言

以 it 和 there 开始的句子通常是烦琐的。让我们来看一下下面这位小说家对于花园的描写：

即使是在秋日那昏暗的光线中，**这里**（there）也真的**有**大量可看的东西……这里有一块小草坪，它围绕着一个鱼池，边上围着一圈用不同形状的石板铺成的小路。**这里有**（there was）一连串网格状的门廊从一个被精心照顾的地点通往另一个被精心照顾的地点。**这里有**（there was）一个放着日晷的玫瑰园，一些尚未凋谢的玫瑰仍旧在它们光秃秃的茎干上闪着白光。**这里有**（there was）许多用山毛榉、紫杉和山楂树修成的篱笆，就像是为花圃中的菊花搭建的金色和绿色的背景。

如果去掉这些毫无意义的 there 结构，这篇文章就会变得生动活泼、言之有物了：

即使是在秋日的暮色中，这座花园的景色也像是一幅极美的画卷……带着网格的门廊把那些经过精心修葺的地区一一分割开来。一条用不同形状的石板铺成的小路把一小块草坪圈了起来，在草坪中间有个鱼池。在玫瑰园里，光秃秃的花枝中有几朵尚未凋谢的白玫瑰若隐若现，一座日晷伫立在玫瑰园的正中心。花圃的篱笆是用山毛榉、紫杉和山楂树修成的，在花圃里堆满了正在盛开的菊花，这条有着金绿两色的篱笆就成了衬托菊花的背景。

不准确、不必要的副词和限定词也会让文章显得烦琐，比如说用"moved quickly"来代替 rushed 或者 hurried。含糊不清的语言会使文章显得啰唆。毫无必要的说明也是如此：

> 来自全国许多顶尖中学和大部分一流大学的教育家都在哈佛举办的会议上欢聚一堂。在会上，他们讨论了被许多人称为教育改革的最大障碍之一——中学的自身成就。

类似"许多""大部分""在……会议上欢聚一堂""被许多人称为"这样的措辞看起来是在具体说明，但实际上，这样做只能使言之有物的简单说法徒增累赘：教育家参加了在哈佛大学召开的关于中学教育的会议。在会议上，他们讨论了教育改革中的最大障碍之一——每个学校都想成为成功的学校。

对显而易见的内容具体化也会让文章显得烦琐："吉姆·利特在过去的十年中在幕后默默工作，就是为了研发出一套可以给公众和媒体尽可能快地提供选举结果的电脑系统。""过去的十年"，当然是已经过去了的。"在幕后默默地"是赘述，而且也偏离了主题。利特的工作绝对不是不可告人的。"给公众和媒体提供"，只需要写"提供"就够了。"尽可能快地"就是"立即"。修改后是这样："吉姆·利特花了十年时间研发出了一套电脑系统，这套系统可以提供即时的选举结果。"

毫无意义的一串谓语动词和毫无必要的被动结构也会让文章显得臃肿：最好把"他们需要开始讨论"写成"他们应该讨论"。如果在"评估结果会在下周被承包商提交"中不用被动结构，那么这句话的结构就会显得更加紧凑："承包商下周会提交评估结果"。选择更偏重名词的短语也会使文章显得废话连篇。"对……加以考虑"就是"考虑"；"对……有需要"就是"需要"。

正如我们在上一章中说过的，用许多词而不是只用一个主动动词也会使文章显得烦琐。"六年级的学生莫丽·柯德尔被宣布成为戴维斯郡学生拼写比赛的冠军。"我们可以把这句话里的"被宣布成为……冠军"改成"赢了":"六年级的学生莫丽·柯德尔赢了戴维斯郡学生拼写比赛。"

无论是什么原因导致文章冗长烦琐,结果都是一样的,文章会变得结构松散、言之无物。

这里有一些措辞烦琐的例句。尽量找到其中的问题,然后对句子进行改写。随后有参考答案。

1. They are of the opinion that the agency needs to make changes in its proposal.

2. Prior to moving to Chicago, he lived in the city of Philadelphia.

3. She enrolled in this class in view of the fact that philosophy is a subject in which she takes an interest.

4. The fact that you didn't seek our advice subsequent to the meeting makes us feel disappointment.

5. There were three or four people on the committee who said that the companies who were bidding needed to give a demonstration of how the new equipment functions.

6. Some residents of the suburb of Oakwood have a tendency to consider the neighborhood a bedroom community.

7. There were 108 accidents in the targeted area during the crackdown, down from 145 during the same time period last year.

8. Military officers need to have knowledge and an understanding of their troops.

9. As per our telephone conversation, enclosed please find

information on a new blocking device that prevents computer hackers from gaining access to your computer equipment and records.

10. The true facts of the matter are that the university has set a new record this year in receipt of free gifts and cash donations.

参考答案

1. They think the agency should change its proposal.
2. He lived in Philadelphia before moving to Chicago.
3. She took this class because philosophy interests her.
4. We're disappointed that you didn't seek our advice after the meeting.
5. Several committee members said the bidding companies should demonstrate the new equipment.
6. Some Oakwood residents consider it a bedroom community.
7. During the crackdown, the number of accidents in the targeted area fell to 108, down from 145 last year.
8. Military officers should know and understand their troops.
9. Here's information on a blocking device that can keep hackers out of your computer system.
10. The university has received record gift and cash donations this year.

第 9 章

一些有助于写作的指导
避免使用模糊不清的限定词

> 我们民族的一个缺点就是喜欢使用被称作"狡辩之词"（weasel words）的语言。黄鼠狼（weasel）在吃鸡蛋的时候会把鸡蛋里的蛋液吸出来吃。
>
> ——西奥多·罗斯福

我绝不会是唯一一个不想再听到也不想再见到"非常"（very）这个词的人。这个英语单词由四个字母组成，即使算上其他同样由四个字母组成的常用单词，它也是滥用得最厉害的一个了。Very 会让有力的表达失去生命和活力，它不仅不能为表达锦上添花，反而只会使表达变得平庸。

让我们来看看一位老师说的话：

> 我们正在非常非常努力地提高学生的基础语言能力。众所周知，这些学生的基础语言能力非常的差。这确实是一项非常具有挑战性的工作。但我们现在非常高兴地告诉大家，经过几个月非常紧张的努力，学生取得了一些非常小的进步。

你一定认为我说得太夸张了!

如果没有那些言之无物、随意使用的"非常",那么她的话就能变得更清楚、更有力:"我们正在努力提高学生众所周知的不高的语言水平。这对我们来说无疑是一次挑战,但是我们很高兴地告诉大家,经过几个月的紧张准备,一些学生取得了进步。"

尽管像"非常"这样的词汇用在演讲中是情有可原的,但我们还是尽可能不要使用它们,即使是在演讲的时候。有一系列和"非常"(very)类似的词语:极端地(extremely)、全部地(totally)、完全地(completely)、统统(wholly)、彻底地(entirely)、绝对地(utterly)、真实地(really)、相当(quite)、颇(rather)、稍微(somewhat)、轻微地(slightly)、相当(fairly),等等。当我们在演讲想不起最合适的词汇时,这些词汇可以帮助我们把近似的意思说出来。如果我们一下子想不到最正确的词汇,就会用这些意思上比较接近的词汇来表达,比如:非常(very)、极端地(extremely)、全部地(totally)、统统地(wholly)、完全地(entirely)、绝对地(utterly)、真实地(really)或完全地(completely)。我们也可以用十分(quite)、颇(rather)、轻微地(slightly)、相当地(fairly)、或稍微(somewhat)。

然而,在写作中,我们可以检查句子,重新考虑措辞,然后对其加以修改。我们可以找出最合适的词汇来表达意思,用最正确的词汇,而不是差不多正确的词汇。

有时候,我们并不是有意使用模糊不清的限定词,而是出于习惯。这些限定词既不能加强语气,也不能使强硬的语气变得委婉,但我们就是这样说话的。被它们修饰的词语完全可以单独使用。在这种情况下,这些限定词就是无用的累赘,我们应该抛弃。去掉这些无用的修饰词可以取得神奇且令人欣喜的效果,剩下的单独使用的词汇会使表达更有力和坚定。不必要的修饰词非但无助于表达，反而会浪费我们的精力。

请大声朗读下面的句子，试着发现把这些限定词删掉后，原句是如何变得更合理、意思得到了怎样的增强和精炼。

原句：*When he was alone with her in the darkness on the seashore, he was very happy.*

修改后：When he was alone with her in the darkness on the seashore, he was happy.

原句：*It was a very ugly house, surrounded by a wild untended garden full of old fruit trees whose leaves lay in drifts on the grass. Its windows were the sash kind and very small, but its front door was enormous, quite out of proportion.*

修改后：It was an ugly house, surrounded by a wild untended garden full of old fruit trees whose leaves lay in drifts on the grass. Its windows were tiny, its enormous front door out of proportion.

原句：*Although they remembered the playwright as very austere, she found he had a somewhat playful, even rather mischievous, side.*

修改后：They remembered the playwright as austere, but she found him playful, even mischievous.

这些句子中的修饰词使句子的意思含糊不清。尽管我们在说话的时候会习惯性地说"嗯，啊，哦"这样的词，但它们确实成了句子的累赘，无法给句子增色。比如，"开心"（happy）是一个表述清晰、情感强烈的词汇，但如果它不足以表达我们的意思时，我们可以用"狂喜的"（overjoyed）、"极为激动"（thrilled）、"欣喜若狂"（ecstatic），而这正是"非常开心"（very happy）这个短语做不到的。第二个例子可以让我们明白在使用"丑陋的"（ugly）这个有力的单词和"非常丑陋的"（very ugly）这个短语时，作者所要表达的概念有何不同之处。如果一个东西是"非常丑陋的"（very ugly），那么它会不会就是面目可憎的（hideous）？从例句里的描述中，我们猜想作者不是这个意思。也许作者就是想说它是丑陋的。如果我们一定要用词语去修饰"小的"（small），我们是不是可以找到更准确的？比如说"微小的"（tiny）、"极小的"（minuscule）或者是"无关紧要的"（insignificant）？同样，"相当地"（quite）显然削弱了"out of proportion"表达的意思。最后，为什么要用限定词修饰"简朴的"（austere）"淘气的"（mischievous）"开玩笑的"（playful）这些词呢？这些词本身就语义完整，不需要其他限定词来修饰。

有些词汇太独立了，以至于如果要用限定词修饰它们，不仅多此一举，而且是错误的。对于不能用程度去修饰的单词，你就无法找到合适的词语来修饰它们。比如说，难道我们可以说"轻微地死了"（slightly dead）或"有点儿鲜活"（somewhat alive）吗？"颇为独一无二"（rather unique）听起来和"相当怀孕的"（rather pregnant）或"颇有恶意的"（rather malignant）一样滑稽可笑。像"彻底毁灭"（completely destroyed）和"完全摧毁"（totally demolished）这样的结构就是画蛇添足了。

有时候，像"非常"（very）这样的修饰词只会使句子显得臃肿，是一种感叹而不是解释。

原句： The funds for the multilingual program are necessary given how very diverse the district is.

更好的版本： Funding the multilingual program is necessary given the district's diversity.

最好的版本： Funding the multilingual program is necessary because the district's students speak more than a dozen languages.

最后一句最好，因为作者放弃使用"diversity"这个抽象词语，加入了重要而具体的信息，详尽地解释而不是一味地夸张。

从以上例子可以看出，判断我们是否使用最合适的词汇的标准是它是否能够单独使用。如果我们说一个东西是"颇为"（rather）漂亮的，那么这个东西也许就不是很漂亮，也许只是"有吸引力的"。如果我们说一个东西是"非常"（very）漂亮的，那么它也许就不是一般的漂亮，是"精美的"（exquisite）。

英语拥有超过60万个词汇的超大词库，拥有含义丰富的词汇。如果我们弃之不用，那实在是太可惜了。如果我们写出来的句子中充斥着毫无意义的、就像莎士比亚所说的"为纯金镀金，为百合添色"的限定词，那么我们就应该改掉使用限定词的写作习惯，并且应该在非常短的时间里就改掉——也就是说马上。

第 10 章

一些有助于写作的指导

删掉介词

> 不费力气写出的文章读起来是无趣的。
>
> ——塞缪尔·约翰逊

我们知道，在一篇好文章中，名词和动词扮演的角色是什么。但我们不太了解，在一篇文笔不好的文章中，介词扮演着何种角色。比如：

唐纳德·戴维斯住在史密斯维尔，他家的房子紧挨着一条铁路，他是这里的三名执法人员之一。不久前，有三名年轻人在哈里斯堡不幸溺水身亡，戴维斯也被卷入事件，法院最后宣判他无罪。那天早上，戴维斯穿了一件衬衫，脖子上打着领带，下身穿一条休闲长裤，站在他那辆叫作"星期一"的卡车前，古井无澜般缓慢地说道："感觉还不错哦。"随后便回到在米切尔县法院三楼的假释科旧办公室桌上。

（Donald Davis, one **of** three law enforcement officers acquitted **in** the drowning deaths of three youths in Harrisburg stood **by** his pickup Monday at his home **by** the railroad tracks **in** Smithville and slowly, **in** a voice void **of** emotion said, 'It feels good.' That morning, he had dressed **in** a shirt, tie, and slacks and returned **to** his old desk **in** the probation department **on** the third floor **of** the Mitchell County courthouse.）

当然，介词是非常重要的。如果没有 in，of，by，for，on 和其他介词，我们该怎么办呢？正因为这些短小精悍的单词非常有用，所以我们必须有节制地使用它们，否则句子会变得啰唆黏滞，同时还会节奏沉闷。

然而，得当的介词非常有用。比如说，"民治、民有、民享"（of the people, by the people, for the people）这一深有寓意的重复结构。它利用了这样的短语可以带来的效果：平行结构、预设了的停顿、可预测的节奏。但是，需要注意的是，这句话的重点和产生的美感来自重复出现的"人民"（people），而不是那几个介词。如果把这句话写成："为人民所有、由选民决定、为民众服务"（for the people, by the electorate, for the masses），那么它就不那么赏心悦目了，而只会破坏原文里有意而为的和谐感。

"民治、民有、民享"（of the people, by the people, for the people）很好地阐释了"三次法则"（rule of three）。对于介词来说，"三次法则"说不上是一条规则，但它确实是有用的归纳和指导。一句话通常会有三个介词短语，但是如果往这里面添加更多的介词短语，句子就会变得支离破碎。用的介词越多，句子就支离破碎得越厉害。

若非追求特殊效果，如果我们用名词、动词和副词而不是介词或者介词短语来组织句子，那么我们会写出更加清晰、干净，充满活力的句子。而且，我们可以把一些介词短语改成"形容词加名词"的形式，比如说，"The members of the faculty"（教职员工）可以写成"faculty member"，"The door of the car"（车的门）可以改写成"car door"（车门）。

让我们来看看这句话:"Crime is increasing at an explosive rate."(犯罪案件正在以一种爆炸性的速度增长。)如果我们不用介词短语"at an explosive rate",而是用动词"exploding"也许会更好,比如:"The crime rate is exploding."(犯罪率呈爆炸性增长。)或者,我们可以选择使用副词"explosively":"Crime is rising explosively."(犯罪案件的数量正呈爆炸性地增长。)

让我们来看看另一个例子:

"*In* general, the people want to be assured that the issue *of* the economy *of* the nation is being dealt *with in* a professional manner *by* the government."(总的来说,公众希望得到的保证是国家的经济问题正在被政府以专业的态度来处理。)

我们可以这样修改这句话:"The people want assurance that government is handling the nation's economy with care."(公众希望确保政府正在认真处理国家的经济问题。)下面这种修改的办法也许会更好,因为它使用了对话式的写作方法:"The people want to know that the nation's economy is in good hands."(公众希望确保是内行的人正在解决国家的经济问题。)

这些经过修改的句子之所以更好,是因为剔除了介词,而且没有出现毫无必要的"to be",也没有使用被动结构,这使得句子显得更加紧凑。修剪介词经常会带来这种意想不到的好处。

在通常情况下,我们可以剔除介词而不会使信息缺失,比如:

"*After* lunch, we float *down* the river, watching a gaggle *of* harbor seals play an aquatic version *of* hide and seek and take *in* a performance *of* bald eagles *as* they spiral and soar *on* thermal updrafts above."（午饭后，我们沿河顺流而下。我们看到了一群斑海豹在水里玩着捉迷藏，还看到了秃鹰随着上升气流在天空中盘旋，就像是在给我们做飞行表演。）

要想既减少句子中的介词，又不致使信息缺失，我们可以这样修改："After lunch, we floated downstream, where harbor seals played aquatic hide-and-seek and bald eagles soared on thermal updrafts."（午饭过后，我们顺流而下，斑海豹在水里玩着捉迷藏，秃鹰随着上升的气流盘旋在空中。）

让我们来看下一个例子：

"Success *in* the past was generated *by* combining outstanding automotive design *with* state-of-the-art manufacturing methodology *at* production facilities located *throughout* the country. The product was then sold *through* an international network recognized as one *without* peer."（在过去，杰出的车辆设计和最先进的生产方式紧密结合，并因此大获成功。生产出来的产品通过无与伦比的全球销售网络被销往全球。）

修改稿："We've been successful because we combined outstanding automotive design with the latest manufacturing methods and sold our product through a peerless international network."（我们取得了成功，是因为我们将卓越的车辆设计和最先进的生产方式紧密结合，同时还通过无可匹敌的国际网络把产品销往全球各地。）

如果去掉介词会在不经意间造成文章信息缺失，我们可以把缺失的信息写在随后的句子中。与其在句子里塞满信息，不如先保证句子的可读性：

原　稿: *In* the presidential election, voters living *in* the five localities *of* the district cast 72 percent *of* their ballots *for* Al Gore.（在总统大选中，在这个地区的五个投票点中有72%的选民将选票投给了阿尔·戈尔。）

修改稿: In the presidential election, 72 percent of the district voted for Al Gore.（在总统大选中，这个地区有72%的选民投给了阿尔·戈尔。）（对于这句话来说，"这个地区有五个投票站"不是必不可少的内容，可以把这种信息放在别的句子里。）

原稿: Many members *of* the faculty wanted to take advantage *of* this opportunity to expend the incentive to remediate students *in* science and social studies. The remediation and recovery program is *of* great value *with* respect *to* English and math.（许多教师都希望利用这次机会刺激学生，帮助他们的理科和社会学习。这个补课计划对于英语和数学来说尤为有用。）

修改稿: The remedial program has been so successful in English and math that many faculty member wanted to expand it to science and social studies.（这个补课计划在英语和数学两门课程中大获成功，因此教师们打算把它扩展运用到理科学习和社会学习中。）

过多的介词短语即使不损害句子的清晰度，也会损害句子的词汇，

97

比如：

"*In* the damp sand is a multitude *of* tracks—the hoof prints *of* a deer, the light trident markings left behind *by* a blue heron seeking fish and frogs. Each toe is clearly visible *in* a set *of* bear paw prints—as are the claws."（在潮湿的沙地上印着各种各样的脚印。有雄鹿的蹄印。有蓝鹭在捕捉鱼和青蛙时留下的像三叉戟一样的脚印。在一个熊爪印里，每个脚趾印都清晰可见，甚至连指甲印都看得清。）

修改稿不仅去掉了介词，而且也使句子更精炼优美："Tracks litter the damp sand: a deer's carved hoof print, a blue heron's faint trident marking, a bear paw imprint with clearly etched toe and claw."（潮湿的沙地上布满了各种脚印：雄鹿的深蹄印、蓝鹭三叉戟的浅脚印，能把每根脚趾甚至脚趾上的爪子都看清的熊掌印。）

当然，把意思表达清楚是最重要的：

There is increasing evidence that Enron's board, composed of many prominent and financially sophisticated people, was actively involved in crucial decisions that may have led to the company's downfall. While the board fired Andersen as Enron's auditor Thursday and contended it only learned of the serious concerns raised about the company's accounting and financial practices in October, the directors appear to have played a significant role in overseeing the partnerships at the center of Enron's collapse.

The board—which includes Wendy L. Gramm, a former government regulator and the wife of Senator Phil Gramm, Republican of Texas;

John Wakeham, a member of the British House of Lords and a former British cabinet leader; and Norman P. Blake Jr., the chief executive of Comdisco, a computer services company—even went so far as to suspend

Enron's code of ethics to approve the creation of the partnership between Enron and its chief finanical officer, according to the report of a preliminary study conducted at Enron's request by the law firm of Vinson & Elkins.

有越来越多的证据表明由众多经济专家和重要人物组成的安然公司董事会与一些导致公司倒闭的重要决定密切相关。虽然董事会于周四开除了安然公司的审计师安德森,并承认董事会刚刚得知大家都十分关心十月份公司的账目和财务情况,但对于造成安然公司倒闭的核心问题,公司的主管们在监管合作伙伴这件事情上起了至关重要的作用。

应安然公司的要求,由文森·艾尔斯律师事务所对此事件做了初步调查报告。报告中显示安然公司董事会,其成员包括前政府监管员、参议院菲尔·格然曼的妻子、得克萨斯州共和党党员温迪·L.格然曼;英国上议院议员、前内阁首脑约翰·韦克厄姆;Comdisco(一家电脑服务公司)首席执行官小诺曼·P.布莱克;竟然无视安然公司的职业道德规范,批准安然公司和它的首席财政官建立合作伙伴关系。

这段文章里的问题不止是用了过多的介词。不论句子的内容是什么,任何包括太多介词的话都不太容易读懂。

第二句话在介绍董事会的举措的同时,还暗示了董事会成员都是身处高位、精于世故、背景深厚的大人物,但是这在第一句话里就已经说得很清楚了。第二句话中唯一新鲜的信息是开除安德森，而这件事情完全可以放在第三段里。第一句话最大的问题就在于它只模糊提及了"造成安然公司倒闭的核心问题"，但没有对安然公司的合作伙伴做出明确的解释。简要说明这些合作伙伴给安然公司带来的影响即可澄清问题。

更大的难题是第二段。这个有 175 个字的段落就像是一个畸形的怪物，使读者感到晕头转向。这一段落过长，结构也极其糟糕。在动作的发起者"董事会成员"和发出的动作"无视"之间竟然插入了一条含有 88 个字的名单。通常情况下，处理得当的清单是不会插在句子中间的。我们会让它单独成句，或把它放在句尾。（见第 1 章中有关清单列举的讨论。）但是，这个句子里的名单插在主语和谓语之间，问题也就很明显了。这个名单不仅很长，其中包含的信息还很多，以至于我们遇到了谓语动词并费尽心力地理解它之后，发现忘记了动词的主语，最后不得不翻回去重新读一遍句子。

除了结构上的问题以外，我们还能从这篇文章中找出 24 个介词来。下面是经过修改的文章：

越来越多的证据表明，导致安然公司倒闭的决定是由拥有众多经济专家和重要人物的安然公司董事会做出的。安然公司聘请了文森·艾尔斯律师事务所来调查本公司的账目情况。据文森·艾尔斯律师事务称，安然公司董事会置职业道德规范于不顾，同意安然公司和其首席财政官之间建立合作伙伴关系，蓄意隐瞒大量的公司债务和损失。

安然公司董事会的成员包括：前政府监管员、参议院菲尔·格然曼的妻子、得克萨斯州共和党党员温迪·L.格然曼；英国上议院议员、前内阁首脑约翰·韦克厄姆；Comdisco（一家电脑服务公司）首席执行官小诺曼·P. 布莱克。

  董事会于周四开除了安然公司的审计师安德森，并表示在十月份的时候首次得知各界都很关注公司的账目和财务情况。然后，这份最终报告却无疑使得……

显而易见，我们不可能把句子里所有的介词都删掉，我们也不应该这样做，但是在写作中应尽可能少用介词，这可以保证文章简明扼要一目了然。

第 11 章

一些有助于写作的指导
限制数字和符号的使用

> 伟大的艺术家都是极简主义者。
>
> ——亨利·弗里德里克·埃米尔

我们在讨论介词时提到过的"三次法则"也适用于讨论一句话可以有多少个数字。一条有用的指导原则是把一句话中出现的数字限制在三个以内。如果我们要对句子中的数字进行对比、比较或运算，那么读者的大脑似乎最多只能应付三个数字。下面是一个非常典型的句子，因为含有太多的数字而变得难以理解。

30 只股票的道·琼斯工业指数平均增长了 52.05，达到了 4,816.9 的新高点，超过了之前在 9 月 13 日收盘时创下的最高点 4,793.78，当日道指增幅为 28.90，周增幅为 24.57。

这句话需要什么东西呢？这句话需要的是一些句号。在含有大量数字的文章中，简短的句子尤其有用，因此，认真的写作者会把难以处理的大块内容分解成易于理解的一个个小部分。

道·琼斯工业指数的平均值超过了之前在 9 月 13 日创下的高点，在当日以 52.02 的增幅达到了 4,816.9 的新高点。当日道指日增幅达到了 28.90，以 4,793.78 收盘。道·琼斯包括 30 只股票，本周道指增幅为 24.57。

当数字的形式不统一时，会让人难以理解，比如说，百分数、分数、拼写的形式、阿拉伯数字的形式，等等。让我们来看看下面这篇晦涩的新闻报道："九年级学生在这分成三部分的考试中表现得很好，有超过 85% 的学生在超过三分之二的学校中通过了 28 项考试中的七项。"

这种乱七八糟的文章能把编辑和读者都逼疯。读完第一遍，根本无法明白它在说什么。即使把这个句子分成几个部分，每次只读几个单词，还是会读不懂。要是这篇文章的作者不亲自解释，估计没有一个编辑愿意修改它。

同样，对于符号的使用也是很严格的。如果在一句话里除了数字以外还包含一些不吸引人的东西，比如说，美元符号、小数、百分数、符号、首字母缩略字或缩写单词，这句话就是尤其需要被禁止的。读这样的句子就像让读者喝一碗全是字母的汤。"由 NCNB Corp. 与 CD&S-Sovran Corp. 合并而成的国民银行公司在周一的汇报中称在 1991 年第四季度中，公司总共亏损了 2 亿 4 千 4 百万美元，平均每股损失 1.08 美元。"

如果我们把修饰语放到后面的句子，那么这句话不管是结构还是内容都会发生翻天覆地的变化，会变得意思清楚、读起来也很吸引人。"国民银行公司在周一的汇报中称在 1991 年第四季度中，公司总共亏损了 2 亿 4 千 4 百万美元，平均每股损失 1.08 美元。国民银行由……组成。"

在处理数字和符号时，文章的观感特别重要。写作者很自然地把写作当成目的，忘记在处理特定的材料时，措辞和结构并不是吸引读者的因素。图解式的说明，比如项目列表、表格、统计图、空格，都可以和文字一样轻松解释清楚内容，而且更直接、更吸引人。在简单的图解式说明中，即使相对直白的数字也可以收效很好。

对学生的经济援助去年上升了7.9个百分点，上升到了历史性的308亿美元，获得援助的学生共收到151亿美元捐款，另有149亿美元的贷款，以及7亿9千1百万美元的研究项目收入。

如果以下面这种写法来写的话，那么这段文字就会更浅显易懂了：

对学生的经济援助去年上升了7.9个百分点，上升到了历史性的308亿美元。学生们共收到：
- 151亿美元捐款
- 149亿美元贷款
- 7亿9千1百万美元研究项目收入

对"三次法则"来说，有两种例外情况。第一种例外的情况是一句包含表示日期的数字的句子，比如说，在一句话里对年份中的数字进行比较。直接把数字放在同一句话里就会让人很容易看懂句子，这是因为读者不需要对表示年份的数字进行计算或研究。表示年份的数字不会像其他数字一样让句子陷入数字的"泥坑"，它们会跟名词一样（不同的年份有不同的名字），不会发生任何改变。所以你可以在一句话中放入六个数字，而依旧可以表达清楚句子的意思，因为其中的三个数字是日期：

主任说他希望注册人数可以在2004年增加20%，在2005年增加 10%，在 2006 年增加 15%。

第二种例外情况是在一句话里有连续三个以上的数字，而且每个数字的形式都一样，表示的是同一件事情，例如，在橄榄球场上的码数。读者可以读懂这些数字，例如："约翰逊扔出了 6 码、63 码、78 码和 26 码四次达阵球，帮助老鹰队领先。"但是，如果在这句话里加上其他数字，意思就会变得很难懂了：

  约翰逊扔出了 6 码、63 码、78 码和 26 码四次达阵球，帮助老鹰队 2-1，4-38，领先了 52 码。但是，在比赛的最后三秒钟，托尼·恩里克提出了一记 52 码的远射，为史密斯维尔的球队得分。这是他在本赛季里踢出的最远一次远射得分，并把比赛带入了加时赛。

从上面的例子中我们可以看出，无论文章的主题是什么，从数量上和类型上来控制数字的使用对于准确的表达是至关重要的。

第 12 章

一些有助于写作的指导
直入正题，然后逐步展开

> 两个人一站上舞台，戏就开始了，他俩必须要有个人立刻开始说点什么。
>
> ——莫斯·哈特

我在大学教学生创意写作的时候发现，对于大部分学生来说，最大的问题是如何进入正题，其次是如何迅速地进入正题。在学期伊始，学生写出来的文章会是这样："他大吃一惊，飞快地看了她一眼。然后飞快地跑到门口，扭开把手，打开门，从房间里跑了出去。"

要是我说这段文章在兜圈子，并没有直入正题，那么学生就会说："我确实进入了正题啊！我说了'他离开了房间'啊！"很少会有学生把"他离开了房间"这句话一字不差地写下来。或者说，对于这整段文字来说，很少有学生会直接写："他吃惊地看了她一眼，然后离开了房间。"

对琐碎动作的描写确实是一个问题。描写某人走出房间这样的小动作变成一件费力的事情。如果我们写的是剧本，那么我们也许会写成"下台了"。可我们是在写一篇叙事性的文章啊，目的是描写一个人如何走出房间的情景,避免让读者在阅读的时候因为感到无聊而翻白眼。也就是说,我们要足够相信读者,相信如果离开房间这件事很重要,而且读者也对这件事很关心,那么他们能够想象得出文中的人物扭动把手、打开门、离开房间的样子。

下面这个例子是一位职业作家笔下的一个故事开头。这位作家在一开始就进入了正题。写作者有时意识不到,一个极具戏剧效果的故事通过中心、目的、压缩和保险可以变得更具戏剧效果。他们经常会用大量的笔墨来写一个戏剧性故事,但这样做只能使故事变得烦琐细碎。

随着一声巨响,大门被炸开了。这响动惊醒了深夜正在安睡的人们。德烈·格蕾丝挣扎着从黑暗中睁开眼睛,看到一个男人站在她的床边,手里端着一支冲锋枪。

"你叫什么?你叫什么?"他喊道,"名字!"

他头上蒙着巴拉克拉法帽,面罩下传出了他尖锐短促的声音。绝不会错,这是南非白人特有的音调。

"德烈。"尽管心里很吃惊,但她还是轻声地说出了自己的名字。

"德烈什么?"他在床边弯下腰来问。

"德烈·格蕾丝。"她说道。她认出了他身上穿的迷彩服。那是南非军人才会穿的。

可她只是一个寡妇啊,带着三个孩子住在斯威士兰的首都姆巴巴纳。一个南非突击队员在这样一个深夜炸开她二楼公寓的房门冲进她家里是要做什么呢?

至于格蕾丝,她是斯威士兰一神论服务委员会里一位首脑的助理。在当时,在南部非洲地区里超国家的政治问题还没有那么复杂。

"起来!"在面具后的那个声音命令道。

她从床上爬了起来，然后被绑起来推进了客厅。

"我大声地叫着我的孩子们。可他们没有反应，我一下子就害怕起来，因为我以为他们已经全被杀了。"她说。

如果一个故事充满戏剧效果，我们可以简单直接地讲述，这样戏剧效果就会更强。重复的修辞技巧以及华丽的辞藻会显得夸张，甚至会弱化故事的主题。更糟糕的是，夸张的写作方式是可笑的，还会使尖锐辛酸的故事情节显得琐碎。要通过简短的句子、明确的中心和浓缩的内容来直入主题，以此保证故事的戏剧性效果和价值。

在这个例子中，核心段落是："至于格蕾丝……在当时，在南部非洲地区里超国家的政治问题并没有那么复杂。"这才是作者应该尽可能快地在故事中提到的内容。下面是修改稿：

半夜，德烈·格蕾丝突然从梦中惊醒，一脸茫然地坐了起来。她卧室的门在一阵爆炸声中变成了碎片。一个手端冲锋枪的人站在她的床前，用尖锐的嗓音向她问话。他穿着南非军人的迷彩军服，那短促的南非白人腔从他头上戴的巴拉克拉法帽面罩底下钻了出来。

"你的名字！"他尖叫道。

"德烈。"她轻轻地回答道。

"德烈什么？"

"德烈·格蕾丝"

"起来！"他命令道。

就在这时，对于这位带着三个孩子的寡母来说，什么南非地区的政治问题都不重要了。她心里只有一个想法：她的孩子是不是都被杀了？

这种直入主题的方法没有削弱故事的效果，也没有过分渲染主人公的恐惧和危险。

如果处理得当，逸闻秘史可以有效增强故事的戏剧性效果。但是，如果处理不好，它们就会鸠占鹊巢，无法突出故事的中心内容，同时也使写作者迟迟无法进入主题：

> 两个二八年华的科威特女孩穿得花枝招展，开着一辆樱桃红色的敞篷轿车停在了美国大使馆前。这两个女孩面带微笑，热情似火地朝着使馆门口的美国大兵挥手。其中一个女孩穿紧身牛仔服，另一个穿紧身的超短裙。敞篷车的音响大声地放着音乐，车的后座上挂着两件传统的黑色阿拉伯女式长袍。按照伊斯兰的传统规定，这种长袍是女性得体的服饰。
>
> 这两件长袍为什么会在后座上呢？
>
> "只有穿着长袍才能出门啊。"开敞篷车的那个女孩解释道。这时，使馆门口的车流开始了缓慢的移动。
>
> 在公众眼中，沙特阿拉伯地区严格地遵守着伊斯兰教义和价值观，但实际上科威特人生活得非常优哉游哉。如果说沙特人是伊斯兰世界中的加尔文主义者，那么科威特人就是伊斯兰世界中的享乐主义者。他们是沙漠里的雅皮士，标准的追求奢华生活的阔佬。在科威特，到处都是昂贵的精品店、购物中心和快餐店。

这个故事以和科威特的逸闻有关开头，虽然简短，但和故事的主题没有太多关系，而且对读者也没有太大的吸引力。逸闻秘史确实可以让枯燥无味的开头生动起来，但是要简短，并且与故事的主题相关。它要能介绍和故事主题相关的重要事情，并以此展开对故事的描写。比起对

第12章 直入正题，然后逐步展开

平淡无奇的两个女孩的描写，更加耐人寻味的是加尔文主义者和享乐主义者这个类比。作者应该把精力集中在一点上，然后逐步展开描写：

> 如果说沙特人是伊斯兰世界中的加尔文主义者，那么科威特人就是伊斯兰世界中的享乐主义者。悠闲的科威特人向来不太热衷于节俭的生活，他们流连于各种昂贵的精品店、购物中心和快餐店之间。
>
> 可以把他们比作沙漠中的雅皮士。

逸闻秘史是使文章迟迟无法进入主题的障碍之一。在文章里给读者提出一些问题，调动起读者的好奇心，这是一种非常有效的写作技巧。但有时候作者在文章中给读者提出了问题，却不提供答案。

> 据学校官员称，史密斯维尔学区将着手开展多年以来最大胆的一次行动，希望借此使得在成千上万间教室里发生的事情对校内三万多名学生的需求做出响应。

读者在这个开头读到的只是毫无意义的空话，而不是实质性的内容。学区到底准备要做什么？它将如何对孩子和他们的学习产生影响？简而言之，这段话的主题到底是什么？

下面是让读者读到毫无意义的空话而不是有实际内容的另一个例子：

> 州立法委员正在努力打破教育改革的僵局，并将在这次会议上通过一项至关重要的决策。
>
> 众议院周五全体通过了一项折中法案。该法案由众议院教育

111

委员会主席约翰·菲茨西蒙斯和参议院教育委员会主席、参议员彼得·哈德森经过非正式会议在前一天制定出来。这项法案将允许州立学校按照教育者多年来一直提倡的方式发展,要求州政府尽量减少干涉地方教育,但同时要求建立更具体更清楚的一贯标准,以确保华盛顿州可以统一各地对于优秀学生的不同标准。

如果这篇文章有主题,那它可真是离题万里了。它对读者抛出了问题,但却没有提供答案,这使读者感到非常困惑。立法委员正在打破不确定是什么的僵局,盘算着不知道是什么的重要计划,通过了不知道是什么的折中法案,让学校按照不知道是什么的方向发展。文章的主题是立法委员在做什么,而这正是作者一直未能说清楚的。

最后两个例子让我们看到了让读者对文章产生正常的好奇心与用没有答案的问题让读者困惑不解这两者间的区别,我们将在第 15 和第 16 章中对这个话题有进一步的讨论。到这里,对于直入主题然后逐步展开这一话题,我们充分讨论了容易出现的种种问题,从啰唆冗长的语言,到不恰当的逸闻秘史,再到东拉西扯含糊不清的内容,这些都是会引起读者厌烦的原因。

第二部分

写故事的策略

第 13 章

写故事：叙事动力

原型、人物角色、情节

> 发生在人身上的故事只有两三个。它们一遍又一遍地重复着自己，就好像故事从未发生过一样。
>
> ——薇拉·凯瑟

"叙事性"（narrative）文章，尤其是由媒体写出来的叙事性文章，有时会显得平淡无奇甚至难以理解。读者常常会读不懂媒体以"倒金字塔结构"写出来的叙事性文章。对于故事来说，叙述就是讲故事。对于电影或电视来说，叙述则是做出口头评论，叙事就是故事本身。叙事的主线，或者说故事的主线，就是把故事中的一个一个小事件串起来的线索。

倒金字塔结构或摘要结构是一种形式，不是故事。它对材料进行归纳整理，然后按照重要性做出依次递减的排序。这种写作方法不是为了使阅读充满乐趣，而是为了快速便捷地传递信息。在新闻报道中，这种写作方式无疑是高效的，因此非常适合信息类写作或媒体类写作。

然而，与报告不同的是，叙事性文章追求的是迅速勾起读者的好奇心，而不是迅速满足它。倒金字塔结构是对结果或意义的总结，因此它很快会把最终的结果告诉读者。如果把一个故事比作一条上升的曲线，叙事性的文章通常会从曲线的最低点出发，逐渐达到故事的高潮，并让故事最终得到解决，或者说最终达到故事的结局。

"narrative"（叙事性的）这个单词来自拉丁语词根，意思是"去了解"，强调人们对讲故事者的尊重的历史传统。会讲故事的人向人们传递真理、历史和文化，他对自己讲的故事了如指掌、有深刻的理解。实际上，不论是哪种类型的小说，作者对小说及其元素越了解，就会写得越好。

小说中必不可少的元素是人物和矛盾，最主要的部分是按时间顺序发生的事件、人物的观点和立场，还有场景。小说中最基本的模式是：一位英雄遇到了困难，他（她）最终要么克服了困难，要么被困难打败。叙事性的写作模式是小说的天然载体，但"真实的故事"这个说法并不是一种矛盾修辞法。如果在纪实性文章中有主人公、矛盾以及能吸引读者一直读到最后的悬念，那么小说当然也是适合这类文章的。小说最基本的问题是：发生了什么事？男主人公或者女主人公最后到底是活下来还是死掉了？是胜利了还是失败了？

斯蒂芬·金在《关于写作》一书中提到了他是如何写出《魔女嘉丽》的。他的脑子里同时出现了两个完全不相干的灵感：青少年的残忍行为和隔空取物这种特异功能。他认为自己应该把这两个灵感写进同一个故事里，然后把故事发表在杂志上。于是他便开始着手写，但写着写着发现自己并不喜欢这个故事，于是就放弃了。后来，他的妻子把扔掉的书稿捡了回来，并摆在他的面前。斯蒂芬·金在书里写道：

> 她在倒垃圾的时候碰巧看到了被我扔掉的书稿。她把烟灰从揉成一团的纸团上抖掉，摊开，然后坐下来读。她对我说，她想让我

把故事讲完,她想知道故事的结局。

由于想知道故事的结局,斯蒂芬·金的妻子提出了一个有悬念的问题:"发生了什么事?"正是这个问题支持斯蒂芬·金写完《魔女嘉丽》。这本书光是平装本的销售额就达到了 40 万美元。

一本好小说的秘诀在于,它先激发起作者的好奇心,接着又激起了读者内心的好奇,并牢牢地吸引着读者。当你在写小说时,一定要牢牢记住故事源自一个什么样的问题。把你的问题当作整个故事最核心的内容,让所有的事情都围绕这个中心展开。你最好把这个问题记在纸上。搜集素材和写作是既劳心劳力又需要时间的工作,在做这些事情的时候,你容易忘记自己一开始为什么写这个故事。

在《绿野仙踪》中,是什么问题推动了整个剧情的发展,同时又深深地吸引着读者呢?桃乐茜最后能回家吗?在《白鲸》中:到底是亚哈杀掉了白鲸,还是白鲸杀掉了亚哈呢?在十多年前热播的电视剧《双峰》中:到底是谁杀死了劳拉·帕尔默?

当然,在谋杀案件中的问题最典型:"这是谁干的?"

费奥多尔·陀思妥耶夫斯基的经典小说《罪与罚》被许多人认为是第一部现代心理小说。这部小说里的悬念问题是什么呢?最初的问题是,拉斯柯尔尼科夫会杀掉那个老太婆吗?接下来的问题是,他会不会因为内疚和偏执而去自首呢?最大的问题,也被认为是整本小说最重要的问题是:到底什么样的惩罚才是真正的惩罚,是被捕还是担心被捕?

原型

原型不仅可以对读者提出问题,也可以让读者充满期待,并推动故事发展。从《俄狄浦斯》到《哈姆雷特》再到《老人与海》，这些世界上最伟大也最令人难忘的故事都是有原型的。它们都具有普遍性，有千百年来我们坚守的普世原则，有我们的祖先和我们都认同的普世价值。

讲故事不难，但是原型很复杂。神话中的原型构建对我们的情感和智力都有很大的影响，著名心理学家卡尔·荣格在提出他的集体无意识理论时已经论证过这一点。约瑟夫·坎贝尔对于原型和神话也有出色的研究。同样在这方面做出过杰出贡献的还有詹姆斯·乔治·弗雷泽、莫德·鲍德金和恩斯特·卡西尔。对于希望更好地理解并利用故事力量的作者来说，有关原型、神话和语言的研究为他们提供了非常丰富的写作素材。

某种程度上，原型是不可知的、难以形容的，就像柏拉图在"洞穴之喻"中提到的照射在洞壁上的影子一样：我们只能看到洞壁上的影子，但看不到它们的原物。理解这一点非常重要，因为对原型及其功用的误解有可能导致我们误以为原型只是千篇一律的模式化形象。

原型从来不是模式化形象。无论是人物的原型、情节的原型还是主题的原型，正如荣格的集体无意识理论所指出的一样，它们都是由遗传保留的普遍性产物。它们在特定的背景之外，是故事背后的故事。有时，一个故事发生在一个特定的时期或文化中，并使大家趋之若鹜。于是有许多人模仿这个故事，他们认为背景就是诱人之处。但正如我曾读过的一句话说的一样，背景只是礼物外面的包装，故事才是礼物本身。

根据需要，我们可以把原型定义为一个抽象概念、人物或某个活动计划的模板、样本、模型、范例或者标本。当然我们可以把这里说的活动计划叫作情节，但重点在于原型为行为和动作做出了清楚的设定。经过这样的设定，某些要素可以预知，或者说至少是在意料之中的。（这些要素可以是事件、奖励或者惩罚。如果它们没有发生，那么这个故事在艺术上是不完整、不连贯、不可信的，要么会使读者大吃一惊，要么会让读者大失所望。）

在我们讨论具体的情节原型、主题原型和人物原型之前，先简单看看三种主要的故事类型间的差别。这三种主要的故事类型包括：悲剧、苦情剧（pathos），和假情剧（bathos）。当然，还有其他故事类型——比如说没提到的喜剧，但是只讨论这三种就够了。

悲剧

悲剧中有最伟大、最扣人心弦、最令人难忘的故事。悲剧极有教育意义，使人心生敬畏，引人深思。悲剧里主人公的悲惨命运会使读者感同身受，激发他们的怜悯之心。悲剧中的英雄通常是不同凡响、出身高贵、前途无量，在各方面都很优秀的人，但他们都有一个致命的缺陷，这带来了英雄最终的陨落。这种缺陷通常是某种形式的狂妄自大（hubris）——希腊语，意思是肆意的傲慢——导致英雄无视并违反自然规律和社会习俗。英雄的缺陷也许是骄傲、贪婪、欲望、嫉妒、复仇之心，甚至是天真质朴，但是，无论这些缺陷是什么，英雄都预见不到自己的下场。悲剧里的英雄就是自己的牺牲品。

现实中的"悲剧式的英雄"故事也是扣人心弦的，同样会引起公众的高度注意。让我们来想想美国前总统理查德·尼克松和比尔·克林顿吧。一个是志向远大经验丰富的领导人，本可以成为杰出的政治家，但他非常偏执，对什么事情都疑神疑鬼，这使得他违背了那些自己曾发誓要保护的法律。另一个非常聪明，魅力十足，但却把他的大好前程浪费在了庸俗的性阴谋上。

我们再来看看著名演员马龙·白兰度。他曾在50年代主演电影《码头风云》，在这部电影中，他痛苦地说："我本应该是个强者！"白兰度扮演的角色是一个对环境并不适应的人，那么他是不是一个悲剧式的英雄呢？不，他只是一个可怜的人。他不是自己的牺牲品，而是背叛者的牺牲品。他也不是各方面都足够优秀的人。他的天赋就是打拳，在拳台之外，他没有前途，也没有任何生存技巧。

悲剧和苦情剧最主要的区别在于，在苦情剧中，主人公不能控制自己的命运。悲剧比苦情剧更有吸引力，部分原因是悲剧强调的是因果关系和自由意志。有一句很流行的话："让我至少成为自己生命中的英雄。"这句话既表达了对成为别人的牺牲品的恐惧，又表达了对独立自主的需要。

苦情剧

苦情剧介绍的是这样一种受害者，他们对不是由自己造成的情况感到无能为力。如果故事只关注这个受害者，那么它顶多是一出令人压抑的平常戏剧，缺少了善良与邪恶的实际冲突。多维度的故事可以超越这种平凡，例如在《码头风云》中，主人公之外的其他角色和情节为故事增添了新的维度和含义。巧合和自然的行动在悲剧中也扮演着重要的角色，并增强了读者心中压抑的无助感。苦情剧是悲伤的，可以激起读者心中的同情。但是因为读者从苦情剧里不能学到些什么，他们会觉得苦情剧没有多大意思，感到遗憾和徒劳。这类故事通常是圣人和殉道者的故事。这也是为什么大家通常都不太喜欢这类故事，而这是出乎创作者的意料的。他们从未想到除了圣人和殉道者的事迹之外，还要在故事里说其他事情。

假情剧

　　假情剧中的受害者感情是脆弱的，情感丰富以至于夸张。绝对的好人通常会被绝对的坏人打败。默片里的角色，比如恶棍总是抚着小胡子，脸上挂着充满恶意的笑容。这样的角色只是一个维度的呈现，不能代表真正的人。假情剧中总是会有无缘无故的说教，虽然读者从故事中在任何维度上都找不到能学习的事情。在维多利亚时代的鼎盛时期（也有人称之为最黑暗的时期），假情剧非常流行，但是现在已经过时了，非常不受现代观众的欢迎。在现在一些粗制滥造的情节剧中，我们还是能找到假情剧的身影，总的来说，现代读者不喜欢一个乏善可陈、只为博取读者一笑的故事，同样，读者也不想接受故事的说教。读者希望读到的故事是有节制的、条理清晰的、具有艺术效果的，他们想做出自己的判断和理解。

　　从童话和伊索寓言到《包法利夫人》和《成功的滋味》，所有原型故事都有道德原则和警示世人的作用。在现代艺术中，它们老练精妙地解释了普遍存在的人或事，追求的是原因和结果、理性和秩序。人类也是如此。我们无法控制意外事故或混沌的状态，所以我们从心里害怕它们。在自然法则中，它们是无法预测和不受控制的。世事难料，无计可施反而能保证我们的安全。人类的大多数活动或多或少是为了找到保障自身和独立自主的感觉。我们对原型故事的兴趣以及从原型故事中得到的满足长期以来都是源于这样的发现："我知道如果我这样做了，那么那件事情就会发生，因此我会这样做，"或者是"因此我不能这样做。"

　　真正的恐怖总是伴随着混乱和不可预测的事情。比如说，阿尔弗雷德·希区柯克的电影《惊魂记》或史蒂芬·斯皮尔伯格的电影《大白鲨》，以及不能不提的四百多年来一直脍炙人口的莎士比亚的悲剧。如果每当剧终，舞台上站满剧中的主要演员，观众被晾在台下，一头雾水，不知道舞台上到底为什么会变得如此混乱；如果在剧终时有人能上台对观众说清楚，让观众弄清舞台上到底发生了什么，同时还能对参加谢幕的演员进行一些吸引人的点评的话——那么观众就不会不知所措了，他们需要也欢迎这样的安排。

受严谨的因果关系和紧凑的节奏所吸引，我们往往更喜欢看悲剧故事。对于混乱的状态和苦情剧中的受害者，我们打心底里有多抗拒？我们甚至要为欺骗找到合适的理由，或者说，把问题归咎于受害者。下面这种想法很普遍：如果他下班后没有去那个酒吧；如果她穿得没有那么暴露；如果他们没有交到坏朋友；如果她没有接触到毒品；如果他没有选择在那天去公园；如果他们没有改签航班……这些想法也许看起来有点冷酷无情，甚至有点愚蠢，但是它反映了人们对于偶然事件的本能抵制（我们会从心底抵制无法抵御的事情），并且会在潜意识里想找到原因或者借口。从俄狄浦斯甚至更早的时候起，我们就接受着原型故事的教育：注意点！如果你和你妈妈上了床，那么在这出戏结束之前，你就会把自己的眼睛挖出来！

我们存在于这个世界，最主要的现实反映了主旋律一样的原型：出生、衰老、奋斗、成长、死去。其他一些常见的主题原型和情节原型则有：探索、寻找、旅行、追赶、救援、逃跑、爱情、禁忌之爱、单相思、冒险、谜团、牺牲、发现、诱惑、失去或得到身份、变形、转化、屠龙、进入地下世界、重生、救赎。小说中原型常见的展开方式是这样：由于自己的行为，一个人一飞冲天受众人敬仰，紧跟着就跌至谷底被万人唾骂。

当原型是有血有肉的人时，会怎样呢？让我们来看一些原型人物。他也许是一个英雄，高喊着"让我来拯救世界吧！"如果这就是故事的全部内容，那么这个英雄就只是一个没有深度的英雄。读者不会相信这个故事，也不会对这个英雄感兴趣。只有孩子才会相信绝对的好人，这种人只能是孩子的艺术世界里的一部分。当看到那些超级英雄从天空中呼啸而下，轻轻松松就把坏人打败了时，成年读者会想去了解他们身上不为人知的那一面。超级英雄本来就是本领高强、负责维护世界和平的，我们不可能在超市里买东西或在洗车时见到他们。

除非这个超级英雄是克拉克·肯特（超人）。每一个漫画迷都知道，在克拉克·肯特进入电话亭之前，他是另外一个人，并不那么完美的一个人。正因为这样，这个神话般的英雄才会让大家觉得迷人。因为结合了另一种人物原型、主题原型和情节原型，这个超级英雄原型的形象得以丰满起来。就像神把自己变成凡人，与凡人一起生活一样，一面是超级英雄，一面是普通人，这个故事最吸引人之处就是这种身份上的矛盾和不同层次。伊恩·弗莱明最喜爱的超级英雄是詹姆斯·邦德，这是一个有着多重面孔的人物。他机智幽默，风流倜傥，极有女人缘，但同时也是认真严谨的特工007，他的使命是拯救世界。

另一种英雄原型是不完美的英雄。我们之前已经讨论过，这些不完美的英雄给写作者提供了大量的创作空间。在莎士比亚笔下，不乏著名的有各种缺陷的英雄：哈姆雷特（优柔寡断）、麦克白（骄傲自大）、奥赛罗（善妒并且极易相信别人）、李尔王（极度天真）。

还有些坏人是非常有意思的大反派。正是因为有了大反派，才会产生超级英雄，就好比"白帽子"（好人）和"黑帽子"（坏人）相对，或者从善者和作恶者相对。想想莎士比亚笔下的伊阿古吧，所有喜欢《奥赛罗》的读者都会问："他到底为什么要这样做？"

但是，大反派只是邪恶，不是疯癫。"他到底为什么要这样做？"这个问题只是在找原因和动机。如果答案是"那个人是个疯子"，那么这个角色就会失去他原有的丰满形象，读者也会对角色失去兴趣。就像自然界中发生的偶然事件和神的旨意一样，疯子就是疯子，没有别的解释。无论是在艺术作品还是生活中，我们经常会见到这类事情。当发现那个穷凶极恶的罪犯只是一个疯子时，大家就会对他不屑一顾，再也不会关注这件事了。没有什么好说的了，也没有什么想要了解的了，更不会有什么会产生悬念。

极端人格也是很常见的原型，比如说占有欲强、极度迷恋、强迫症。这种原型是悲剧英雄的增强版：他们知道自己做的是错事，但就是不能不做。以《白鲸》里的亚哈船长为例，他一心想捕杀咬掉自己一条腿的的白鲸，最后却在大海深处与白鲸同归于尽。这类原型反映了一些无节制的恶习。阿尔·帕西诺主演的电影《疤面煞星》就是一个例子。这样的故事通常会告诉我们放纵的危害以及适度的好处。例如，但丁的地狱就是惩罚纵欲者的场所，甚至连饕餮也要受到严厉的惩罚。

有很多公主原型的故事，它们都是宣扬道德的。在各种艺术形式中都有类似的故事出现。有时候这类故事会伴随着其他主题出现，比如说迷失或保留的纯真、囚禁、逃脱和拯救。

在许多地球母亲原型的故事中，地球是丰饶的，生生不息的，保护着我们，照顾着我们。

灰姑娘原型就是一个普通人——或男或女——最后变成了贵族或是像贵族一样的人。我们可以在《王子与贫儿》这样的故事中找到类似的原型。这类故事中也经常会有其他的原型，比如冒险、变形、身份、年龄增长和发现。在土鸡变凤凰的故事——比如说霍雷肖·阿尔杰的小说——中经常会有灰姑娘原型。

小丑、傻瓜和魔术师这些人物可以给故事提供幽默的元素，也能给读者提供消遣。他们经常会对情节做出评论，同时指出其中的虚伪和愚蠢。他们只是外表和动作显得很愚蠢，实际上可以是很有智慧的哲学家。

（请想想莎士比亚笔下的蠢货或者《阿甘正传》里的阿甘吧。）有些人认为原型并不是事情原本看起来的样子。正如我所说的，在小说中，矛盾和互补才能够满足读者的需求。

我们已经讨论了原型是如何在艺术中起作用的。现在我们来看看原型是如何在生活中起作用的。不妨以20世纪末引人注意的两件事作例子，一件是O.J.辛普森案，另一件是戴安娜王妃的事件。许多人不理解大家为什么这么在意两件事。其实，这两件事中大量地混合了多种原型。

辛普森从一个正面的英雄变成了大反派，最后变成了不受欢迎的人。他是一个非常有魅力的黑人，有名望、英俊潇洒、前途无限，还有着强健的体魄。他娶了一位白人美女，后来他被指控因妒火中烧而杀了妻子。当然，这是一个莎士比亚式的悲剧，就像那部四百多年来深受喜爱的《奥赛罗》一样——莎士比亚也是借鉴了一个更早时期的意大利故事才写出了《奥赛罗》的。与奥赛罗不同的是，辛普森没有自杀。警车追逐辛普森白色野马的一幕则像一场闹剧，不过在这场闹剧中，辛普森倒是威胁警方说要自杀。如果他真的自杀了，那这个事件就真的是一次标准的现场模仿艺术了。

从原型上来说，戴安娜王妃是许多原型的复合体。在她身上，我们可以看到公主原型，还可以看到灰姑娘原型。她的丈夫无情地背叛了她，"邪恶的"女王又对她百般凌辱。同时，我们还能从她身上看到其他原型，比如单相思、身份的失去和获得、变形和逃脱。多年以来，她一直在不知疲倦地追求。她早期的生活里充满了占有欲原型和迷恋原型。后来，她的生活里又有了失败、背叛和放逐这些原型。戴安娜一生都闪耀着母性的光辉，这也是地球母亲原型的表现。

毫无疑问，戴安娜一直都是公众所关心的焦点。她不仅是一个名人、一个王室成员，更重要的是，她自己就是一个有血有肉的人。这个世界上有许多名人和王室成员，但只有一个戴安娜。这样看来，全世界的人民对她的逝世都悲痛不已就是可以理解的了。曾经有人提出过这样的问题：为什么大家对戴安娜的去世都如丧考妣，而特蕾莎修女的去世却没有造成那么大的轰动？特蕾莎修女说到底也是一个有着高尚情操的神职人员，在她身上不可能找出像戴安娜那样的个人缺陷，而她们又几乎是同时去世的。这些人认为世人对于戴安娜的去世所表现出来的巨大悲痛恰恰表现出了他们的浅薄。其实不是这样的。这件事只是说明大家对于故事的喜爱。

我们已经讨论过一个事实：圣洁本身不是一件有意思的事情。戴安娜确实受到了很大的创伤需要慰藉，也确实做了一些错事，但许多人从她身上看到了人性，并对这一点十分认同。这就是故事的力量，人们可以从中看到自己的影子。然而，特蕾莎修女的故事里没有让人紧张的事情，也没有致命的缺陷，更没有任何危害。几乎没有人能从特蕾莎修女身上找到自己的影子。

同样重要的是，我们只是听说特蕾莎修女的故事。特蕾莎修女在耄耋之年死于自然的健康问题，而戴安娜在风华正茂的时候死于一场惨烈的车祸。特蕾莎修女实现了自己的诺言，而戴安娜则是一个充满争议的人物，关注她的人还在等着对她盖棺定论。戴安娜对媒体说的最后一句话是："你们不会相信我正打算要做什么。"

她到底要做什么呢？不会再有人知道了。因此，我们可以在戴安娜身上的原型中再加上一个——谜语。

记住，"叙事性"意味着"去了解"。只要理解了故事和人物的原型，写作者就可以写出更好的故事。他们就可以更好地知道如何构建和组织一个故事，什么是重要的，什么不是重要的。理解原型意味着我们可以利用原型的强大力量，并用这种力量来推动故事前进。

第 14 章

写故事：叙事动力

对真实故事的文学分析

> 他必须告诫自己，所有事物中最卑劣的便是恐惧；他必须告诫自己，永远忘记它；在他的工作地不应有其他任何东西，除了古老的真理和心灵的真实——没了这普遍的真理，任何文学作品都是短命的，僵死的——这就是爱、荣誉、怜悯、自尊、同情和牺牲。
>
> ——威廉·福克纳，诺贝尔文学奖获奖演说

下面是一个真实的故事，而不是所谓的报告文学。这篇文章很有技巧地运用了叙事性的写作方式，还利用了原型、象征和其他的文学手段，这是大卫·卡斯蒂文斯写的一篇关于职业拳赛的专栏文章，当时他是《达拉斯晨报》的专栏作家。这篇文章写得非常出色，尤其重要的一点是，文章是在非常短的时间里完成的。为了能够刊登在第二天早晨的报纸上，大卫·卡斯蒂文斯必须在拳赛结束后马上写完文章。尽管时间紧张，这篇文章还是向我们展现了一个完整而有序的故事。

有时，写作者会没有目的性地使用一些文学手段，比如说原型、符号、铺垫或象征。写作者使用这些文学手段的一部分原因是出于本能。但不论是有意为之还是出于本能，这些文学手段极大地丰富了文章，拓

宽了文章的视野，丰富了文章的意图，使叙事更具故事性，也使得文章的意义更为深远。

这篇文章中的原型人物是布巴。他在自己的家乡是一位英雄，但在这里却是个无名小卒，不被人看好。他有自己的追求，希望证明自己，想要在这里扬名立万。（"追求"的故事原型通常包括努力寻找成功之路、渴望获得承认、希望被人认同、获得安全感、成长的过程，等等。）为了实现自己的梦想，他必须直面所有困难，并拿出勇者屠龙般的勇气去战胜它们，最终成为冠军。等着他比赛结果的是他的金发公主金姆。

无论输赢，这都是一个好故事。"无名小卒赢得了比赛"和"无名小卒被打败了"其中任意一个都要比"冠军赢了"更有意思。

下面是卡斯蒂文斯的文章。随后是对每段的文学和原型分析。

布巴·布谢米为了他的心上人做了很多大计划。他赢下世界轻量级"拳王"的称号后，会和金姆去阿卡普尔科度上一周的假。他那张五万美元的支票只是一个开始，虽然这是他目前见过的最大数目的钱。作为新科冠军，他每一次成功捍卫自己的冠军头衔，能挣到的数目都是这张支票的七八倍。

"我有能力给金姆所有东西了，"布巴在几天前说，"终于能让我和她过上好日子了，让我俩的下半辈子都过上好日子。"

布巴和妻子金姆非常相爱。一想到在周日早上醒来，发现自己站在世界之巅，布巴就觉得更加甜蜜了。这会是个非常特殊的情人节。

所以，到了周六，当她那在家乡是英雄的丈夫爬上拳台，朝着6 500名高喊着"布巴！布巴！"的观众挥手致意时，金姆·布谢米就像一个马上就要出阁的新娘一样，忐忑不安，满面潮红。她感到非常骄傲，心里激动万分，以至于有点头晕目眩。她坐立不安，心里非常害怕。

三年前，她还在博蒙特的一家男装店上班，在那里她遇到了布巴，两个月后他们就结婚了。自打结婚以来，她就没见过丈夫输过一场比赛。他已经连赢了11场比赛。就像他喜欢说的，是金姆激发出了自己最好的状态。

她坐在拳台边的一张折叠椅上，离布巴的角落不超过五英尺。金姆21岁，身材修长，端庄娴静，留着一头金色长发。她紧紧抱着一个红色心形抱枕。抱枕是用缎子做的，边上还缝着一圈蕾丝。这是她妈妈亲手做的，作为情人节礼物。她从拳台边向四周望去。这里到处都是手里拿着啤酒高声呼喝的人，到处是嘴里叼着雪茄的人。坐在场边的人正在下注，有人对布巴能在场上坚持多长时间给出了赔率。金姆的丈夫布巴和冠军亚历克西斯·阿圭罗面对面地站着，而她离拳台是那么近，拳台上的血甚至能溅到她的脸上。拳台上的两个人，一个是为了荣誉而战，另一个则是为了梦想。

金姆·布谢米将会永远记住接下来的这24分钟，这是她所度过的最漫长的24分钟。正如所有人担心的那样，钟声一响，阿圭罗就一步不落地缠着布谢米。他反复地把对手逼到角落里。阿圭罗是拳台上的大师，他在比赛中从来都镇定自若。他的脸平静得就像是一个空白的信封，你从他脸上看不出一丝情绪的波动。他就像是一台机器，很有耐心，但毫不留情。

阿圭罗很好地利用了他比对手高七英寸的优势。在第一局比赛中，这位高挑削瘦的冠军用凌厉的左刺拳和左勾拳占据了点数优势，并以10比1的比分领先于对手。他并未在第一局中使用右拳，只是把右拳紧紧地贴在耳边。他的右拳与左拳同样有着致命的威力，这

129

帮助他在73场职业比赛中取得了59次击倒性的胜利。在11月阿圭罗上次卫冕战中，这只右拳曾经击碎过罗伯托·埃利桑多的下巴，还打断了他的肋骨。

布谢米是一个非常有技巧的左撇子拳手。他的进攻急如暴风，也能够很好地躲避开对方的重拳。他就像一只丛林中的野兽，可以嗅出危险的气息。但是他只在第1局里保持着高昂的斗志，之后，布巴完全不是这位29岁冠军的对手。阿圭罗可是从14岁开始就成为职业拳手。

进入第6局后，金姆察觉到比赛已经临近尾声，她也许是从布谢米的经理人休·本博的脸上看出了一些端倪。在每局的间隙，这位老人都会拄着拐杖，慢慢地走上台阶，把头伸进拳台上的绳圈中给拳手一些指导和鼓励。

布巴保持着战斗的决心和勇气，但是他与对手的比分差得太大了。

终于，比赛要结束了。在第6局快结束的时候，阿圭罗一记左勾拳残忍地打在布巴的下巴上，观众发出的叹息声就像是他们一屁股坐在了破垫子上。布巴的身子一晃，防守变得松懈了。不过阿圭罗没有给布谢米反应的时间，他迅速地打出了一记右拳，紧跟着又打出一套组合拳。

布巴已经不知道自己是在博蒙特还是波旁街。"那之后的事情我一点儿也想不起来了。"他过后一定会这么说。他像喝醉了酒一样一步三晃，蹒跚地朝属于自己的角落走去。他嘴角裂开，目光呆滞，就像商店门口摆着的人体模特一样，轻轻一推就会跌倒。

金姆用手捂住了嘴。裁判走上拳台终止了比赛。金姆把头靠在面前的桌子上轻声地哭了起来，肩膀随着啜泣在轻轻地抽动着。

她从未见过布巴的场边教练像这样冲进绳圈去给摔倒的拳手做急救，她不愿把头抬起来。她的双手颤巍巍地把桌子上的一张卡片撕了下来。这张卡片有三英寸宽、五英寸长，上面写着"金姆·布谢米"……

随后，当被问到将来的打算时，布谢米强挤出一丝笑容。"我还想再继续打拳，"布巴说，到了周日情人节的时候他就要30岁了，"亚历克西斯·阿圭罗只有一个，但我认为我可以和其他人进行比赛。"

金姆看着地板，怀里依旧抱着那个心形的抱枕，眼里噙满泪水，嘴里嘟囔着："我倒是希望他别再打拳了。我是这么的爱他。但是，我不想再一次经历这样的事情了。"

段落分析：

1）布巴·布谢米为了他的心上人做了很多大计划。他赢下世界轻量级拳王的称号后，和金姆会去阿卡普尔科度上一周的假。他那张5万美元的支票只是一个开始，虽然这是到目前为止他见过的最大数目的钱。作为新科冠军，他每一次捍卫自己的冠军头衔，能挣到的数目会是这张支票的七八倍。

2）"我有能力给金姆所有东西了，"布巴在几天前说，"我终于能让我和她过上好日子了，让我俩的下半辈子都过上好日子。"

在第一句话中有个预兆：布巴"做了"大计划（有些事情不太对劲）。这段中的其余部分不仅是预兆，而且极具反讽意味："他赢了以后，他所追求的事情就会成为一个新的开始，比如说新的冠军。"戏剧性的反讽就是在角色所思所想所说和读者知道的事实之间的矛盾冲突。

请注意，卡斯蒂文斯并没有说布巴输掉了比赛。他只是向我们介绍布巴，让我们关心他，然后让我们看到他的失败。（请注意，读者知道布巴已经输了比赛。比赛是在前一晚进行的，并且已经上了新闻。一个结局已是尽人皆知的故事能够使读者"自愿终止怀疑"，也就是说，在读故事的时候，他们会装作不知道结局。他们就是为了读这个故事，想知道事情是如何发生的。）

要想让我们担心布巴就要有选择性地讲故事和讲述细节。故事会从布巴的视角转换成金姆的视角，但会一直从布巴在拳台上的角落出发。那位冠军可不会得到相同的时间和待遇，因为读者不关心他。如果给那位冠军相同的时间和待遇，那么不仅整个故事的中心会被分散，而且读者也会减少对布巴的兴趣。

3）布巴和他的妻子金姆非常相爱。一想到在周日早上醒来，发现自己站在世界之巅，布巴就觉得更加甜蜜了。这会是个非常特殊的情人节。

进一步地做出了铺垫，进一步反讽，同时还介绍了一个关键的符号：情人节。之后，当金姆抱着心形的抱枕出场时，还有当我们知道情人节这天正好是布巴的生日时，这一符号的作用就会得到加强。这篇专栏文章正好是在情人节那天发布，强调了浪漫的气氛。（加强这一符号的部分还有：在第一句话里的心上人，新娘，在周日的早上一起醒来，等等。）

4）所以，到了周六，当她那个在家乡是英雄一般的丈夫爬上拳台，朝着 6 500 名高喊着"布巴！布巴！"的观众挥手致意的时候，金姆·布谢米就像一个马上就要出阁的新娘一样，忐忑不安，满面潮红。她感到非常骄傲,心里激动万分,以至于有点儿头晕目眩。她坐立不安,心里害怕得要命。

这一段是全文视角的关键转换之处。文章的视角从布巴转移到金姆身上,然后就一直以金姆的视角发展下去了。我们可以看到布巴在金姆面前是什么样子:他是一个英雄,绝对不会犯错误。正如我们很快就会在文中读到的那样,她从未见过他输过一场比赛。

一个更加有选择性的细节是,有6 500名"布巴的朋友"在为他欢呼打气。难道就没有一个人为冠军加油助威吗?当然有,但这是布巴的故事,高效率的写作者会把镜头一直对准他而不是他的敌人。在整个故事中,我们都不会听到冠军说上一句话,也不会看到冠军去见他的妻子、经纪人和他的拳迷。

5)三年前,她还在博蒙特的一家男装店上班,在那里她遇到了布巴,两个月后他们就结婚了。自打结婚以来,她就没见过丈夫输过任何一场比赛。他已经连赢了11场比赛。就像他喜欢说的,是金姆激发出了自己最好的状态。

预兆和反讽:"她就没见过自己的丈夫输掉过一场比赛。"读者会这样想:"她这次就会见到了。""是金姆激发出了自己最好的状态。""这次不会了。"

6)她坐在拳台边的一张折叠椅上,离布巴的角落不超过五英尺。金姆21岁,身材修长,端庄娴静,留着一头金色长发。她紧紧抱着一个红色心形抱枕。抱枕是用缎子做的,边上缝着一圈蕾丝。

这是她妈妈亲手做的,作为情人节礼物送给她。她从拳台边向四周望去。这里到处都是手里拿着啤酒高声呼喝的人,到处都是嘴里叼着雪茄的人。坐在场边的人正在下注,有人对布巴能在场上坚持多长时间给出了赔率。她的丈夫布巴和冠军亚历克西斯·阿圭罗面对面地站着,而她离拳台是那么近,拳台上的血甚至能溅到她的脸上。拳台上的两个人,一个是为了荣誉而战,另一个则是为了梦想。

这是一个很关键的段落,我们在这段里第一次见到了冠军。但在这段里,冠军只是一个符号,一个障碍。他会为了自己的冠军头衔而战,但我们并不知道他的故事和梦想。

作者告诉了我们多少关于金姆的事情呢?在她身上反映出了什么原型呢?她青春年少,天真纯洁,心理脆弱。她妈妈给她做了心形抱枕,她紧紧地抱着抱枕,就像是一个抱着毛绒玩具的孩子。("紧紧抱着"用在这里非常合适。金姆的心形抱枕表明她是一个情绪化的人,很容易就能被人看出自己的心事,还表明金姆是个有依赖心理的人。)金姆身上反映出的是公主/女儿原型:感情脆弱,在感情上有着强烈的依赖心理,需要被保护。她勇不勇敢?有没有足够强的心理恢复能力?这些我们都不知道。但是读者能够感觉得到这种危险:如果她不够勇敢,心理恢复能力不够强大,那么她即将看到的一幕会使她崩溃。文章中提到的啤酒、雪茄和血都在突出金姆的脆弱,她就像是一个陌生人到了一个陌生的地方("她从拳台边向四周望去。")。这既是一个可以让她学习、成长、改变的地方,同时,又是一个充满危险的地方("她离拳台是那么近,拳台上的血甚至能溅到她的脸上。")。

让我们来想一想这个问题:她的丈夫布巴和冠军亚历克西斯·阿圭罗面对面地站在哪里呢?自古以来的英雄都要直面上天对自己的惩罚,这种惩罚是不可逃避的。"人物—冲突—解决"类型的戏剧中经常会出现敌人之间对峙的局面。可能是在风沙满天的西部街道上发生的枪战——英雄走在大街上，手紧贴着他的左轮手枪，靴子上的马刺刮在地面上哗哗作响，然后他就遇到了大坏蛋黑巴特；也可能是侠客最后一次挥剑行侠仗义；又或者是夏洛克·福尔摩斯与宿敌詹姆斯·莫里亚蒂。无论哪种形式，最让读者期待的都是最后的一决胜负，这也是整个故事的高潮。

7）金姆·布谢米将会永远记住接下来的这24分钟，这是她曾度过的最漫长的24分钟。正如所有人担心的那样，钟声一响，阿圭罗就一步不落地缠着布谢米。他反复地把对手逼到角落里。阿圭罗是拳台上的大师，他在比赛中从来都镇定自若。他的脸平静得就像是一个空白的信封，你从他脸上看不出一丝情绪的波动。他就像是一台机器，很有耐心，但毫不留情。

现在我们对冠军有了一些了解。正如卡斯蒂文斯描写的那样，他就像是一台机器。这也体现出了另一种原型：人类与机器间的斗争和人性的缺失。冠军表现得就像一台无情的机器人，一个终结者。

请注意这句话："正如所有人担心的那样。"真的是这样吗？当然不是。冠军也有自己的拳迷和支持者。"所有人"这个小小的词语让所有读者都站到处于劣势的一方，一起对抗冠军。

8）阿圭罗很好地利用了他比对手高七英寸的优势。在第一局比赛中，这位高挑削瘦的冠军用凌厉的左刺拳和左勾拳占据了点数优势，并以10比1的比分领先于他的对手。他在第一局中并未使用右拳，只是把右拳紧紧地贴在耳边。他的右拳与左拳同样有着致命的威力，帮助他在 73 场职业比赛中取得了 59 次击倒性的胜利。在 11 月阿圭罗上次卫冕战中，这只右拳曾经打碎过罗伯托·埃利桑多的下巴，还打断了他的肋骨。

作者在这一段中树立了"自然之力"的概念。这是一种无法被打败的武器，会彻底击败我们的英雄。毕竟英雄只是一个凡人而已。接下来的一段更加突出了布巴是个凡人这一点：

9）布谢米是一个非常有技巧的左撇子拳手。他的进攻急如暴风，也能够很好地躲避开对方的重拳。他就像一只丛林中的野兽，可以嗅出危险的气息。但是他只在第 1 局里保持着高昂的斗志，之后，布巴完全不是这位 29 岁的冠军的对手。阿圭罗可是从 14 岁开始就成了职业拳手。

冠军被描绘成冷漠的机器。相反，描写布巴的语言则是突出了布巴作为凡人有血有肉的一面：非常有技巧的，像丛林中的野兽一样可以闻到危险的气息，保持高昂的斗志。

10）进入第 6 局后，金姆察觉到比赛已经临近尾声。她也许是从布谢米的经理人休·本博的脸上看出了一些端倪。在每局的间隙，这位老人都会挂着拐杖，慢慢地走上台阶，把头伸进拳台上的绳圈中给拳手一些指导和鼓励。

你能看出休·本博的原型吗？一般说来不论男女英雄都会有一个导师。这位导师会对英雄进行训练，提出建议和帮助。在艺术作品和神话故事中，导师这一角色非常常见，以至于约瑟夫·坎贝尔把这一角色叫作"智慧的老者"或者"智慧的老妪"。

11）布巴保持着战斗的决心和勇气，但是他与对手的比分差得太远了。

决心和勇气再一次强调了布巴是个有血有肉的凡人。这一段实际上表达了布巴比对手更像一个凡人，但在单纯的技术方面却比不上对手。

12）终于，比赛要结束了。在第6局快结束的时候，阿圭罗一记左勾拳残忍地打在布巴的下巴上，观众发出的叹息声就像是他们一屁股坐在了破垫子上。布巴的身子一晃，防守变得松懈了。阿圭罗并没有给布谢米反应的时间，他迅速地打出了一记右拳，紧跟着又打出一套组合拳。

卡斯蒂文斯用的是什么形容词来描写击倒布巴的那记左勾拳的？"残忍"。那记左勾拳真的是残忍的吗？当然不是。但是对于布巴的支持者来说，那记左勾拳看起来是残忍的。观众有什么反应呢？他们"发出的叹息声就像是他们一屁股坐在了破垫子上"。这同样也是有选择性的细节描写。

13）布巴已经不知道自己是在博蒙特还是波旁街。"那之后的事情我一点儿也想不起来了。"他过后一定会这么说。他像喝醉了酒一样一步三晃，蹒跚地朝属于自己的角落走去。他的嘴角裂开，目光呆滞，就像商店门口摆着的人体模特一样，轻轻一推就会跌倒。

137

在这一幕中，布巴丢掉了凡人的一面，把自己也变成了一台机器人，目光呆滞，就像是摆在商店门口的人体模特一样。

14）金姆用手捂住了嘴。裁判走上拳台终止了比赛。金姆把头靠在面前的桌子上轻声地哭了起来，肩膀随着她的啜泣在轻轻地抽动着。她从未见过布巴的场边教练像这样冲进绳圈去给摔倒的拳手做急救，她不愿把头抬起来。她的双手颤巍巍地把桌子上的一张卡片撕了下来。这张卡片有三英寸宽、五英寸长，上面写着"金姆·布谢米"……

金姆拒绝看到她的英雄被打败，这说明了什么呢？说明了她真的拒绝看吗？说明了她把写着自己名字的卡片从桌子上撕下来（我当时不在场，我看不到这些动作）？她有没有把头抬起来，努力迎着他的目光试着去安慰他呢？她没有。她把脸埋了起来，闭上眼睛，让自己不受到现实的伤害。简而言之，她拒绝接受现实。

15）随后，当被问到将来时，布谢米强挤出一丝笑容。"我还想再继续打拳，"布巴说，到了周日情人节的时候他就要30岁了，"亚历克西斯·阿圭罗只有一个，但我认为我可以和其他人进行比赛。"

布巴怎么样了呢？他输了！他是不是像热锅里的一块腌肉那样萎缩了，不再积极进取了呢？绝不可能！从他的话语里我们看不到一点退缩或痛苦，而是看到释怀和希望。当然，布巴很失望，但是他依旧有自己的梦想，依旧在想办法让自己生存下去："输了，我输了。好吧，那我就调整一下梦想，我还是有梦想的。也许那个冠军目前是最棒的，但我也不错啊。我会继续战斗的。"这是智慧和中庸之道，也是在英雄身上很常见的品质。（通常情况下，这样的英雄会付出双倍的努力，再回来参加第二场比赛，然后在第二场比赛中战胜对手取得胜利。）布巴会没事的。

那么金姆呢？

16）金姆看着地板，怀里依旧抱着那个心形抱枕，眼里噙满泪水，嘴里嘟囔着："我倒是希望他别再打拳了。我是这么的爱他。但是，我不想再一次经历这样的事情了。"

人们在读完这篇专栏文章通常会评论说：我不喜欢这个结局。为什么呢？不知道，这个结局就是会让我感到不安。

是的，它是会让人感到不安。

今晚谁受的打击更大呢？是布巴还是金姆？他俩的梦想都破碎了，但不一样：他输掉了一场拳赛，她失去了她的英雄。所以她怀里还抱着那个心形的抱枕，这是她仅剩的一点幻想。她的眼泪是为了布巴而流的吗？是为了她自己？还是为了那失去了的天真？她说过这样的话吗："输了，你输了！但别担心，下次你会打败他的"？她没这样说。她说："退出吧。"她说："我不想再一次经历这样的事情了。"她说："我是这么的爱他。"之后的"但是"却暴露了真相。

当然，这样的结局确实是会令人不安。它会在一定程度上让读者担心：金姆会丢下公主的身份成为王后吗？她能成为一个生活在真实世界中的伴侣吗？还是她只会是一个生活在幻想中的恋人？

那个《周日》体育版的读者会这样说吗："嘿！看看这个！卡斯蒂文斯在这篇专栏文章里用的是原型形象，铺垫和反讽的手法！"不，他们不会这么说的，但是他们可以感觉得到这些手法对文章产生的影响。他们能够发现这个故事的发展手法就是古代的各种原型模式，比如说探索、奋斗、打败对手和中庸之道。他们能从故事中找到共鸣。就像一首歌里唱的：真实永恒不变，任时光流逝。

第15章

建立兴趣和悬念

不要把所有的事情都——至少不要马上——说出来

> 成为一个惹人厌烦之人的秘诀便是说出一切你知道的事情。
>
> ——伏尔泰

正如前两章里说的那样，提高读者阅读兴趣最常见也最有效的办法就是向读者提出一个问题，让读者一直想着这个问题但是故意拖着不回答，或者引起读者的好奇心但故意拖着使之得不到满足。连续剧中经常会用到这个技巧，每一集都以一个高潮结束，又留下一个未解的问题，或剧情发生了转折，进而给观众留下悬念。最常见的问题是"接下来该发生什么事情了？"我们在上一集里看到波林最后被绑在了铁轨上，一辆火车正朝她疾驶而来，她能不能逃出生天呢？

在连续剧中，出现的问题迟迟不被回答，观众必须要等到下一集才能知道到底发生了什么。只要故事主线中的关键元素已经建立好，故事中的人物也已经介绍给了观众，那么同样的手法在其他类型的文章中也同样有效。你可以用很松散的顺序，分头介绍故事中不同人物的活动。这样你就可以让故事停下来，像连续剧一样。

比如，你可以用这样的方式来发展故事情节：先在一个有角色甲的部分里提出一个问题，然后在下一段有角色甲的部分里回答这个问题。然后，你再提出一个与角色甲有关的新问题，或者制造一个与角色甲有关的新悬念。接着，你不要回答这个问题，也不要解决这个悬念，而是直接结束这个部分。换句话说，你在这个阶段先让角色甲的故事停下来，然后开始一个新的部分。在新的部分里，出现了角色乙，而角色乙的故事同样是在上一个与它有关的部分中没有讲完的。通过这种办法，你就可以让读者不断地产生好奇心，并引领他们读完整个故事。

各个部分紧密地结合在一起才能得到完整的情节。这个部分可以以章节的形式独立存在，也可以整合在一个故事中。无论是以哪种形式，它们的作用都是一样的。这些原则既可以用于非虚构文学中，也可以用在小说中。叙事性文章就是讲故事，有开头、过程和结尾。每当我们写叙事性文章的时候，都可以用这些办法。

下面的例子摘自记者麦克·马瑟发表在《弗吉尼亚向导报》上的文章。这是一个平行结构的故事，讲述了一件扣人心弦的谋杀案，故事随着巴伯和拜纳姆两位侦探各自的行动展开。作者把每位侦探的行动分成了不同的部分单独介绍。在各部分之间，作者只使用了简单的过渡，而没有使用复杂的过渡方式。

> 诺福克犯罪实验室打来了电话。他们找到了这把左轮手枪的序列号。巴伯命令以此为线索继续调查，至于会调查出什么样的结果来，他丝毫没有头绪。
>
> 与此同时，拜纳姆也在拼命调查着。

从这一段中，我们可以看到马瑟是怎样从一个人的调查过渡到另一

第15章 不要把所有的事情都——至少不要马上——说出来

个人的调查的。这段里能引起读者好奇心的句子是"至于会调查出什么样的结果来,他丝毫没有头绪"。就这一点来说,读者希望知道巴伯能从这把枪的序列号上发现什么线索。但作者把巴伯的调查先放在一边,让读者保持高度的兴趣,然后开始叙述拜纳姆的调查了。对于拜纳姆的调查工作,作者也重复使用这种可以制造出紧张感并保持读者好奇心的写作方式。

"与此同时,另一边的……"是一种历史悠久的表达技巧。借此,作者在读者的兴趣最高涨的时候结束一个部分,迫使读者去了解故事另一面的发展。如果读者说"我放不下这本书了",那通常是因为这些没有解决的问题和没有给出的答案。读者渴望知道接下来会发生什么事情。

值得注意的是,不要迟迟不理睬那些悬而未决的内容,也不要在文章中一次提出太多重要却没有答案的问题,否则读者会感到郁闷,甚至会生气。另外,不能让手段过于明显。换句话说,读者体验到的应该是手段的效果,而不是手段本身。最后,应该让这种没有给出的答案或者悬而未决的问题显得至关重要、趣味横生、扣人心弦。要不然,就算它是没有答案的,就算它是悬而未决的,谁会在乎呢?

悬短小说家伊丽莎白·乔治是制造兴趣点的大师,下面这个段落来自小说《记忆叛徒》。

"我为什么要告诉你?"韦伯利没有等他回答就一屁股坐进写字椅里,说,"因为这个受害者,汤米,她叫尤金妮娅·戴维斯。我要你加入进来。就算是上天入地,我也要把在她身上发生的事情查个一清二楚。利奇刚知道她是谁的时候就知道我会这么做了。"

林利皱着眉头问:"尤金妮娅·戴维斯? 她是谁?"

"汤米,你多大了?"

"37岁,长官。"

> 韦伯利长出了一口气，说："我想那时候你还太小了，不可能记得她。"

这段对话是在全书一开始的时候出现的。这段对话引起了读者的好奇心。他们想知道这个被杀死的女人到底是谁。他们还想知道韦伯利为什么对这个女人的死的反应如此激烈。韦伯利说了这样一句话："我想那时候你还太小了，不可能记得她。"他用这句话宣布："故事就在这里！"我们渴望知道这个故事，必须要把好奇心暂时放到一边，因为下一章讲的是另一个人物的事情。但是，我们只是暂时把好奇心放在了一边，并不是失去了好奇心。正是因为好奇心的存在，我们才会继续读这个故事。我们知道作者迟早都会回过头来讲这件事情。

下面这个例子是乔治写的同一本小说中的另外一章的结尾部分：

> 其中一个新来的警察迅速冲进了房间。他的名字叫索尔伯格，是一个初出茅庐的探长。从进入凶案组的第一天起，他就渴望证明自己，整天在一沓一沓的文件中寻找蛛丝马迹。他的脸总是红红的，就像刚跑完马拉松的长跑选手一样。
>
> 他大声喊着："头儿！看看这个！十天以前，这儿太热了！太热了！"
>
> 利奇说："你说什么呢，索尔伯格？"
>
> "这有点复杂，"这个小警察回答道。

我们想知道是什么"有点复杂"。但同样，我们必须要等，因为就在说完这些之后，乔治又去说另一个人的事情了。下面的例子也是从这本书里找出来的：

第15章 不要把所有的事情都——至少不要马上——说出来

"我拿到他的名字了!他叫毕洁斯!就在这里!就在我的记事本上!"

"毕洁斯?"哈弗斯问道,"不!不是哈弗斯,检察官。不可能……"

利奇的手机响了起来。他一把从桌子上抓起了手机,举起一根手指示意哈弗斯不要再说了。但是,她还是忍不住要说。她不耐烦地踩灭香烟,说:"检察官,你是在哪天跟戴维斯进行的谈话?"

林利一边向她挥手,一边用手指敲着手机示意她闭嘴,然后说:"我是林利。"为了避开哈弗斯制吐出来的烟雾,他把身子背了过去。

打电话来的人是总督察利奇。"我们发现了另一个被害者。"他说。

在这个例子里,有两件事情会引起读者的兴趣和好奇心。我们可以看到哈弗斯急不可待地想告诉检察官一些事情,我们也变得和她一样不耐烦,想知道到底是什么事情。然后一通电话打断了她,又告诉我们出现了另一个被害者。同样,我们不知道这个被害者的身份。当作者结束这个部分转而去说另一件事情的时候,我们都急得想大叫"等一下!"

伊丽莎白·乔治毫无疑问是唯一一位可以完美地使用"让他们再等等"这一写作技巧的推理作家。这种技巧已经成就了一种小说类型。下面这个例子取自一本名为《希米索拉》(*Simisola*)的小说。这本小说的作者是获得了极高荣誉的英国作家露丝·伦德尔。在小说里,露丝·伦德尔刻画了一个名为瓦因的角色。

从表哥家出来后,他便开始了对市场的调查。在他遇到的第二个货摊上,他找到了一架收录机。这架收录机的外壳是用白色硬塑料做的。在收录机的顶上，就在数字时钟上面，有一块暗红色的污渍。似乎是有人想把这块污渍擦掉，但没有成功。瓦因很快就意识到这块污渍是一块血迹，然后他想起了一些事情。

这里的"然后他便想起来了什么事情"和乔治那句"我想那时候你还太小了，不可能记得她"有异曲同工之妙。两句话用的都是同一种戏剧化手段。就像在讲故事的时候，你经常会首先听到："听着，我的孩子，你应该听说过……"

在谋杀推理小说中，把答案或解决办法隐瞒起来是一种常见技巧。但是，这种技巧在其他类型的文章中也是有效的，不论是不是小说。作家弗朗西丝·梅耶斯在小说《天鹅》中以这样的方式作为一个章节的结束："年复一年，霍尔特从来就没有想过背叛凯瑟琳。凯瑟琳也从未泄露过他的秘密。"这句话引起了读者的好奇心，因为读到这里，读者会想："秘密？什么秘密？"每个人都想知道秘密，这是人类的天性。但是，梅耶斯没有立刻把这个秘密告诉读者，如果我们想知道这个秘密是什么，那么就得继续读下去。换句话说，我们上钩了。

不论你是否在写小说，不直接说出来而用建议或者暗示，都是一种保留关键信息的手段，可以极大地引起读者的兴趣。含蓄的暗示通常比直截了当更能吸引人。铺垫也是一种有着悠久历史的写作手法，同样可以引起读者的好奇心。作家乔恩·富兰克林凭借新闻稿《凯利太太的妖怪》赢得了普利策奖，这篇新闻稿是以这两段开始的：

冬天，一个寒冷的早晨，大学附属医院高级脑外科专家托马斯·巴比·达克尔医生天没亮就起床了。妻子只给他端来了华夫饼干，没有咖啡。咖啡会使他的手发抖。

第 15 章　不要把所有的事情都——至少不要马上——说出来

在巴尔的摩市附属医院第 12 楼上，埃德娜·凯利的丈夫在和她告别。57 年来，妖怪一直躲藏在凯利夫人头颅里。这种情形决不能继续下去了（no more）。

乔恩·富兰克林没有直接说达克尔医生那天给埃德娜·凯利做的脑部手术是失败的，他只是用两个并列的简单的段落来暗示这个结果。"这种情形决不能继续下去了（no more）"这个看似简单但意义深远的短语也是如此。同时，"咖啡会使他手发抖"这句话暗示着这位外科医生的手今天可千万不能抖。

富兰克林被誉为非小说类的短篇故事大师。他也是一个使用浓缩语言的大师，他写的句子通常都很简短。开篇用寥寥数字表达了丰富的内容，立刻就能建立起正确的情绪。在某种程度上，这是因为他不仅很清楚自己要说什么，而且还知道自己该怎么说。让我们来看看他的开头："冬天，一个寒冷的早晨"。富兰克林在他的《为了故事而写作》一书中说过："达克尔医生醒来的时候房间里很暖和，他的未来也是一片光明，但是这些事实与我们要讲的故事没有什么关系。"

在肯尼斯·罗伯特的《西北通道》一书中最开始的部分里，作者写道，尽管某些事情看起来似乎毫不相干，但是他必须提到它们，因为它们"与之后发生的事情有关系"。他不会在开头就把后来要发生的事情全写出来，所以如果我们想知道会发生什么事情，就得读完整本书。这种保留关键信息的手段是一种古老的讲故事方法，在下一章里，我们会深入探讨不把所有事情都说出来的价值所在。

第 16 章

建立兴趣和悬念

把一些工作留给读者去做

> 你可以诉说任何事情,只要它们是真实的;但是,任何真实的事情都不值得诉说。
>
> ——斯坦利·库尼茨

在上一章里我们说过,读者对我们隐瞒的事情会很感兴趣,同样,读者对我们透露出来的事情也会很感兴趣。如果我们在文章里写出某个东西是第二大,第三流行,或者是第四个主导原因,那么读者立刻就会想知道:"其他的是什么?"

显而易见,在一篇信息报道中对读者隐瞒某些信息是一种不明智的做法。在任何情况下都要审慎地使用保留关键信息的写作手段。但是,在创意写作中,一些经过精心安排的保留关键信息的写作手段可以使文章的内容更加丰富,也可以引起读者的好奇心和兴趣。要敢于不把每一件事都解释得过于清楚,尤其是对于大部分读者都心知肚明的内容。报道和小说之间的区别在于报道中经常会有令人烦闷的注释和其他相关解释,而小说没有。

比如,有创造力的作者会在文章中引经据典,以此增强故事的可读性，但他们绝不会告诉读者这些典故的出处，也不会向读者解释这些典故。如果这些经典是尽人皆知的，那么这样做是正确的。有时候，作者和文章中的人物觉得引经据典是一件很有意思的事情，而且，他们还发现这些经典有助于澄清情节。在露丝·伦德尔的《永远的握手》一书中，她笔下的韦克斯福德探长打电话给一位调查员，在电话里，韦克斯福德探长说："霍华德，你是我唯一的盟友。"霍华德回答："你知道切斯特顿怎么说这件事的吗？今天晚上，我从五点半开始就在那个公共汽车站等着。然后我们就等着瞧吧。"伦德尔继续写道：

> 韦克斯福德穿上自己的长风衣，走下楼去想看看切斯特顿说的到底是什么。"没有任何语言可以描绘出孤立无援和拥有一个盟友之间的巨大差别。数学家也许会承认4就是两个2。但是2可不是两个1，2是1的2 000倍……"他心里感到了莫大的鼓舞。也许他手头无人可用，但是他有霍华德。对于他来说，霍华德就是解决问题的办法，是极其可靠的人，是无敌的存在。他俩在一起就会是那1的2 000倍。

切斯特顿的话对于韦克斯福德的处境来说无疑是中肯的，如果让伦德尔自己来说这样的话则不合适了。但如果让故事中的一个人物来说出这段话，那么伦德尔既能告诉读者一些情况，比如说关于人物的一些事情，他们的兴趣和他们之间的关系，又能继续保持自己讲述者的身份，让自己成为置身事外的隐形存在。借切斯特顿的口说的这段话和韦克斯福德的反应可以帮助读者理解韦克斯福德当时的心理状态。

在伦德尔笔下的韦克斯福德系列推理小说中，这位警官学识渊博，经常会引用一些人的话，这些人有的没有出现在故事中，有的是没有立刻出现在故事中。不管这些话是谁说的，它们都恰如其分且意义深远。读者也慢慢知道了，如果是很重要的话，那么我们总会知道这些话是谁说的。

关键在于不能让读者对这些不加解释的内容感到厌烦。如果读者感到厌烦了，要么是这些内容无关紧要，要么是这些内容有自己的解释。比如，我们可以用相对保险的办法写："他就是当代的伊卡洛斯，他尝试在天空中飞行，却掉在了地上。"我们不用停下来向读者介绍与伊卡洛斯相关的神话，不用告诉读者：无论伊卡洛斯是谁，他尝试在天空中飞行，但最后从天上掉了下来。同样，我们不用解释 W.C. 菲尔兹是谁，我们只需要这样写就够了："和 W.C. 菲尔兹一样，她也很讨厌小孩子和小动物。"大部分读者都知道谁是菲尔兹。对于不知道菲尔兹是谁的读者来说，他们也会明白不管菲尔兹是谁，他都是一个讨厌小孩子和小动物的人。很明显，对于能够把文章的意思一层层剥开的人来说，他们笔下的世界是更加丰富多彩的。这些未加解释的暗示是作者和读者之间一种秘密的沟通方式，是一次向共享信息世界的敬礼。能够理解并接受这种暗示的读者像是受到了双倍的祝福，会在阅读中得到双重的享受，对于那些未能意识到这种暗示的读者来说，如果这种暗示描写得足够仔细，他们就可以很好地理解它的含义。

只有理解了"话不说满"的价值，写作者才能找到办法让读者"看到"而不是"听到"故事。自古以来这就是写好故事最重要的原则之一。没有人能比埃尔莫·伦纳德更好地践行这条原则。在写故事方面，几乎找不出和伦纳德同样优秀的作家，他笔下创造的人物极具个人魅力，对话耐人寻味，情节十分紧凑，他就是那种能让读者"看到"而不是"听到"故事的写作者。在他的故事和对话中，经常会跳过过渡的部分，把对人物性格的塑造和描写结合在一起。他擅于不把所有的事情说完，把一些

151

事留给读者，给读者以理解和想象的空间。他用这句话来解释文章异乎寻常之简洁的原因："我努力删掉了大家会跳过不看的部分。"

下面的内容选自伦纳德的《自由古巴》一书。这本书不仅趣味横生，而且发人深省。在节选中，我们可以体会到伦纳德的写作技巧，比如说浓缩的句子、简略但隐晦的对话以及让读者看到故事而不是听到故事。《自由古巴》的故事背景是1898年的古巴，当时缅因号已经被炸毁，起义者在山里等待着机会，泰迪·罗斯福（西奥多·罗斯福）的骑兵部队正准备登陆。

在这段节选中，一直在跟踪本书主人公本·泰勒的鲁迪·卡尔沃要向警察局长安德烈斯·帕伦苏埃拉做汇报。安德烈斯·帕伦苏埃拉一直都怀疑泰勒是一名美国特工。但是，卡尔沃的报告里却没有提到什么舞枪弄棒的内容，只提到了我们这位粗野强壮的主人公大肆挥霍挥金如土，买了很多漂亮的新衣服。在卡尔沃与帕伦苏埃拉的对话中，伦纳德描绘了本·泰勒在他们两人眼中的形象，而不是简单地把自己眼中的泰勒摆在读者面前。也就是说，伦纳德没有通过作者的描述，而是通过人物的对话塑造出了主人公的形象。这样一来，他不仅让读者看到主人公身上有意思的一面，也让读者了解了卡尔沃和帕伦苏埃拉是什么样的人。这本书的背景是危险的，包含了许多危险的人物和危险的事件。考虑到当时的情况和帕伦苏埃拉警察局长的身份，卡尔沃在他的报告里叙述了大量细枝末节和无关紧要的事情，帕伦苏埃拉对此却没有生气，反而觉得报告的内容十分重要，看到他不再怀疑本·泰勒是不是在从事什么秘密活动之后，反而对泰勒的衣柜更感兴趣了。伦纳德并没有告诉我们帕伦苏埃拉是一个爱打扮的追求时尚的人，他让我们通过帕伦苏埃拉的言谈话语去发现这些事情。

第16章　把一些工作留给读者去做

晚上9点整，鲁迪·卡尔沃回到了自己在哈瓦那维达度郊区的家，帕伦苏埃拉不但把自己那个名字叫罗琳的美国情妇藏在了这里，而且还经常带亲密的异性朋友过来。鲁迪和局长坐在房子前的院子里，鲁迪在向局长做汇报。

"目标从码头直接去了英伦酒店，登记入住后把行李放在了那里，一个铺盖卷和一个马鞍。然后，他在酒吧里跟报社的记者聊了将近两个小时，之后又出去了。他的同事，叫伯克的那个，留在了酒店里。"

他看到帕伦苏埃拉正在为晚上的活动打扮，他正在系衬衫的扣子，吊裤带垂在他的腰间，领扣还没有系好。局长的脑子里很明显在想着别的事情，因为他问道："谁？"

"查理·伯克，"鲁迪回答道。他对局长总是很有耐心。他解释说他们已经有了伯克的档案。他是个牛贩子，以前来过这里几次。"然后，目标又和维克多·富恩特斯一起去了哈瓦那旧城。他们在旧城的一家咖啡馆里吃了顿饭，去了几家铺子，给目标挑了几件新衣服。他们买了衬衫、裤子、一套西装、一双不错的靴子和一顶非常漂亮的巴拿马草帽。"

"他买了一套西装？"帕伦苏埃拉问道。

"就买了上衣，黑色的。"

"很贵吗？"

"我觉得那是羊驼的呢。"

"他去哪儿买的靴子？"

"纳兰霍·Y.瓦斯克斯。"

"那家店还凑合，但不是最好的。"

"他把旧靴子上的马刺换到新靴子上了。"

153

"为什么？如果他没骑马的话？"

"对，他是没骑马。我觉得是因为他习惯靴子上带着马刺了。或者他喜欢听自己走路的声音。"

"一个牛仔，"帕伦苏埃拉说，"他在哪里买的帽子？"

"维阿得罗的店里。"

"当然了。"

"他把新衣服都换上了，黑色的西装上衣，土黄色的裤子，或许更偏肉桂色。"

"看起来怎么样？"

"很优雅，他穿着白衬衣，带着一条淡蓝色的手帕，手帕是他自己的。"

帕伦苏埃拉点着头说："嗯……我有时候也喜欢带一条手帕。"

"他随身带着个东西，用报纸包着。"鲁迪·卡尔沃说，"我一直在琢磨，他带着的是什么呢？然后他在店里把那个报纸包打开了，里面是一把左轮手枪。我相信那是一把点44口径的史密斯威森，这种枪在扳机下面有个凸起来的地方，可以保护第二根手指的。"

"点44口径的手枪最早是俄国人为一位大公设计的。我有两支这种口径的手枪。"

"他的手枪就在他的挂肩枪套里。"

"如果他不是个间谍，"帕伦苏埃拉说，"他就是个杀手。"

我们可以从这段有趣的对话中看出伦纳德的写作风格。尤其有代表性的是卡尔沃对于泰勒的新裤子那一番细致入微的描述："土黄色的裤子，或许更偏肉桂色。"还有帕伦苏埃拉说的"我有时候也喜欢带一条手帕"。当谈到为大公设计的左轮手枪时，帕伦苏埃拉又说："我也有两支这种口径的手枪。"

伦纳德经常用这种小问题吸引读者。下面的段落选自他的小说《匪徒》。故事的主人公叫杰克，他的对手是个尼加拉瓜人，他通过对手的私人信件来调查他，发现了一封罗纳德·里根寄来的信，信的最后一段是这样的：

> 我已经请求我的朋友给你提供慷慨的帮助。他们可以帮助你战胜共产主义。我已经请他们全力支持你展开斗争，让他们从心里意识到"no es pesado, es mi hermano"。

伦纳德没有因为有不说西班牙语的读者，就把最后那个短语翻译成英语。他让杰克和读者一起猜了将近60页。留着这个小小的地方不说，可以让伦纳德在后面再回到这一点上来。他让读者看到杰克是怎样思考和工作的，看到杰克是一个多么独立多么有耐心的人：

> 杰克终于知道这个用西班牙语写成的结尾是什么意思了，它的意思是"他不重，他是我们的……"
>
> 四周一片安静，他在聚精会神地听着。他听到从另一个房间中传来了一阵声音。那是用钥匙开门的声音。有人来了，在试着用钥匙开门，想把门推开，但却遇到了点儿麻烦，现在又在试着用钥匙开门了。杰克拿起了放在桌子上的贝雷塔手枪。

伦纳德并没有把那个短语全部翻出来，而是保留了最后一个单词"兄弟"，因为不是非要这样做。众人皆知的是，把整个短语全部翻出来会显得有点老土，如果这么说算不上是无礼的话。所以，他只说出了足

第 16 章　把一些工作留给读者去做

155

够让读者当作线索的部分，然后让一个闯入者上场，不让杰克继续往下说了。

　　这种说话的原则对于有效的写作来说至关重要，它恰如其分地说明了要让读者"看到"（而不是"听到"）这一原则，其目的在于在描述中建立起真实感。

　　这就是下一章的话题。

第 17 章

描述：用词汇画画

快！拿相机来！

> 经过精挑细选的词汇有着如此强大的力量，以至于与亲眼见到相比，描述通常会给我们留下更生动的印象。
>
> ——剧作家约瑟夫·艾迪生

好的写作者知道如何描述人、地方、事情和动作，这样，他们的读者也可以看到这些东西了。他们用词汇作画。因为经过精挑细选的词汇有着强大的力量，所以用词汇画出的画通常要比亲眼见到实物更有力。

许多写作者经常会感到困扰，他们不知道如何进行有技巧的描写，但不应该是这样的。任何还算得上是写作者的人都应该有能力进行像样的描写，但是，我们还是经常会读到糟糕的描写段落，甚至有时候这些段落是由职业作家写出来的。我读过的最糟糕的描写是一本畅销小说作者的说法，他是这样评价第二次世界大战的："这场战争实在是太可怕了。"

好吧……确实是这样的。

除了单纯得近乎愚蠢外，这个让人瞠目结舌又毫无意义的句子为什么会这么糟糕呢？因为这句话没有给我们提供实质性的信息。它让我想到了一个学生曾经在作文中写过这样一句很有意思的话："他的词汇量太少了，少的就像无所谓一样。"

有效的描写这一信条是很容易掌握并执行的：优秀的描写应该是直接具体、惜字如金并且言之有物的，糟糕的描写则是含糊不清、词不达意、空洞抽象、夸夸其谈的。言之有物和夸夸其谈的区别是尤其重要的。夸夸其谈不能树立一个生动的形象，它只能给出结论，而读者会很难接受，因为它不是读者自己做出的结论。言之有物则能够给读者描绘出一个重点突出、生动又直接的画面。

如果让你给从未见过也从未吃过爆米花的人描述爆米花，那么你会怎么写呢？从一种特殊的玉米上取下来的生玉米粒，在加热的时候会爆开？这只告诉了我们爆米花是什么，而没有让我们看到爆米花是什么样子。这句话没有抓住任何关于爆米花的"经验"，它咸咸的黄油味道，在舌头上的感觉，它的特点和独特的气味，可以让我们联想到的东西。对于这一切，你需要那些感觉，你需要能帮助读者"看到"爆米花的词汇。

看看这个例子："在路的尽头，在力拓·巴托皮拉斯的河岸上，坐落着巴托皮拉斯。这是一个风景如画的老村庄，有着别具一格的建筑和狭窄的街道。"在这段文字里，空泛的词汇"风景如画"和"别具一格"并不能帮助读者看到这个地方的样子。具体的言之有物的词汇则可以让读者有亲临其境的感觉："在路的尽头，古老的村庄巴托皮拉斯就坐落在力拓·巴托皮拉斯的河岸边，村子里到处都是灰泥外墙的庄园和用鹅卵石铺成的小路。"

在下面的例子中，"漆成白色的"和"圆拱顶"给读者描绘出了一幅图画，而"令人印象深刻的建筑"却做不到："一座通体被漆成白色，有着一个圆拱顶的建筑令人印象深刻，它坐落在一个山谷中。"在亲眼见到这座令人印象深刻的房子之前，我们需要具体的信息。也许我们可以这样写:"一座巨大的拜占庭式天主教堂在山谷中若隐若现,它通体刚刚被用白色油漆粉刷一新,点缀着红色的圆拱顶。"

看看这个例子:"日出尤其漂亮。"在我们亲眼见到日出之前,我们需要准确了解作者说的"尤其漂亮"指的是什么。"太阳在一片红色、紫色、金色的光线中冉冉上升。"

注意,在描写中,要使用动态动词,不要用静态动词。动态动词表现的是动作本身:村子是"坐落"在河岸上,而不是"在"河岸上;天主教堂在山谷里"若隐若现"而不是"站"在山谷里;太阳"升起来"而不是"日出"。

在描写中,尤其是在对人物的描写中,加入动词可以防止文章过于呆板。例如:"也许是因为他的眉毛太浓,又是垂着的,所以他的表情看起来总是十分严肃,像猫头鹰一样。"在这段描写中加入动词可以使它变得生动起来:"他浓密的眉毛低垂着,像猫头鹰一样瞥了她一眼。"

"他不停地嚼着烟草,雷德曼是他最喜欢的牌子。"修改后:"因为嘴里嚼着他常买的雷德曼烟草,所以他的腮帮子鼓了起来。"鼓起来的腮帮子为我们画了一幅画,让我们看到的不只是"他嚼烟草"。

"从他把菜单举得那么近来看,很明显,他是个近视眼。他的鼻子又大又弯,和鼻子比起来更像是鸟的喙。"修改后:"他把菜单贴得离他那鹰钩鼻只有几英寸远。"

尽管让读者"看到"要比让读者"听到"更能吸引人,但是最完整同时也是最能令读者满意的描写确实结合了这两种写作方法。正如下面节选自约翰·麦克菲的《来乡下》的例子一样,这个段落写得非常清楚,不仅写了麦克菲看到了什么,还写了他是如何看待它们的:

现在河里应该有些东西了,约翰·考夫曼准备步行去河边了。他把鳟鱼竿组装好，穿好渔线。他有六英尺三英寸高，身材消瘦。他一步一步坚定地走着，身子以10度微微向前倾，嘴巴紧闭，看上去是要从河里找到什么保证一样。他似乎并不太想抓到那些可能是阿拉斯加的北极圈里最后的茴鱼，而仅仅是为了证明它们还在河里而已。他扬起竹子做的鱼竿，把鱼钩高高地抛出去，就像是在河面上画了一条长长的窗帘。他穿着一件红色的旧衬衫，毡帽上有好几个破洞，帽子顶上还露着几条牛皮绳。他轰赶落在身上的苍蝇。什么也没有。他再一次把鱼钩甩了出去，把鱼钩甩过了小水塘，让它靠近水流比较急的地方。有鱼咬钩了，铅坠猛地一沉，被鱼拉进了水里，发出一声闷响。我们都高兴地欢呼了起来。考夫曼用了两分钟的时间戏耍咬了钩的鱼，我们就在边上等着，看他把鱼拉上来。他娴熟地握着鱼竿，小心翼翼地把鱼慢慢拉近。慢慢地，他把鱼拉出了水面，然后看向我们，就像是要把他的锡星扔到我们脚下的泥里一样。这些都太尴尬了：用了三个头的钓钩、粗尼龙渔线，那些河里已经没有鱼了的传闻。他看着钓上来的茴鱼。这只是一条25盎司的小家伙，可终归是会长大的。他似乎感到很欣慰。一只苍蝇叮在了鱼的嘴唇上，他轰跑了苍蝇，然后把鱼扔回水里。

读者在"听"麦克菲讲述（考夫曼的身高、体型、他的帽子和衬衫、他的一举一动）的同时，还可以"看到"一些细节（考夫曼似乎是在找什么保证，他似乎不太想抓最后的茴鱼，他看起来似乎像是要把他的锡星扔到泥里一样）。

由于担心精妙的描写在纪实写作中会喧宾夺主，因此一些非虚构文学的写作者会有些担心，从而不愿意在文章中进行精妙的描写，尤其是说明性的描写。但是正如麦克菲所说，无论是在纪实写作中，还是在小说里，这种能让读者"看到"的描写都是合适的。有时候，这种描写能够使那种刻板的"事实就是这样"的写作读起来更加轻松。

有许多描写能力极强的新闻记者。为《纽约时报》工作的安东尼·德帕尔马本可以说那些所谓的"氧气沙龙"——就是一些会卖给你一小罐氧气的酒吧——只是给你一些荒唐的印象，但他却是这样展现给我们的：

安·玛丽·墨菲穿着一身深绿色的紧身服，戴着面罩型的太阳眼镜，一头金发扎在头顶，就像个菠萝。对于鼻子里插着一根管子坐在酒吧里这件事，她一点都不在意。

同样，为美联社写文章的米歇尔·布尔斯坦写了一篇介绍亚利桑那州梅萨市——以政策保守闻名全国——市长候选人的文章，在文章中，布尔斯坦利用描写表现了故事中荒诞的一面。凯特·格兰特是文中的市长候选人，关于她的负面消息有很多，其中一个是她经营着一家按摩院。在下面的文章中，她为顾客剪完了头，然后把顾客请到美容院后面去做按摩：

……房间里不时飘荡出吃吃的笑声和一阵阵精油的香气。格兰特身上的黑色紧身皮连衣裤发出轻轻的摩擦声。她脱下脚上的细高跟鞋，舒服地靠在沙发上。

到了讨论政治的时候了。

让我们来看看表示感官的动作是如何让这段有趣的描写变得栩栩如生的吧。当然，这里有能看到的东西，还有能摸到的（按摩），能闻到的

(一阵阵精油的香气），能听到的（紧身皮连衣裤发出轻轻的摩擦声）。

下面是克里斯多夫·雷诺兹为《洛杉矶时报》写的文章：

> 夜幕下，星光闪烁，你可以看到运河上的船只发出的灯光在缓慢地前进着。同时，在西边，巴拿马城里摩天大厦的灯光也在夜幕中闪烁着。

史蒂夫·亨德里克斯在为《华盛顿邮报》写的文章中是这样描写灰线旅游巴士的：

> ……把游客带到畅销书《午夜善恶花园》里提到的景点去。许多车上的窗口都被摇下来，各种镜头从车窗里伸出来，就像是从打开的炮孔里伸出的炮管一样。一个低沉而又有着金属质感的声音正在给乘客介绍这个古老墓地多姿多彩的历史。

下面的文章是《达拉斯晨报》的已故记者罗素·史密斯写的。他原本可以告诉我们他笔下的这个人代表一个英国摇滚巨星，但是却以下面的方式把这个人物展现在我们眼前：

> 他的头发乱糟糟的，原来为人熟悉的乌黑发亮的公鸡头变成了乱蓬蓬的一团，就像刚从床上爬起来。苍白的皮肤像从未见过太阳一样。那张长长的面无表情的脸上最突出的就是大鼻子。他看起来太滑稽了，像是漫画版的英国摇滚巨星。
>
> 他看起来棒极了，就像一颗滚石。

第 17 章 快！拿相机来！

下面是《达拉斯晨报》的体育专栏作家大卫·卡斯蒂文斯笔下的长跑运动员：

> 你曾在电视上见过他们。他们身型削瘦，头戴棒球帽。他们满怀自信，天刚破晓便从体育馆出发了，在接下来的两天里音信全无。当他们最后一次出现在体育场时，手臂依旧在有节奏地摆动着，胳膊肘画着圈，步伐依旧显得精力充沛，看起来和离开的时候一模一样。

上面这些例子都非常出色，它们共有的特征之一是言简意赅。我们应该毫不犹豫地把文章中杂乱无章的部分删掉，对句子进行整合压缩。其原因有二：描写的部分需要大量的语言；太长的描写会让读者觉得乏味。即使是简单的文章也会受到杂乱无章的语言的影响："蓝色的塔顶上是一个黄色的圆顶，从森林的高处看过去就像是在深草区的蓝色球座上孤零零地摆着的高尔夫球一样。"这句话的内容说得非常具体，句中用到的都是动态的动词，描写的形象也十分鲜明，但是我们无法看到作者眼前的景象，因为他让我们看到的形象太多了。

约翰·勒卡雷在细致的描写和浓缩的语言这两方面都算得上是大师。下面的文章取自《夜班经理》，他通过人物的衣着来确定他们的身份，用了只言片语。

> 在穿着驼绒大衣的人之后，进来了一位二十多岁穿着蓝色法兰绒海军外衣的人，眼珠是浅油漆色。外衣有单排纽扣，侧面配着手枪……
>
> "来这儿很久了吗，派因？佛利斯基上次值班的时候没来，对不

对？我们见到了一个年轻的英国流浪汉。"

"没门！"法兰绒外衣说，他看着乔纳森，就像在用枪瞄着他。乔纳森注意到他的耳朵受过伤，已经变形了，金色的头发开始泛白，手看起来像斧头一样。

这种对人物别出心裁的描写是富有挑战性的，但是到目前为止我们举的例子中，对人物的描写都做得很好。另外要注意的是，在描写人物外表的时候，拾人牙慧是危险的。我们读了这么多对人物的描写，当描写一个人的时候，脑子里会有一些固定的描写方式：比如说头发像丝绸一般，像小麦一样，像金丝一样，像渡鸦的翅膀一样；嘴唇像樱桃一样，脸颊像玫瑰一样……但是勒卡雷笔下的笑容是新鲜独特的，赋予角色以生命。一次，在看完了一个靠文字混饭吃的作家的作品后，我突然意识到她笔下的男主人公都留着一头乱蓬蓬的垂在前额的头发，而女主人公都长着一双长腿。在故事接近尾声的时候，她似乎是被自己搞迷糊了，或者她是让电脑自动进行复制粘贴的动作，因为里面突然出现了一个长腿男人和一个留着一头乱蓬蓬的头发的女人。

以新鲜的措辞为特色的写作者不会落入陈词滥调的俗套。彼得·德·弗里斯从来不重复写同样的故事。在他的小说中有一位上校，这位上校在笑的时候，总会露出"八颗雪白的牙齿"。德·弗里斯还把这个人物描绘成"粗粗的体型，粗粗的手指，粗粗的脖子，浑身上下都是粗的。"他书中的一名角色提到了"一张毫无表情的脸上却有着英俊的五官，比如那钻石形状的爱尔兰人眼睛"。

道格·斯旺森是一位小说家，同时也是《达拉斯晨报》的记者。他也让读者看到了对人物外表的新颖描写方式。下面是他的小说《梦中人》节选：

罗伯特有点秃顶，所以他总是把灰色的头发横着梳过去以盖住秃顶的地方。他的一只眼睛也有点问题，总是不自觉地向左斜。

他的络腮胡子遮住了大半张脸，说话的时候总是带着浓重的鼻音。

这位县治安官身上穿着卡其布的制服，他的制服被浆洗得像是一块甲板。他梳着大背头，用发胶把黑色的头发紧紧贴在头皮上。土黄色的小眼睛上上下下仔细打量着杰克，生怕错过一点细节。他的肤色是好莱坞式的青铜色。他让杰克想起那只演过两部电影的雪貂。

P. D. 詹姆斯在《无辜的血》一书中描写了一个名叫哈利·克莱格霍恩的角色：

他十分健壮，浑身都是肌肉。皮肤光滑红润，头黑得像是被染过。他的嘴角露出任性的表情，嘴唇湿润，红得像是涂了口红。他说话的时候，能看到嘴里长了一个白里透粉的小水泡。

在《真相》一书中的名叫埃德蒙·阿尔伯特·弗罗吉特的角色：

他的脸长得非常滑稽，嘴角长长地垂下来，眼睛向外凸，和他滑稽的姓氏十分般配。毫无疑问，他在小时候一定被其他孩子欺负得很惨，并因此长出了一层自我保护甚至是有点自负的外壳。否则世界上那些不幸的人要怎么才能活下去呢？说起这个，达尔格利什想，每个人要怎么才能活下去呢？我们中没人会愿意让自己直接面对来自世界的恶意。

新鲜、生动、言简意赅的描写只是看起来比较容易。它们通常需要深思熟虑和多次的修改。下面的例子是我自己写的文章，我简单地进行了人物描写。在第一稿完成后，为了使语言更加精炼，我又对它进行了修改：

初稿：我们握了手。我感到他的手瘦骨嶙峋，十分冰冷。我在11月见过他，跟那时候比起来，他变得更瘦也更加虚弱了。他穿着松松垮垮的裤子，肥肥的毛衣，这让他显得更单薄了。

修改稿：他比我记忆中的那个人还要虚弱。他穿着松松垮垮的灰色灯芯绒裤子，宽松的黑色开襟羊毛衫，显得十分憔悴。他向我伸出瘦得能看得见骨头的手，握上去既干燥又冰冷。

终稿：11月以来，他变得越来越虚弱了。松松垮垮的灰裤子挂在他的胯骨上，一件老旧的黑色开襟羊毛衫披在他身上，盖住了他那空空的胸膛。握着他的手的时候就像是抓着一只小鸟的爪子。

请你大声地把这三段话读出来，这样你的耳朵和眼睛就都能为你服务了。终稿比初稿好在哪里呢？让我们来看看在不断修改文章时我是如何考虑的。

初稿：这个版本不断地提到了同一点内容：瘦骨嶙峋的、更瘦了、虚弱的、单薄。它的中心被分散了，毫无必要地提到了"当我在11月见到他的时候"和"我感到他的手瘦骨嶙峋"。这几乎是毫无必要的赘言。对于握手，我能否把它展现在读者面前，而不是简单地告诉读者？还有，"更虚弱了"这个词汇，尽管它是对的，但它似乎略显尴尬。对于衣着的描写也可以更具体一些。

修改稿： 这个版本要更加紧凑了，但是最开始的两句话都是以"他是"（he was）开始的。而且，"握上去既干燥又冰冷"这句话给文章添加了一些象征的元素，并因此让我有了一个想法：可以用比喻的方法来描写握手吗？"比我记忆中……还要虚弱"，我非常努力地把镜头放在目标而不是我自己身上。最后，"灯芯绒裤子"这个说法不对，这个词会显得他很年轻，甚至会显得他很活泼和时髦。所以最好还是用回"裤子"这个词语。

终稿： 终稿中使用的动词基本上都是主动动词（挂、披、握、抓），将描写和动作结合起来，把这个人的虚弱状态展现在读者面前，而不是简单地将其讲给读者听。"小鸟的爪子"体现出了初稿中瘦骨嶙峋、干燥冰冷的手的形象。在修改这个段落时，还有其他的地方需要考虑，它们与单词的发音有关，而这是第 19 章的内容。

重建现实是成功描写最主要的任务，依靠的是介绍正确的细节。任何旧式的细节描写都做不到重建现实，哪怕是最扣人心弦的描写，如果它不能使主题进一步深入从而突出写作目的，那么也是做不到重建现实的。不相关或者彼此会产生冲突的细节就是错误的细节。正确的描述性细节通常会有一些共同点：

• 它们会诉诸感官。强大的、戏剧性的、暗示性的描写在很大程度上都依赖于对感觉的描写。

• 之所以会选择这样写，是为了给读者留下深刻的印象，对读者有启发性，有实际或象征意义。

• 它们是有组织的，是为了表达某些观点或体现文章的连贯性。例如，细节描写可以从普通之处发展到具体细节，或者从具体细节发展到普通之处。对于普通的读者来说，细节的组织方法在文章中是看不出来的，但是读者依旧可以感觉得到文章的逻辑性和连贯性。

请仔细观察下面文章中描述性细节的组织结构。P. D. 詹姆斯笔下的调查员马辛厄姆被一个小男孩带进了场景中，詹姆斯把细节呈现给读者，就像是马辛厄姆在吸引读者阅读。你可以感觉到调查员的眼睛开始在四处寻找线索，当他的视线落在熟睡的那个人身上的时一下子不动了，然后开始观察四周的情况。这像是一次细节的自助餐，但它并不是无序的。作者把镜头从具体细节转移到普通的细节，这些细节普通到任何人都可以一下子就看清楚，但没有一处细节是与故事无关或对故事有害的。从对这个场景的描写中，就不会想到其他别的东西吗？比如说淡紫色的壁纸，紫罗兰色的床罩？当然会！但是这些细节都是为了这一幕的写作目的服务的，其他描写这个场景的内容都无关紧要。

她平躺在床上，只穿着一件短睡袍。一只乳房从睡袍里滑了出来，随着呼吸轻轻颤抖着，就像是一只吸附在粉色绸子上的水母。乳房上青色的血管清晰可见。细细的唇线勾画出了嘴的轮廓。湿润的嘴唇微微地张着，一串口水从嘴角滑了出来，落在了床上。喉咙里传出来轻轻的鼾声，好像是嗓子里有痰堵着一样；眉毛精心修成了三十多岁的女人常见的那种样子，拔得细细的，高高向上弯出了一个不自然的弧度。他们看着这张沉睡中的脸，脸上都露出了一种滑稽的惊讶之色，而涂着圆圆的腮红的双颊使这张脸显得更滑稽了。床边的椅子上放着一大罐凡士林，罐子的边上趴着一只苍蝇。椅背上和地板上到处都是散落的衣服。在椭圆形镜子下面摆着的带抽屉的衣柜被用来当作梳妆台，衣柜上摆满了各种酒瓶、脏眼镜、大大小小的化妆品瓶子,还有几包纸巾。在这一堆乱七八糟的东西中,唯一显得不协调的是一罐果酱。果酱罐还用胶带封着,边上还摆着一束小苍兰。但小苍兰淡淡的香气早就闻不到了,取而代之的是一股混合了酒、化妆品和做爱的味道。

他问道:"妈,是你吗?"

——P.D.詹姆斯《教堂谋杀案》

这篇文章中,我们可以从细节描述中看出马辛厄姆非常惊骇,从他简单的问话"妈,是你吗"中也能看出他的瞠目结舌。作者没有必要告诉我们马辛厄姆的感觉是怎样的。

简而言之,用词汇画出的画面必须与主题相吻合,并且能推动情节的发展。这些用在文章中的词汇是要起到具体作用的,而不是单纯的装饰。

有些写作者已经学会把故事展现在读者面前而不是简单地把故事讲给读者听。对于这些写作者来说,他们面临的最大的危险就是让读者看得太多、太频繁、太久了。在情节设定的时候尤其如此,我们经常会在文章中读到作者对天气、地点和服饰喋喋不休,这枯燥无味、离题万里。在文学作品中,最好的画面是动态的镜头,而不是静止不动的写生。有些写作者经常会进行毫无必要的描写,他们喜欢设定一些多余的场景,本来是描写房间中的一个人物,却会事无巨细地把房间里的装饰描写一遍。这种习惯让人非常恼火,就好像在和别人聊天的时候对方总是讲一些细枝末节的琐事,迟迟不讲真正有趣的事情,比方说这是周二还是周三的事情,早餐吃的是薄饼还是鸡蛋,来的是约翰还是简。如果天气、地点、服饰是重要信息,那就另当别论了。同样,对于角色的外表的描写可以帮助读者加深对角色的理解,可以增加阅读的乐趣以发人深省。但是,这些描写不仅要帮助读者理解文章,还应该是原创的、与主题相关的、简短的，而不是我们常常在文章里见到的烦琐冗长、晦涩难懂、平淡无奇的描写。

  当简听说约翰被残忍无情地杀害的消息时，她正在被她叫作"蓝房子"的房间里，一间完全按照法国风情装饰出来的房间。她坐在路易十四式的桌边，苍白纤细的手里捧着约翰最后的来信。她穿着一件酒红色的天鹅绒睡裙，这件睡裙的颜色与她那一头干邑白兰地色，或者说苏格兰威士忌色的头发非常相衬。她的一头长发仍旧是那么顺直，和她在海特阿斯伯里时的样子一样。

是的，这段是我编出来的，但我见过比这还要糟糕的。

当然，在经典名著里通常都会有大量的描写。作为经典名著，它们是精彩绝伦的。在它们所处的时代里，也是绝妙无比的。但是21世纪并不是它们的时代。与其他所有的事情一样，文学和艺术的发展总是忽左忽右的。现在的文章中已经不再需要大段的描写了，用大量的笔墨来进行华而不实烦琐冗长的描写已经被认为是一种不好的写作方法。相反，言简意赅结构紧凑的描写被认为是好文章所必需的，而且还是最重要的特质。

要想用这些言简意赅的关键词语把故事展现在读者面前，一个简单的办法是使用比喻性的语言，比如说暗喻、明喻、类比等等。在这一章中，我们已经见到了一些，比如说"八颗雪白的牙齿""各种镜头从车窗里伸出来，就像是从打开的炮孔里伸出的炮管一样""如油漆般浅色的眼睛""他看着乔纳森，就像是在用枪瞄着他""让自己直接面对来自世界的恶意""一只青筋毕现的乳房垂了下来，就像是一直颤颤发抖的水母"。

如何比喻是下一章的内容。

第 18 章

讲故事的人
学会比喻

> 最了不起的事就是成为一个隐喻大师。这是从他人身上学不来的。这是一种与生俱来的天赋，好的隐喻意味着通过直觉从差异中找到相似。
>
> ——亚里士多德

我们在上一章中提到过，故事讲得好的人能让我们看到他们说的事情，不管他们是在如实讲述还是用了比喻的方法。然而，我的脑海里却一直有一些形象困扰着我，挥之不去。那是在很久以前，我好像在彼得·德·弗里斯的一本小说里读到过的一个形象，但是我并不太喜欢这种说法。小说中有一个角色说另一个年轻女人长着一张像果冻甜甜圈一样的嘴，我一直都忘不了这个形象。这个比喻体现了那张嘴的特点，红红的、妖冶甜美。这至少是那个被这张嘴迷住了的人的看法。

这就是好的比喻性语言的力量，它可以让读者看到鲜活的形象。你也许会把作者、书名和内容全都忘掉，但是会牢牢记住其中的形象。我们会对在几十年前读到或听到过的形象的比喻留下深刻的印象。我们也许会忘记那些创造了它们的人，但是接受了它们的形象，并深深地爱上了它们。我已经记不清下面这些句子的作者是谁了，但是句子里的意象一直留在了我的记忆中：

脑子里的念头如雨后春笋（Spring to mind like toadstools after rain）

脸上笑开了花（Eyes framed by the pleats of previous smiles）

咧嘴一笑，笑容像霓虹灯般一闪而过（An empty grin that flashed on and off like a neon sign）

像一副臃肿的身躯压在了城市的上空（Lay like an overweight body atop the city）

半圆的月亮就像一只扣过来的碗（A half full moon, like a tipped bowl）

像刷子一样的直发（Hair that stuck up like hog bristles）

像石头一样沉默（Silent as fish）

我记得我们会说一个人像灯芯一样瘦，像鹧鸪一样丰满；我们会形容一个人的脸颊像有袋动物一样，像仓鼠一样，像斗牛犬一样。许多秃顶的男人都会把头发梳起来盖住秃顶的部分，有许多这方面的描写，但是我记得最清楚的一个描写是把这个发型比喻成了心电图。我记得有个人的头上散布着一块一块剃干净的头发，他的脑袋看起来就像是鸫鸟的蛋。老太太的帽子皱皱巴巴的，就像刚从甩干机里拿出来的一样。一块面包在一个人的脸上粘了一天，就像是粘在脸上的一块糖。空气比汤还要浓厚，比杂烩汤还要稠，吊在那里就像一只没晾干的袜子。我还记得光线透过教堂的窗子照进教堂里，空气中的灰尘在光柱中上下翻飞，就像是流淌的河水。

第18章 学会比喻

然而，当一种比喻不再是新鲜的说法，读者会对它感到厌烦。我曾经在朋友的桌子上见到一本书，于是我问她："有什么好看的地方吗？"她叹了一口气，说："我不想再看到把房子的窗户比作眼睛的说法了。"在她能够介绍这本书的所有方法中，她只选择了这一个乏味的比喻，并用它代表了一整本书——老调重弹、毫无新意。这就是乏味的比喻会带来的影响。靠写作谋生的作家依赖的是老调重弹，但是有天赋的作家是比喻的大师。他们珍视文章中出现的形象，对于他们来说这些形象就是一切，他们会对这些形象进行权衡、模仿以及借鉴。

例如，《达拉斯晨报》的记者道格·斯旺森是一位杰出的作家，他的小说和非虚构类文章都写得非常出色。有一次，我告诉他我朋友的假睫毛没有粘牢，挂在她的眼睛上就像是两条毛毛虫。过了一段时间，他问我："那个把假睫毛比作毛毛虫的比喻是你想出来的吧？如果是的话，我可以在我的文章中这么说吗？"我感到受宠若惊，说，当然可以了。斯旺森的下一本书《九十六滴眼泪》问世后，开篇的第一句话就用到了我的比喻："她戴着假睫毛，就像在眼皮上粘着两条黑毛毛虫。"

在这本书里，道格·斯旺森不仅用到了我的成果，而且还创造了极具个人特点的全新的比喻方式：这个戴着假睫毛的少女的笑声就像是"回响在熏制房里吊着的乡村火腿之间"。斯旺森笔下另一个角色的头发"看起来像公路上被撞死的动物"。一个叫作泰迪的卑鄙小人，借用詹姆斯·瑟伯的话来说，他不比一头牛更笨，但也没有比牛更聪明。他因为绸子衣服破了一个小洞便闷闷不乐，同事认为这算不得什么，他对同事大加斥责："你说得好像绸子是从树上长出来的一样。"斯旺森在小说《大城市》中做了强有力的比喻："哈尔像发射火箭一样发出了几声大笑，然后给杰克看了他所有的假牙""他的头发就像是用羊角锤梳出来的一样""费利普像斗牛士甩斗篷一样把身上的夹克扯下来扔到了一边"。

比喻性的语言范围很广，甚至还包括一些非字面意思的表达。"我们飞一般地穿过了草坪"是比喻，"我们跑步穿过了草坪"则是直白的表达。小说家伊丽莎白·乔治也创造了一种比喻性的写作方法。当她写一个人穿戴整洁，那个人裤子上的裤线整齐得就像他要穿着这条裤子去接"圣旨"一样。

暗喻和明喻

修辞的方法有很多，在这里我们主要讨论的是暗喻和明喻。暗喻是把一件东西比作另一件东西，用描述另一个事物的方式来描述这个事物。暗喻指涉的范围非常广，大部分字典都把它简单地解释成"比喻性的语言"，但是明喻的概念范围就很有限。二者的区别在于暗喻所做的比较是含蓄的，而明喻所做的比较则是直截了当的。在明喻中会使用"像……一样"或者"正如……"。比如说，体育记者大卫·卡斯蒂文斯在文章中所做的明喻："他的声音听起来**像**是在一条碎石路上骑马溜达。"如果在这里使用暗喻的话，这句话就会是："他的嗓音**是**我们在一条碎石路上骑着马溜达的声音。"

暗喻和明喻使句子的意思得以深入、放大和延伸，极大地丰富了我们的表达。通过联想，它们如同在白布一般的句子上绣花。注意上面那句话。这句话中就用到了隐喻，把在句子中使用比喻的修辞方法比成了"在白布上绣花"，但这里并没有真正的白布，也没有进行真正的刺绣。暗喻和明喻为写作者表达观点提供了更丰富的手段和更有建设性的方法。但是比喻的形象一定要与文章相吻合，绝不能与文章格格不入，像伸在外面的一根受伤的大拇指（stick out like a sore thumb）。（这句话使用了明喻，这已经是一个很古老的比喻了。）

莎士比亚擅长各种修辞手法，甚至在四百多年后，我们还是习惯借用他笔下的形象，尽管很多时候我们对这些形象的象征都不甚了解：如果有人偷走了我的钱袋，他不过偷走了一些废物（Who steals my purse steals trash）；懦夫在死亡以前就已经死了好多次（Cowards die many times before their deaths）；织补关怀的袖口（到了该睡觉的时候了）（Knit up the raveled sleeve of care）；最成熟的果子最先落地（The ripest fruit falls first）；以爱之名害人（Kill with kindness）；极力奉承（Words laid on with a trowel）；活动余地（Elbow room）；原原本本的事实（Naked truth）；少不更事的时期（Salad days）；像羊羔般驯良（Quiet as a lamb）；孤注一掷（Sink or swim）；合法的无礼要求（Pound of flesh）；在我的脑海里（In my mind's eye）。

莎士比亚的比喻无疑是无人能及的；比如"笑掉了大牙（I laughed my head off）；她把眼睛都哭瞎了（She cries her eyes out）；把我们的裤子都吓掉了（That scared our pants off）；他像狗一样工作（He worked like a dog）。"即使我们不能做到像莎士比亚一样，我们也都会在文章中使用暗喻和明喻。这与我们使用什么样的语言无关，也不是说要让我们的句子必须合情合理。在"把大牙（头）都笑掉了（laugh one's head off）"和"把眼睛都哭瞎了（cry one's eye out）"这些短语中的主要内容都是真实存在并且可以解释得通的，也确实有人曾经把裤子吓掉下来过，但是狗是以工作不卖力而著称。例如，一位朋友在形容她参加的一次聚会时，她说自己先是吃得流连忘返（she'd eaten herself into oblivion），然后又是笑得流连忘返（she'd laughed herself into oblivion）。然后我等了半天，也没等到她继续往下说她也喝得流连忘返（she'd drunk herself into oblivion）。

对于写小说的人来说，比喻性的表达无疑是首要技巧。罗杰·安吉尔

175

为《纽约客》写了一篇关于棒球手贝瑞·邦兹的文章,在文章里安吉尔用了一个非常聪明的明喻:"邦兹站在那里,把他改短了的黑色球棒拉到耳后,不断大力用球棒划出漂亮的弧线击打发球机发过来的球,在巨人队的击球顺序中,他被安排在中间的位置出场,就好像给对手的心脏放上了一颗动脉瘤。"

判断比喻性语言有效性的标准不仅要看这个比喻是否新颖,是否原创,还要看这个比喻的品位以及用在这里是否合适。过时的、不自然的、没有品位的或不合适的比喻自然是不能用的,甚至有时候铺张的比喻也是不合适的,比如:"我们这条国家之舟就这样喷着蒸汽开上了这条不归之河,张满风帆,引擎全开,还有一些人划着桨给船增加助力。"要知道,当读者把注意力更多地放在文章中的比喻而不是文章的内容上时,你就有麻烦了。"国家之舟""不归之河"这种陈词滥调已经说得太多了,但紧接着我们会想知道:那是一条小船?一条蒸汽船?一条帆船?一条汽艇?还是一条皮划艇?

推理小说家 P. D. 詹姆斯善于创造新的暗喻和明喻。下面这段文章节选自她的小说《阴谋与欲望》,在选段里,她创造了一种新的衣服,这种衣服能让穿着它的人看起来像"一张会走路的沙发"(明喻):

> 她是个令人生畏的女作家,穿着一件大花布的胸衣,看起来就像是一张会走路的沙发。她一把把他拉出来,从一提包票据中掏出一堆皱皱巴巴的违规停车罚单,生气地问他想拿这些罚单怎么办。

请注意,虽然用一把或者一叠来形容停车票是比较简单的说法,但不会引起读者更多的联想,所以这个角色并没有递过去一把或者一叠违规停车罚单,而是一堆皱皱巴巴的违规停车罚单(隐喻)。接着我们来

第18章 学会比喻

看看"褶皱"（crumple）这个词：她只是随手把这些罚单塞进手提包里，然后就随身带着这些罚单。她压根儿就没想去交罚款，而是收到罚单后火冒三丈，想找地方发泄自己的怒火。

在 P. D. 詹姆斯的文章里还有很多明喻和暗喻：

像俄罗斯套娃一样，揭穿了一个谎言，但发现这个谎言中还藏着另一个谎言。

她躺在那里，一丝不挂，身体蜷缩着，像一条鱼，又像一只海鸥。

她知道自己的防备心太强了，也许她确实应该一直保持戒备的心理。那些对过去的记忆不可能从她的心里抹去，也不可能被忘掉。虽然她不能打破心里所有的防线，但确实应该打开一扇小小的心门。

作家派特·康洛伊在写作的时候是这样处理暗喻的，他说，你可以在一个角色的声音中加上一点醋，然后"把它浇在凯撒沙拉上"。他还说："五点钟的阳光透过百叶窗在她的脸上撒下了均匀的影子。"彼得·德·弗里斯描写一个去参加聚会的人：他"满身虚伪地"走进了房间。弗里斯笔下的另一个角色在进入房间的时候就像是小心翼翼地穿过"一个一个的小岛"。

类比

类比就是比较并找出事物间的相似之处。要想使陌生难懂或专业性很强的材料变得有趣易懂，类比是可靠的写作方法。类比可以把读者不熟悉的内容变成熟悉的内容，可以在不同的过程、动作和功能中找到相似之处，从而把抽象和具体、复杂和简单联系起来。

我们在解释读者不熟悉的一个过程时，可以把它与读者熟悉的过程进行类比，比如说，汽车发动机的工作原理，或者是人类消化系统是如何工作的。

类比可以简明扼要，也可以详细展开。有一篇新闻报道了一个早产儿是如何努力地活下来的故事，开头就用到了类比的写法，它请读者去想象一块放在手心里重量只有 450 克左右的奶酪。为了帮助读者理解这个早产儿有多轻，它用同等重量的东西来与这个早产儿的体重进行类比。

这个简短的类比选自诗人罗伯特·弗罗斯特的作品："说话是院子里的消防栓，而写作是房子楼上的水龙头。打开了前者就会让后者因为没有压力而流不出水来。"

下面这个例子取自影评人菲利普·万奇发表在《达拉斯晨报》上的一篇文章："水世界。现在，这个名字让人联想到后现代主题公园中的一些形象，在这里资金如污水般暗流涌动，明星纷纷宣布罢演，导演如履薄冰举步维艰，影评人则像见了血的鲨鱼一样对这部电影大肆批评不肯放手。"

下面这篇文章选自《达拉斯晨报》记者瑞克·霍尔特的作品。在这篇文章里我们可以看到展开的类比：

> 导演拍摄动作惊悚片就像是刺客在谋划一次长期的刺杀行动。这是一个精密的、有条不紊的过程，需要长达几个月的精心策划、精准的控制以及极度的疯狂。
>
> 但即使准备工作做得再出色，当目标最后出现在刺客的视线中时，刺客对于时机的把握才是重中之重。在局面稳定之前，过早地扣下扳机有可能会误伤无辜的旁观者。如果等待的时间稍微久一点，

如果原本坚如磐石的手稍微抖上那么一抖，如果正好有一滴汗珠滑进眼睛里，那么干净利落的一击必杀就会变成血流成河的大屠杀。

与刺客一样，这些年来，理查德·唐纳从未如此地接近一击必杀。但他迟迟不愿以一枪毙命的方式完成自己的使命，而这给他带来了许多不必要的麻烦。

暗示

上面说到的写作技巧是通过联想在事物之间创建联系。暗示是另一种建立联系的方法。尽管暗示的作用不同于暗喻、明喻和类比，但它还是可以通过联系使文章得以展开并丰富文章的含义。暗示就是间接地提及，它指代的是其他事物，比如说其他人物、事件和文艺作品，读者能够认出并理解这些事物。最有效的暗示是尽人皆知的常识。如果有疑虑，可以对暗示充分解释，这样一来就不会让读者感到一头雾水了。

例如，伊丽莎白·乔治的小说《迷失的约瑟夫》的开篇部分给我带来了一种欢愉而又出乎意料的阅读体验。乔治让她笔下的一个人物参加莱昂纳多·达·芬奇的《圣母子与圣安妮、施洗者圣约翰》的一次展览。当作者在描述这件作品的时候，我的眼睛不禁看向了挂在我家墙上的油画。她正在描述我购买的第一件艺术品啊！这还是我十几岁的时候买的。我买了这幅画之后，就把它挂在墙上当作装饰品。乔治笔下的那个角色盯着这幅莱昂纳多的作品，注视着这幅我已经仔细地看过成百上千次的画作：婴儿把胖胖的小手伸向大一点的孩子，圣安妮那未画完的手指指向天空，两个女人的脸上满是慈爱的表情：

> 看着她心爱的女儿深深爱着她那刚刚降生不久的神奇的孩子，

又有谁能比圣安妮更能理解这一切呢。而那个神奇的孩子从他母亲的怀抱中探出身子，朝着他的表兄施洗者圣约翰伸小手。他现在就想离开他的母亲啊，现在就想……

伊丽莎白·乔治的暗示让我感受到的不仅是对画作的重新发现，而且是经验的分享，这就是暗示的力量。这个例子对我个人来说有着特殊的意义。由于乔治的描写，这个暗示无疑是非常成功的，而且它也在很大程度上暗示了这部小说的主题。

下面是伊丽莎白·乔治笔下的另一个暗示。这个例子选自《头脑的欺骗》。在这个例子中，乔治把一个犹如一潭死水的社区类比成查尔斯·狄更斯笔下著名的郝薇香小姐：

与驱车到艾塞克斯旅游比起来，便宜的西班牙旅游套餐对游客更有吸引力，因此很多年来，这里都是游客罕至，本地的经济命脉也像被水蛭吸干了血一样变得死气沉沉。摆在她面前的这种结果就像是土生土长的郝薇香小姐在某个时间被人抛弃并因此一蹶不振。

如果暗示能给读者带来惊喜，那么在深化和丰富文章含义的同时，还可以增加文章的娱乐性。丹·阿克若伊德和哈罗德·雷米斯为电影《捉鬼敢死队》写过剧本，他俩用"我们来了、我们看到了、我们把它给揍了"来暗指朱利叶斯·凯撒的名言"veni, vidi, vici"（我来，我见，我征服）。另一个同样暗指这句名言的电视剧台词是："Veni, vidi, visa"（我们来了，我们看到了，我们购物了）。

铺垫

铺垫是另一种利用事物联系的写作技巧。它会间接提到故事中后来会发生的事件，可以有效地帮助读者对即将发生的事情做好准备。铺垫可以是对故事未来发展的简单暗示，"你不会相信接下来会发生什么"；也可以涉及故事中事件或者细节的安排，而这种安排标志着某种结果。因为故事的结局在一开始的时候就确立了，所以后一种铺垫会增强结构和主题的统一性。

无论哪种情况，铺垫都可以增加乐趣，建立悬念，引起读者的好奇心。我们在第15章和第16章中仔细讨论了未被作答的问题的价值所在，可以说，铺垫是提出未被作答的问题的主要手段。

任何文章中都可以见到有效的铺垫。贝蒂·戴维斯在50年代的电影《彗星美人》中曾经说过一句台词，以出色的铺垫作用而闻名于世，出自著名的编剧约瑟夫·利欧·曼凯维奇之笔："系紧你的安全带，这将是一个颠簸的夜晚。"同样著名的台词还有在电影《北非谍影》中亨弗莱·鲍嘉那句铺垫式的评语："世界上有那么多的城镇，城镇中有那么多的酒馆，她却偏偏走进了我的酒馆。"

已故的历史学家斯蒂芬·安布罗斯在著作《英勇无畏》中也做过这样的铺垫："路易斯的信辗转了一个月的时间才到卡拉克的手里，回信又花了10天的时间才被路易斯收到。与此同时，发生了一件神秘的事件。"安布罗斯的这句"与此同时，发生了一件神秘的事件"引起了我们的兴趣，让我们愿意继续读下去。

约瑟夫·康拉德在小说《胜利》开篇的几段中也做出了铺垫：

> 在他生命中的崭新的阶段，他已经完全长成了一个大人，光头

和蓄得长长的髭须让他很有军人的样子，像油画中战斗着的查理十二世。然而，要说黑斯特是什么军人，这完全是无稽之谈。

从"要说黑斯特是什么军人，这完全是无稽之谈"这句话中，读者可以明白我们不太可能看到他作战。这样的写作方法不仅可以丰富故事情节，还可以使人物的刻画变得更加丰满。

最后这个铺垫的例子选自伊恩·麦克尤恩的小说《赎罪》：

> 当他到达前门的时候，搜救队已经出发了……他下定决心，如果他不能和塞西莉亚在一起，那么，他也要与布莱欧妮一样独自动身去寻找她。他已经无数次意识到了这一点，这个决定改变了他生活的轨迹。

"这个决定改变了他生活的轨迹"这句话有着丰富的含义，为这部小说后面发生的情节做出了铺垫。这句话令人心生寒意，它在制造了悬念的同时让读者感到恐惧，还让读者有继续读下去的欲望。

非虚构文章的写作者很容易忽视铺垫在文章中的作用。在对人物的体貌特征、能力个性或类似的介绍中，铺垫可以起到很重要的作用。而且，铺垫的一个好处是它并不需要特殊的技巧，非常易于使用。

有一点需要注意：读者太了解铺垫的作用了，以至于他们会把一个完全与故事无关的细节当作是铺垫。因此，艺术家不会让作品出现过多的与主题无关的细节，在作品中出现的每件事情都有目的。"如果没有人要开枪的话，"剧作家安东·契诃夫说，"那么就别让一支上了膛的枪出现在舞台上。"S.休金在《回忆录》中更完整地解释了契诃夫的名言："如果在第一幕中墙上挂着一支枪，那么到了第二幕或者第三幕的时候这把枪就一定要开火，否则它不应该出现。"

反讽

前文提到的写作技巧是利用了事物间的相似点，但反讽与它不同，反讽利用的是事物间的矛盾和不同之处。从本质上说，反讽就是利用词汇和其含义之间出现的不一致，或是现象和事实之间的不一致，又或者是动作和结果之间的不一致。当然，对反讽的任何一种解释几乎彼此都不尽相同。反讽是智力的产物，它是客观的、微妙的、间接的，也可以是愤怒的、嘲讽的、有趣的、不幸的。如果我们知道它的同义词是急智的话，那么我们就会更喜欢这个词汇。在这种情况下，反讽的意思就是一种认知和观点，是一种能力，可以让我们看到事物间的矛盾、悖论以及荒谬。反讽是讽刺作家手中最有力的武器之一。

不幸的是，反讽经常被误解和误用。一些写作者未理解什么是反讽就在文章中使用它。例如，一位体育评论员说一位运动员签了合同，要代表一支新英格兰地区的队伍参加比赛，他说这是一件讽刺的事情，因为那位运动员就是在新英格兰地区出生的。这也许可以说是一种巧合（尽管不是很大），但这绝对不是反讽。

反讽是什么？反讽有几种常见的要素：用言语表达的，根据具体情况而定的，具有戏剧性效果的。反语是用一个词语来表达与它相反的意思。例如，一位评论家曾经把用动物进行医疗研究定义为"仅仅反映了人类对于其他物种的优越性"。这句深具讽刺意味的话表达的是恰恰相反的意思：在动物身上做实验这件事表明人类一点也不比其他物种高级。

反语并不总是那么明显。最微妙的反语只与观点有关，无法解释任何事情。约翰·赫西的著作《广岛》中有一句话完美地表现了微妙的反讽："在这个制锡的工厂里，在这个刚刚进入原子时代的时刻，人类被书本压垮了。"读者很容易被这句话营造出的形象触动，而不会注意到其中的反讽之处。在这句话里，低科技（锡）和高科技（原子弹）两种截然不同的事物并列，与储备知识的载体（书本）一起出现。也许读者会在潜意识里注意到人被能源压垮了，也被自己学到的知识压垮了。

亚伯拉罕·林肯也是一个擅长使用反讽的人。与《汤姆叔叔的小屋》一书的作者哈丽叶特·比切·斯托会面时，他说："那么你就是引发这场举国大战的小姑娘了。"举国大战和小姑娘之间就是反语。

情景式反语，顾名思义，就是来自情景而不是语言。这类反语中最著名的一个例子来自约瑟夫·海勒的小说《第二十二条军规》：

> 只有一条军规，那就是第二十二条军规，它规定：在面对真正的、紧迫的危险时考虑到自身安全是理智的。奥尔疯了，因此可以停飞。他只须提出请求；而一旦他提出请求，他就不再是疯子，就得去执行更多的飞行任务……如果他执行了飞行任务那么他就是疯了，就不用再执行飞行任务了，但如果他不想再执行飞行任务了，那么他就是神智正常的，他就必须……
>
> "这就是那条军规，第二十二条军规。"他（约塞连）说。
>
> "这是最棒的一条军规了。"丹尼卡医生表示同意。

欧·亨利（威廉·西德尼·波特）的故事即使在一个世纪后也经常被拿来当作例子以证明反讽的力量。《麦琪的礼物》是他最著名的作品之一。这个故事讲述了吉姆和德拉·杨这对年轻的夫妻，他俩没有钱给对方买圣诞礼物，最后他们却各自拥有了一样珍贵的宝物：吉姆的那块祖传三代的金表，德拉的头发。

德拉一心想给自己的丈夫买一件圣诞礼物，于是她把自己的头发卖给头发用品店，用卖头发得到的钱给吉姆买了一条白金表链，让他戴在自己最珍爱的金表上。吉姆也在忙着为德拉准备生日礼物：他知道德拉对一套纯玳瑁做的、边上镶嵌着珠宝的梳子渴望已久，但从未奢望过能拥有它们，于是他卖掉了自己的金表，为德拉把这套梳子买了回来。这种互相牺牲就是情景式的反讽：每个人都为了给对方准备礼物放弃了一些东西，而他们为对方准备的礼物恰恰又都是需要被对方放弃的东西。

我曾经亲眼见过一次非常有意思的反讽。一位自大的心理学教授在一次谈话中谈到了口误。他认为这是自己最擅长的一个话题。在谈话中，他说："我们用一只手指就能把我这个领域中的专家数清楚。"观众爆发出了一阵大笑，而他一脸困惑，丝毫没有意识到自己的口误。

闹剧喜剧有时会使用情景式的反讽。一张馅饼被扔到了一个演员的脸上，另一个演员对此大笑不已。即使当我们看到第一个演员把馅饼从自己的脸上揭下来扔到对方的头上时，对方还在不停地大笑。这里的反讽就是第二次被扔出去的馅饼。我们都可以预见会发生的事情，而那个演员却无法预见。

戏剧性的反讽通常都有这样的特点：我们能够预见接下来发生的事情，而演员无法预见。在赫尔曼·梅尔维尔的《白鲸》中，亚哈执着于追杀那条咬掉了自己一条腿的鲸鱼。为了报仇，他身不由己地追杀着这条鲸鱼。读者想说："唉，算了吧。你只有一条腿也可以生活下去。睚眦必报也许会让你付出更大的代价。"读者看到了亚哈看不到的事情：疯狂的痴迷是一个致命的缺点。最终，他被缠在了鲸鱼的背上，被鲸鱼带入了深海，和鲸鱼同归于尽了。也可以反讽地说，他被疯狂的痴迷缠住，并最终让它偷走了自己的生命。

"当心你想要的东西,你也许会得到它呢。"第一个说出这句话的小丑就是一位讽刺作家。

不管你是在写论文、社论、小说还是非小说,有效的反讽都会让你的文章增色不少。它是最深刻、最丰富、最有意义的文学修辞手段之一,也是最难的写作技巧之一。这是因为反讽需要的不仅是创造力和熟练的技法,还需要想象力和智慧。

文字游戏

在长途跋涉之后,一位聪明的朋友说她的脚长在她最后的腿上了。彼得·德·弗里斯曾经写过一个角色,他把严重的支气管炎新颖地叫作"有感染力的笑声"。有一次女演员珍·哈露称呼玛戈特·阿斯奎斯(Margot Asquith)为"玛戈特女士"(Lady Margott),阿斯奎斯说:"亲爱的,我名字里的'T'是不发音的,就像它在哈露(Harlow)里也不发音一样。"下面是一些其他的文字游戏:

索尔·贝娄:"我们习惯把她这种人叫做'自杀的金发女郎',她是自己染发的。"(死亡[died]和染发[dyed]同音)。

大卫·仙伯利斯:"宁愿曾经爱过一个矮子然后和他分手,也决不要爱上一个高个子。"(改写自阿尔弗雷德·罗德·丁尼的名句:"宁可曾经爱过而失败,也不要从来未曾爱过。")

乔·E. 刘易斯:"(酒加冰块)喀拉一响,再困我都会醒过来。"

文字游戏是一种有效的吸引读者注意的手段。与这章中其他手段不同,使用文字游戏的目的并不是那么严肃。一般说来,使用文字游戏是为了让文章更有趣，这也是为什么它被叫作"游戏"。然而，尽管被叫作游戏，并不是说它是低级的写作手段。优秀的文字游戏需要很高的技巧和丰富的想象力。

我们可以在任何一种文章或讲话中发现文字游戏。与其他语言手段一样，真正有趣的文字游戏是别出心裁的。这是因为文字游戏的成败在很大程度上取决于它能否给我们带来惊喜，只有对我们来说是新鲜的事物才会给我们带来惊喜。

文字游戏有很多形式。可以用一种出人意料或矛盾的方式组织语言，可以是诙谐幽默，轻描淡写或夸夸其谈。它需要急智，也会使用双关语，也就是说以一种滑稽的方式使用包含有两个或更多含义的词语。甚至还有一种特殊的双关语被称作为"轭式搭配法"，指的是使用一个动词和不止一个宾语，其中一个宾语是让人意想不到的，比如："她把斗篷甩在了背后，把头发甩在了脑后，也把一小杯威士忌向身后甩了出去。""他见到她站在雨中，便打开了他的雨伞和心扉。"

一些纪实作家认为，对于他们的写作目的来说，文字游戏太不正式了。但是，无论写作的手段和对象是什么，聪明的文字游戏都是适合的，也都是受到读者欢迎的，它可以让"事实就是这样，夫人"的写作方式变得没那么无聊。《达拉斯晨报》的阿尔·布伦利曾经写过一个故事，故事中有文体团队等着拿国家艺术基金会批准的款项，布伦利写道："这种等待真是最艰难的艺术。"《华盛顿时报》的记者大卫·桑德斯写过一篇文章，在文中反映了农业委员会中出现的问题："后面明明还有四十个问题，他们却始终纠结在第一个问题上。"理查德·席克尔在《时代》上的一篇影评中写道："人人都知道，他们之间的谈话很不友好。为了重建谈话，他必须要与狡猾的对手周旋，这使他十分绝望。"丽莎·法恩为位于北卡罗来纳州达勒姆的《先驱太阳报》写了一篇关于动物时装表演的文章,她写道:"新娘的脸躲在精美的蕾丝面纱后,忽闪忽闪地眨着她那双像小狗一样的棕色的眼睛。新郎戴着大礼帽,身后摇着一条大尾巴。"

这些例子表明一些写作者受到限制的原因是缺乏想象力,而不是不懂得使用比喻或其他文学手法。

第 19 章

讲故事

以声音反映意义

> 被诗歌所感动,语言才是更完整的语言。
>
> ——奥克塔维奥·帕斯

威廉·福克纳笔下庞大的斯诺普斯家族是令人厌恶的,其成员在福克纳的小说中随处可见。这个家族也是所有文学作品中最丑陋的家族之一,其鼻祖是阿伯纳·斯诺普斯(当然,也有人认为这个家族是反家长制的代表),家族中汇集了各种反面角色,有骗子、纵火犯、小偷、杀人犯和重婚者。福克纳给这些斯诺普斯起了各种难听的名字,比如弗莱姆、艾克、明克和朗普。

显而易见,福克纳在描写斯诺普斯家族故事的时候是十分谨慎的。就连这个家族的姓氏,他也用了一个以 SN 开始的名字(Snopes)。他想让这个家族的姓氏听上去和家族里的人物一样令人厌恶。

词汇不只传递字面信息,它们还有自己的发音。福克纳意识到以 SN 开始的词汇通常代表着令人心生不快的事物,例如:鼻涕(snot)、蛇(snake)、咆哮(snarl)、流鼻涕(snivel)、势利小人(snob)、鬼鬼祟祟的人(sneak)、赝品(snide)、冷落(snub)、告密者(snitch)、焦急不安（snit）、嘲笑（sneer）、爱管闲事的人（snoop）、暴牙（snaggletooth）等等。他和其他认真的作家一样，对自己使用的词汇精挑细选，甚至到了吹毛求疵的地步，因为他知道只有使用发音最合适的词汇才能使文章增色。

在诗歌《强盗》中，阿尔弗雷德·诺伊斯用过这样一个短语："魔鬼的帆船"（ghostly galleon）。让我们把它大声读出来，再认真地思考一下：魔鬼的帆船（ghostly galleon）。然后，再试着大声读一下"像幽灵一样的帆船"（phantom-like galleon），或者是"幽灵般的帆船"（spooky galleon），或者换成灵魂的（incorporeal）、非尘世的（unworldly）、缥缈超凡的（ethereal）、触摸不到的（intangible）、像鬼魂一样的（wraith-like）和像幽灵一样（specter-like）的帆船。有这么多可供选择的词汇，正表明诺伊斯在诗中使用了合适的词汇。正如马克·吐温的谆谆教诲，诺伊斯使用了"正确的词汇，而不是它的什么远房亲戚"。

文章中出现的词汇不是随机的，而是作者发现的结果。正因为这些词汇能够准确地传达我们想表达的意思，我们才会使用它们。它们甚至可以是拟声词，也就是说它们的发音就是它们所要表达的意思，比如说：嗡嗡（buzz）、嘶嘶（hiss）、砰砰（pop）、哞哞（moo）、嗖嗖（whoosh）、隆隆（zoom）。

虽然词汇的发音很重要，但这是我们的写作教育中最容易忽视的内容之一。在我们一生的教育中——包括高等教育——我们也许不会学到词汇发音会造成什么样的效果，也许会在诗歌课上有所谓的"语音"训练，但这不能保证我们可以充分理解词汇发音的重要性。

词汇有着与生俱来的特质，有些很美、有些很丑；有些如丝绸般柔和，有些则如磐石般坚硬；有些使用的是很难发的喉音，有些使用的则

第 19 章　以声音反映意义

是不规律的断音；有些用在一起十分融洽，有些则水火不容。正是这些词汇的发音造成了这样的效果。英语拥有超过 60 万个词汇，我们在选择词汇时，绝对不会出现捉襟见肘的情况。

词汇的发音不仅在创造性写作中十分重要，在所有类型的写作中都是至关重要的因素。尽管如此，还是有许多新闻或纪实类文章的写作者忽视了发音的重要性。如果我们在文章中使用的词汇和它们的发音可以相辅相成，那么这些词汇就可以为文章锦上添花；如果二者不能很好地结合在一起，那么这些词汇就会让文章变得晦涩难懂，进而妨碍读者的阅读。词汇有它们自己的旋律，好听的旋律会增强文章的表达效果，也就是说，可以用声音来反映意义。

在这一点上，亚历山大·波普提出了自己如诗般的看法：

> 写作流畅并非得自偶然，而是来自技巧，
> 就如你学会了跳舞才能舞姿蹁跹。
> 不可只因听起来舒服就感到满意，
> 文辞里的读音一定得像是它的意义的回声。

我们要怎样做才能以声音反映意义呢？在 1877 年熊掌山战役之后，内兹佩尔塞部落的约瑟夫酋长对他的族人说了一段话，在讲话最后的部分，约瑟夫酋长完美地向我们展示了以声音反映意义的方法。我们已经在第三章里介绍过了约瑟夫酋长的这篇演讲：My heart is sick and sad. From where the sun now stands, I will fight no more forever.（"我已经累了！我的心已经生病且感到难受。从现在太阳升上的位置开始，我不再战斗了。"）在这段话中，约瑟夫酋长所用词汇的发音增强了语气。他使用了大量的齿擦音"S"，大量能够引起共鸣的"N""M""L"和"R"，

以及大量柔和的气音"F"。

My heart is sick and sad.

From where the sun now stands,

I will fight no more forever.

"S""Z"和"C"这些辅音听起来十分柔和，可以让人宁静下来。根据文章不同的内容，它们会使人陷入沉思或感到忧郁。同样的，根据文章不同的内容，"N""M""L"和"R"这些辅音可以用来描述满意、哀怨或叹息，柔和的气音也可以达到同样的效果。简而言之，任何强硬、严厉、富有侵略性的声音在这里都是不合适的。约瑟夫酋长使用的言辞所发出来的声音就是失败者的声音。这样的声音与讲话中表现出来的简洁与尊严结合在一起，便成就了一部令人永世难忘的诗篇。

下面我将分门别类地概述一些主要的发音以及它们在文章中的作用：

和谐音（euphony）一般是指优美流畅令人愉悦的声音。长元音通常会造成谐音的效果，像"S"或轻气音这样的流音也能达到同样的效果。

尾韵（rhyme）。在散文中，我们是特意使用了某个尾韵，还是碰巧使用了同一个尾韵的词汇，某个尾韵用在某处是否合适，以上因素决定了我们文中的尾韵到底是令人愉悦的、有趣的，还是令人厌烦的。如果文章的主题是轻松欢快的，那么有意为之的合辙押韵就会显得十分有趣。如果我们发现文中的尾韵是作者的无心之举，那么这篇文章的作者一定对语音不太敏感。一般来说，在严肃庄重的内容里是不合适玩弄合辙押韵这样的小把戏的，这样的文章即使不令人心生厌烦，至少也是不体面的。

当修改这本书中的某个段落（第 21 章《减速》）时，我写道："过去的战争消耗了整个民族（nation）的资源并且湮没了整整一代人（generation），而科技使我们有可能摆脱这种传统的战争。"你们马上就会注意到这个句子里的问题：nation 和 generation 这两个词语在无意间使用了同一个尾韵。为了产生特殊的效果而有意为之的尾韵读起来能令人愉悦，但无意间出现的尾韵则不能。这种尾韵在无意间使句子产生另一种诗歌的效果，所以在 nation 和 generation 之间必须要舍弃一个。舍弃 nation 要更简单一些，因此经过修改的句子就变成了这样："过去的战争消耗了整个国家（country）的资源并且湮没了整整一代人，而科技使我们有可能摆脱掉这种传统的战争。"这样一来，经过修改的句子不仅不见了令人不快的尾韵，而且还产生了特殊的声音效果：国家（country）这个单词与技术（technology）这个单词中的重读 C 产生了共鸣。同时，国家（country）还与传统的（conventional）和消耗（consumed）这两个单词产生了押头韵的效果。

行中韵（internal rhyme）是指在一句话中，无论句尾的单词是否押韵，句中的词汇都使用了同一个韵。在散文中也可以使用这种令人赏心悦目的行中韵，但如果读者开始注意到这种手法，那么这样的技巧就会显得画蛇添足了。歌词中，行中韵常常结合整句话的尾韵一起出现，这样一来，整句歌词的节奏就变得朗朗上口，很容易被人记住，同时，学唱这些歌词也就变成了一件十分有趣的事情。W.S. 吉尔伯特写过一出名为《耐心》的歌剧，我们可以从歌词中看出行中韵是多么有趣：Though the Philistine may jostle, you will rank as an apostle in the high aesthetic band / If you walk down Piccadilly with a poppy or a lily in your medieval hand.（"尽管这世上的庸人熙熙攘攘，但若是你走在皮卡迪利大街上，那尽显古典之美的手中握着一朵罂粟或百合花，那么即使是对审美最为苛求的人也会将你看作圣洁的使徒。"）

头韵（alliteration）是同一个声音的反复出现，是指几个单词的第一个字母或其重读音节的第一个字母都使用了同一个辅音，例如：Peter

Piper picked, part and parcel, stem to stern, wild and woolly。在绕口令、轻松欢快的歌曲以及不太重要的段落中经常会出现押头韵。这是一种朗朗上口、既易于创作又能给人以深刻印象的修辞方法，正如在 1942 年美国海军基地收到的一封著名的电报中所写的："瞄准潜艇，击沉潜艇。"（Sighted sub, sank same.）

与押尾韵一样，根据不同的内容和目的，押头韵可以让人感到有趣，也可以让人感到厌烦，甚至荒唐可笑。尼克松时代的副总统斯皮罗·安格纽擅于使用一连串的头韵。他曾经批评媒体是 nattering nabobs of negativism（"一群喋喋不休的否定者"），这句话直到现在还不断被人引用。艾伦·杰伊·勒纳在 1956 年写出了电影剧本《窈窕淑女》，该片的男主角亨利·希金斯（Henry Higgins 这个名字本身就押了头韵）由雷克斯·哈里森饰演。在这部电影中有一句很好的押头韵的例子：In Hertford, Hereford, and Hampshire, hurricanes hardly happen.（"在赫特福德、赫里福德和汉普郡很少有飓风。"）在电影《宫廷小丑》中，喜剧演员丹尼·凯耶将头韵和行中韵结合在一起，制造出十分滑稽的效果：The pellet with the poison's in the flagon with the dragon, the vessel with the pestle has the brew that is true.（"将剧毒的药丸放进雕着龙的酒壶，用棒槌真的能磨出酒来。"）

在低声说话、发出嘶嘶声或发出流音时，会产生**齿擦音**（sibilance），例如：S、SH、Z、ZH、轻读的 C、CH（当 CH 发 tsh 音的时候）以及 J（当 J 发 dzh 音的时候）。下面这个齿擦音的例子节选自莎士比亚的第 30 首十四行诗（Sonnet 30），马塞尔·普鲁斯特曾经借用这首诗并写出了著名的作品：When to the sessions of sweet silent thought / I summon up remembrance of things past.（"当我传唤对已往事物的记忆 / 出庭于那馨香的默想的公堂"。）

共鸣（resonance）是一种持续的声音，一般说来，它是指在口腔或鼻腔中的振动。在浊音中，那些能被我们"控制"的字母都可以发出共鸣，比如：N，NG，M，L，R，Y，W，等等。把"A low stone wall strewn with green vines ran the length of the maison"（在这座房子外环绕着一条爬满了绿色蔓藤的矮墙）这句话大声地读出来，就可以体会到声音的共鸣。

　　使用了相同的辅音，**辅音韵**（consonance）这个概念很容易记。在浊音中出现的辅音韵是指重复出现的同一辅音，在重读音节中尤其常见，例如：march 和 lurch，stick 和 stuck，stroke 和 luck。在"A frog's croak mixed with the creak of timbers"（青蛙的叫声和木头发出的嘎吱声交织在一起）这句话中就用到了辅音韵。

　　一连串相同的音节——尤其是元音音节——重复出现会产生**半谐音**（assonance），有时也称为"元音押韵"。不同于普通的押韵。在半谐音中通常不会反复出现同样的辅音，例如：hazy 和 crazy 是押韵，而 bony 和 holy、old 和 oak、keep 和 reel 则是半谐音。在电影《窈窕淑女》中有一句台词，其中使用了一连串的 A。这句台词很好地体现了半谐音和共鸣："The rain in Spain stays mainly in the plain."（西班牙的降雨主要集中在平原上。）彼得·德·弗里斯也曾写过一句类似的句子："From the radio came the strains of 'Charmaine.'"（从收音机里传来了夏尔曼的声音。）

　　拟声词（onomatopoeia）是指模仿这个词所指的东西会发出的声音，或模仿能够表示出该词词义的声音，例如：呼呼声（whir），爆裂声（crackle），断音（staccato）。在《德国小镇》中，当在描述由于前风挡玻璃过于干燥以致雨刷器不能平顺地滑动，并发出了令人不快的声音时，约翰·勒卡雷用了"颤抖的"（juddered）这样一个拟声词："发动机依旧发出着低沉的轰鸣，车身也随着发动机的轰鸣微微地抖动着。一支雨刷器贴着肮脏的风挡玻璃扫动着，发出了颤抖的（juddered）声音。"

与和谐音相反，**不和谐音**（cacophony）是指不和谐乃至嘈杂的声音。重读的 C 和 K 还有其他刺耳或用喉咙发出的模糊不清的声音——例如重读的 G——通常会造成不和谐音。不和谐音可能会令人感到不快，也可能是有意为了制造某种特殊的效果。

重读的 C 和 K 具有极强的能量，会使连贯的声音发生中断，通常能在某种程度上吸引他人的注意力。下面是彼得·德·弗里斯笔下的一句话。在这句话中，彼得·德·弗里斯就用到了重读的 C 和 K："He sucked the cold pipe between bright teeth and pulled from it an occasional death rattle."（他用洁白的牙齿咬住冰冷的管子，用力地朝外吸着，管子里时不时地咯咯作响。）弗·司各特·菲茨杰拉德在《了不起的盖茨比》中写过一句话。在这句话中，他用了重读的 C 来押头韵："A corps of caterers came down with several hundred feet of canvas and enough colored lights to make a Christmas tree."（酒席承包商纷至沓来，并且带来了几百英尺长的帆布和足够多的彩灯，在盖茨比的大花园里忙着装饰圣诞树。）阿尔弗雷德·罗德·丁尼在《亚瑟王之死》中运用不和谐音写出了这样的诗句：

  Dry clashed his harness in the icy caves
  And barren chasms, and all to left and right
  The bare black cliff clanged round him, as he based
  His feet on juts of slippery crag...

特殊的音效可以为文学创作——例如小说或诗歌——服务，这一点

第 19 章　以声音反映意义

很容易理解。在下面的文章里，《达拉斯晨报》的记者布拉德·贝利使用了 K 和重读的 C 的声音反映意义：

It's the kind of bar where they sell pickled pig's feet out of a jar, and hard-boiled eggs, and pork hocks and Fat Freddie Summer Sausage, the kind of place decorated in cheap mirror-tile, low light, and wall calendars.

It's a hard bar on a rough street, and it's full of hardscrabble survivors.

But it's not the kind of bar where a guy you thought you knew would bring in an M-16 and open fire, shattering the mirrors, pocking the paneling, and killing his friends.

（这是一间装修简单的酒吧，地上铺着廉价的瓷砖，灯光昏暗，墙上还挂着挂历。他们在这里卖腌在坛子里的猪脚、煮鸡蛋、肘子，还有胖弗雷迪的夏日香肠。

在这条冷酷的街道上的这家粗糙的小酒吧里坐满了各种落魄的人。

现在经常会有某个你自以为熟识的朋友端着 M-16 冲锋枪冲进某个酒吧，二话不说就开火，结果是屋子里弹片横飞，一片狼藉，连自己的朋友都不放过。不过这种事情是绝不会发生在这家酒吧里的。）

这篇文章巧妙地运用了不和谐音的技巧，贝利在文中模仿了 M-16 在开火时单调机械的声音。让我们来看看他使用的听起来很刺耳的单词吧。粗糙的（hard）、冷酷的（rough）和落魄的（hardscrabble）这些单词都起到了强调的作用，重读的 C 和 K 都蕴含着极强的能量：

"It's the kind of bar where they sell pickled pigs' feet out of a jar, and hard-boiled eggs, and pork hocks and Fat Freddie Summer Sausage, the kind of place decorated in cheap mirror-tile, low light, and wall calendars. It's a hard bar on a rough street, and it's full of hardscrabble survivors. But it's not the kind of bar where a guy you thought you knew would bring in an M-16 and open fire, shattering the mirrors, pocking the paneling, and killing his friends."

　　这种对声音的描述不会使人感到索然无味，反而会使人有一种身临其境的感觉。清楚地了解何种声音会产生何种效果，这对写作者的创作大有裨益。有时候，写作者并不想在文章中对情绪做出过多的渲染，他们只是想用最正确的词汇来表达最贴切的意思。在第 17 章中，我们对细节的描述做出了详尽的讨论。我们已经谈过了我的那篇经过反复修改的文章："他比我记忆中的那个人还要虚弱——松松垮垮的灰裤子挂在他的胯骨上，一件老旧的黑色开襟羊毛衫披在他身上，盖住了他那空空的胸膛。握着他的手就像是抓着一只小鸟的爪子。"

　　除了对细节的描述之外，我还必须要考虑这些词汇发出的声音。在做"就像是抓着一只小鸟的爪子"这个比喻的时候，我一开始写的是"抓着（clasping）他的手就像是握着（grasping）一只小鸟的爪子"。抓着（clasping）和握着（grasping）在无意间押上了韵，这实在是有些糟糕。然后，我把这句话改成了"就像是在摇着（shaking）一只小鸟的爪子"。但感觉还是不太好。于是，我又把这句话改成了"就像是捉着（seizing）一只小鸟的爪子"。这下更糟糕了。尽管 seizing 里的 S 和

shaking、was 和 bird's 中的 s 能够产生相互的呼应，但是 clasping 在声音和含义上却是更合适的词汇。在这个词里不仅有能够前后呼应的 S，而且还有重读的 C。这个重读的 C 可以和 claw 和 cardigan 里的 C 押上头韵，同样，它也可以和 shaking 和 like 里的 K 构成呼应。

我们已经在第 1 章中讨论过了查尔斯·狄更斯的《圣诞颂歌》。下面是从《圣诞颂歌》中节选出来的一段，我们可以从中找到很多利用单词发音的例子。在这段节选中包含了齿擦音、共鸣以及和谐音，并且很好地利用了高能量的词汇。它以这样的方式在最大程度上发挥了词汇的作用。

> Oh, but he was a tightfisted hand at the grindstone. Scrooge! A squeezing, wrenching, grasping, scraping, clutching, covetous old sinner! Hard and sharp as flint, from which no steel had ever struck out generous fire; secret, and self-contained, and solitary as an oyster.
>
> （噢！他是一个刻薄、精明、吝啬的老头儿，斯克罗吉的确是这样的！他没有丝毫热情，也从来不敞开心扉。他过着神秘、孤独的生活，对别人丝毫不感兴趣。）

你不能把诗歌和它的读音分离。优秀的写作者会在写作时认真考虑句子的长度和词汇的韵律，精挑细选每一个单词。他们笔下的每一句话都包含着诗歌的要素。只有真正理解了词汇的人才会使自己笔下的语言物尽其用、感人肺腑。当然，有时他们对语言的使用是出于本能，而不受制于自身的受教育程度。

通常，与语言的韵律性相比，在新闻编辑部里工作的人会更在意信息本身。新闻写作者在写作时通常不会考虑词汇的读音。数一句话中的韵脚或考虑重读音节、到底是用扬抑格还是抑扬格，这样的事情在新闻编辑部里基本上是见不到的。然而，即使是在这样的地方，我们还是可以发现诗歌一样的文字。新闻写作者经常会写出像诗歌一样的文章，创作条件相对更加自由的特写作家尤其如此。有时候，他们的文章非常优美，富有诗意，你甚至可以在字里行间中摘出一些精妙的诗篇。让我们来看看剧评家杰瑞米·杰拉德曾为《达拉斯晨报》写过的这篇文章：

> Marianne Owen projects so easy a grace on stage that the setting she inhabits becomes a living room, each word spoken an intimacy shared. Watch her cross the stage of the Plaza Theatre, a tough kid with a bad leg and a dance of light in the pale almond eyes that stare at you — for you are the only person in the theater — straight on. Even with her hair tied back in a careless knot and a plain sack of a dress hanging from her shoulders, you can't ignore the elegant welcoming that draws you into her world.
>
> （玛丽安·欧文在舞台上不费吹灰之力就为我们诠释了优雅一词。我们就像是她的挚友，坐在她家的客厅里，听她把自己的故事娓娓道来。看着她走在广场剧院的舞台上，她扮演的是一个跛脚但坚强的孩子。她那双淡杏仁色的眼睛神采奕奕，眉眼盈盈地望着你，就好像剧场里只有你一个观众一样。她的头发随意地挽在脑后，身上罩着一件朴素的罩裙，即使如此，她优雅的气质还是让你无法拒绝，你会身不由己地被吸引到她的世界中去。）

从这段文章中，我们可以摘抄出一首小诗：

Each word spoken

An intimacy shared

A tough kid with a bad leg

And a dance of light

In the pale almond eyes

You can't ignore

The elegant welcoming

That draws you into her world

措辞和格律是组成诗歌的要素。下面这个例子出自《达拉斯晨报》的体育记者丹·巴雷罗之手，这个例子向我们展示了诗歌中的另一个重要技巧——重复。

When all was wrong with Jay Vincent, when his game had abandoned him, and his coach has lost respect for him, and his mother had prayed for him, all he wanted to do was sleep.

（杰·文森特近来诸事不顺。在比赛中连连失利，教练也不再对他青睐有加，就连他的母亲也开始为他祈祷。除了睡觉，他什么也不想做。）

我们可以从这句话中看出格律及格式上的重复是如何推动文章发展的。同时，平行结构也起到了重要的作用。平行结构有着完全一致的前后结构，并且反复出现在句子中，这使句子产生了一种诗歌般的肃穆。我们在很多地方都读到过这种平衡的平行结构，比如在詹姆斯国王钦定版的《圣经》中，在莎士比亚的作品中，抑或是在像沃尔特·惠特曼这样

的诗人的诗作中。下面是一些措辞优美的例子:

《约伯记》上主的训言: Where was thou when I laid the foundations of the earth... Hast thou given the horse strength... Hast thou dothed his neck with thunder... Doth the hawk fly by thy wisdom... Doth the eagle mount up at thy command?

(我奠定大地的根基时,你在哪里……马的力量,是你所赐?它颈上的长鬃,是你所披……鹰展翅振翼南飞,岂是藉你的智慧……兀鹰腾空,营巢峭壁,岂是听你的吩咐?)

惠特曼: The spotter hawk swoops by and accused me, he complains of my gab and my loitering. I too am not a bit tamed, I too am untranslatable, I sound my barbaric yawp over the roofs of the world.

(那苍鹰从我身旁掠过且责备我,他怪我饶舌,又怪我迟迟留着不走。我一点都不驯顺,也不被人理解,我在世界的屋脊上发出了粗野的喊叫声。)

在日常的新闻写作中可以使用这种严格押韵的写作方法吗?下面是克里斯汀·威克为《达拉斯晨报》写的文章。重复出现的平行结构可以使文章看上去前后一致,还可以使文章产生戏剧性的效果,一般说来,这种结构是用来描述严肃庄重的大事件的。然而,克里斯汀却用这种方法描述一些琐事,从而使文章产生一种滑稽的效果。

It was get fit or get fat. We knew the rules of God and Mammon. We had seen the long-legged women with their three-inch heels and narrow hips. We had seen the flat-stomached men rippling their muscles under their Izod shirts. We too wanted to be lean and mean — but not hungry. We wanted the solace of icy margaritas and sizzling fajitas. The gourmet grocers beckoned, the French bakers called out to us, the Jewish delis spoke to us of delights we thought only New Yorkers could have. Our workdays were long. Our automobiles awaited, ready to glide us to new discos where we could dance and drink late into the night. Our friends clamored for attention and parties waned without our presence.

Could we have it all?

（我们要么变得身材健美，要么变得臃肿不堪。我们既了解上帝的法则，又受着金钱的诱惑。我们见过长腿美女，她们脚上三英寸的高跟鞋使得她们的窄臀显得更翘了。我们也见过没有一点儿啤酒肚的俊男，他们穿着艾索德（Izod）衬衫，身上的肌肉显得凹凸有致。我们想享受加了冰块的玛格丽塔酒和还在滋滋冒油的法士达。我们在各种美食店、法国面包店和犹太熟食店里流连忘返，这似乎是只有纽约人才能拥有的享受。汽车就停在路边，随时准备把我们带去新开的迪斯科舞厅，让我们在那里开怀畅饮，纵情欢乐，直至深夜。我们的朋友在聚会上大呼小叫引人注目。只要我们不在，聚会上总像是少了点什么一样。

我们能拥有这一切吗？）

理查德·赖特擅长利用重复、平行结构以及在连续的短句中使用断音的韵律。在《土生子》一书中，赖特将这一风格展现得淋漓尽致：

Godammit, look! We live here and they live there. We black and they white. They got things and we ain't. They do things and we can't. It's Just like living in jail.

（他妈的，看哪！我们住在这里，而他们住在那里。我们是黑人，而他们是白人。他们拥有一切，而我们一文不名。他们可以为所欲为，而我们却什么都不能做。我们就像是生活在监狱里一样。）

从上面的例子中可以看出，就像要注意单词的读音一样，我们也要注意句子的读音。句子中的韵律会对写作者所要表达的意图产生积极或消极的影响。詹姆斯·李·伯克的故事中有一个"建造教堂公司"，这个公司在《囚徒和其他的故事》一书中出现过：

Then the winter swept down out of China across the Yalu, and the hills cracked clear and sharp, and our F-80s and B-25s bombed them twelve hours a day with napalm and phosphorous and incendiaries that generated so much heat in the soil that the barren slopes were still smoking the next morning.

（寒冬越过鸭绿江，从中国一路南下，横扫整个朝鲜。光秃秃的山峰显得更加陡峭，就像被冻裂了一样。我们的 F-80 和 B-25 战机一天十二小时地在山地上倾泻各种汽油弹、白磷弹和燃烧弹，将土地变成一片焦土。甚至到了第二天早上，贫瘠的山坡上依旧飘荡着硝烟。）

让我们用上面这句话的读音与下面这句话进行比较：

Winter swept out of China across the Yalu, and the hills cracked clear and sharp. Our F-80s and B-25s bombed them twelve hours a day. We used napalm, phosphorous and incendiaries...

（寒冬越过鸭绿江，从中国一路南下，横扫了整个朝鲜。光秃秃的山峰显得更加陡峭了，就像是被冻裂了一样。我们的F-80和B-25战机以一天12小时的密度对这些山峰进行轰炸。我们使用了汽油弹、白磷弹和燃烧弹……）

第二个版本没有什么错误，但是少了点什么。到底少了什么呢？在一个版本中，詹姆斯·李·伯克利用这种连续不断的音节制造出了什么样的效果呢？让我们再来读一遍这个句子："Then the winter swept down out of China across the Yalu, and the hills cracked clear and sharp, and our F-80s and B-25s bombed them twelve hours a day with napalm and phosphorous and incendiaries..."

这种使用连续不断的音节的写作技巧并不是简单地"告诉"读者发生了什么，而是将发生的情况"展示"在读者眼前。它能够让读者理解伯克隐藏在字里行间的内容：这种轰炸是无休无止的，是一直不停地轰炸、轰炸、再轰炸……就像这句话一样。

下面，再让我们读一下"barren"这个单词。它为什么会出现在"slope"这个单词之前？如果没有这个单词，这句话看起来会更流畅："so much heat in the soil that the slopes were still smoking the next morning."但是，伯克在这里所考虑的不仅仅是句子的流畅。在一连串齿擦音里有意地插入"barren"这个单词，就使文章行文的速度慢了下来。这个单词还有自己的作用：它强调了轰炸产生的热度是多么可怕。整座山都是光秃秃的，因为山上没有任何可以燃烧的植被，所以硝烟并不是由燃烧的树木产生的。"barren"这个单词能够让读者明白产生这种

205

骇人热度的正是那些炸弹。

让我们再强调一次，即使优秀的作家不能解释为什么选择这样写作，但是他们作品中的句子和词语绝对不是偶然出现的。就像优秀的画家会凭着艺术的本能在画作中"选择"使用红色或黑色一样，优秀的作家会凭借自己的本能在这里加快速度，在那里放慢速度。要在写作中做出正确的选择，就需要作者具备这种本能。

薇拉·凯瑟写道："任何一个好故事都必须能在读者的心中留下一些无形的印象。这些印象也许是一种愉悦，也许是一种韵律，也许是一种声音。这种印象一定要是独一无二的，一定要是只有这位作者才能带来的印象。"显而易见，仅靠利用读音或类似诗歌的写作技巧不足以做到有效的写作。韵律、节奏和诗歌确实是很好的技巧，但是只有文章言之有物，这些技巧才有用武之地。

我们必须谨慎。过于单一的节奏、不恰当的韵律、过度使用重复和押头韵都可能使我们的努力毁于一旦。优秀作家笔下的作品使我们相信只要在写作中做到用词精准、言简意赅，那么一首小诗并不会影响整篇文章。

第20章

节奏
快写慢校

> 对于公众，永远不要心存恐惧，也不要鄙夷蔑视。应该一直诱导他们，让他们对你着迷，对你产生兴趣，要给他们刺激，给他们惊喜。如果有必要，你可以让他们哭，让他们笑。但首先，永远！永远！永远不要对公众心生厌意。
>
> ——诺埃尔·考沃德

托马斯·曼的短篇小说《威尼斯之死》在1971年拍成了电影。当我看这部电影时，诺埃尔·考沃德曾经向我提出一些忠告，我对这些忠告记忆犹新。我和一位朋友一起看着男主角德克·博加德在一连串冗长的镜头中无所事事，当他在研究这个世界的时候，我们也在研究他。我们观察着他所观察到的一切，然而没过多久这部电影就让我们感到心烦意乱。我们几乎同时激动地看着对方说："我的天呀！这也太慢了！"

当然，热爱艺术的观众有很高的容忍度，但即使是最宽容的观众也不能忍受让人发狂的无聊。我们不能忍受慢节奏的故事，这是因为快节奏的故事是有趣的，慢节奏的故事则容易显得沉闷无聊。慢节奏的故事会让我们感到如坐针毡，它让我们一直等着下一句话、下一个动作、下一个场景，让我们总是提心吊胆地等待结果。

电影和戏剧尚且如此，那么小说就更是这样了。对读者来说，小说这一形式更加直接，读者不会受到声音、光线或色彩的干扰。

小说中的慢节奏是什么样子的呢？毕竟阅读小说本身就不是一件快节奏的事情。（请参阅第 22 章中对于快速阅读更详尽的讨论。）我们怎样知道快节奏是什么样子的呢？有一种办法是我们可以把故事大声地读出来，高声朗读可以强迫我们"听到"故事。对于一篇艰涩的文章来说，"听"故事可以帮助我们找到文中影响阅读的部分。那些妨碍读者理解作者意图的部分也妨碍故事的发展速度和流畅性。我们可以把这些妨碍了故事节奏的部分看作公路上的减速带。在生活中，减速带也许能起好作用，在写作中却绝非如此。

那么这些"减速带"都包括什么呢？内容或形式上的错误、不恰当的措辞所产成的歧义、用错了的词汇以及烦琐冗长毫无关联的段落。我们在朗读中会发现：在这个地方，我们不能一口气读完；在那个地方，我们的舌头像打了结一样读不下去；在另一个地方，不恰当的措辞让我们感到异常别扭。尽管朗读文章和倾听文章经常会遭到忽视，但这确实是一种极为有效的写作和校对方式。我们的耳朵可以发现被眼睛忽略的事情：**声音**——即最后一章所讨论的话题。许多写作者都曾请我听一听他们写的文章，但当他们真正朗读文章之后，立刻就发现了文章中的问题，并开始修改。这样的例子不胜枚举。他们会说："嗯，这个词用在这里不怎么合适。"或者会说："这部分写得有点儿烦琐了。"或者会说："我觉得这句话说得不太清楚。"……直到**听到**自己写的作品没问题了，他们才满意，才愿意与别人分享。

众所周知，已故的历史学家兼作家斯蒂芬·安布罗斯的文章读起来让人津津有味，他有超过 20 部作品都是畅销书。他在自己的回忆录《致美国》中提到成为一位成功作家的秘诀就是与英语专业的人结婚。他是这样描写妻子的：

> 莫伊拉……一直在中学教英语。她饱读诗书，过目不忘，有任何想法都会畅所欲言。在过去的四十年中，在结束了一天的写作之后，我都会把当天写下的东西朗读给她听。

显而易见，你必须先把文章写完，然后才能把它朗读出来。实际上，朗读就是修改文章的步骤之一。那么，在写作过程中呢？当你还在打草稿的阶段时，有没有什么方法能够帮助你完成一篇发展节奏很快的文章呢？

确实是有办法的。我听说过一种叫作"预写"的方法，但这种方法实际上只是无稽之谈。你真正能做的要么是开始写作，要么是做其他准备工作，比如思考、研究、把灵感记录下来并加以整理。这些是在你真正动笔写作之前需要做的准备工作。准备工作做得越充分，写作就会变得越简单，写作速度也会变得越快，写出来的文章也会越出色。

下面6个步骤可以帮助我们顺利完成写作的准备工作：

- 如果你要写的是一篇新闻，那么在真正开始动笔之前，需要先搜集好你需要的全部信息。
- 确定好整篇文章的主题并用一个句子将其展现出来。确定一条可以将所有事情串联起来的故事主线。
- 将庞大的内容分割成一些易于处理的小部分，如果你要写一本书，那么就分成若干章节。如果你要写一个长故事或长篇报告文学，那么就分成若干部分。然后，集中精力按顺序认真完成每个部分，直到写完全部。

- 设计好开头、过程和结尾，这样你就会清楚自己进行到什么阶段。
- 制定一个简易的写作大纲，只选用适合主题的内容。另外单独准备一个文件夹，将与主题无关但有可能会用的其他材料全放在里面，不要让这些材料影响文章的主题。你可以把各种写作灵感用便签记录下来，并用不同的颜色加以区分。比如说，你的文章主要包括三个部分，那么你就可以用三种不同颜色的马克笔对每个部分加以区分，第一部分用粉色，第二部分用绿色，第三部分用蓝色。通过这种办法，你就不再需要额外浪费时间和精力把便签上的内容重新读一遍，只需要用眼睛一扫就知道这张便签属于哪个部分。同样，如果你在写作中发现某张便签的内容不适合某个部分，你也可以把这张便签重新涂上正确的颜色，以便在随后的写作中能够轻松地找到它。
- 如果你的文章中会提及材料的出处、访谈记录、引文，等等，那么要把这些内容整理在一起，就像列出一份完成且即时的联系人名单一样。

以上的这些步骤主要是为了避免你毫无头绪地被淹没在大量的便签之中。你需要建立起一个有效机制。无论你写的是何种文章，你准备好的写作素材很可能要比你真正用到的多得多。你肯定不想迷失在这些写作素材中，但是你肯定想弄清楚有哪些写作素材以及如何准确找到它们。不同的写作者会建立不同的写作机制。许多人会使用便签卡片，把各种素材工工整整地写在便签卡片上并有序地归档。然而这样的工作对我来说实在是太烦琐了。我总是把便签卡片随便地堆在一起，所以我总是写不好文章。

电脑使整理写作素材的工作变得简单易行。我自己的写作流程是这样的：准备许多个文件夹，每个文件夹上都有清楚的标签，把所有的写作素材，包括也许会用到的素材，都放在这些文件夹中；把可能会用到的写作素材都保存在电脑的硬盘上；在电脑桌面上只保留肯定会用到的写作素材；还有一个巨大的活页夹，用来保存已经写完的内容。如果要写一些长文章，我会一次只写其中的一个章节或一个部分，但不一定是按照顺序来写（我会把自己最想写的内容留到最后来完成）。我的整个写作过程包括准备大量的写作便签、制定简易的写作大纲、在电脑上写草稿、然后进行三至四次的修改。当我认为某个章节已经达到以自身能力所能写出的最高水平时，会把这个章节打印出来，然后把它放进一个大大的，写着"终稿"标签的文件袋中。

啊……

为了做到快速地阅读，在写作阶段要做到快速地写作。在节奏方面出现的最大问题来自写作主题和写作方向的缺失；有很多因素会影响作者从而使文章离题万里。在正式开始写作之前需要明确自己的写作目的以及文章如何发展，这样能够让你的写作更有效率，避免在写作中误入歧途。这也正是为什么在正式开始写作之前，你应该先写下一句能够抓住整篇文章核心的精华之句，你可以把这句话当作整篇文章的中心论点。或者如果你喜欢以标题的方式突出文章中心，你也可以先把文章的标题写下来。这些方法都有着同样的目的，那就是将你笔下整篇文章的精华浓缩到一句话中。然后，你再制定简单的写作大纲，其中包括文章的开头、中间和结尾。这就是你的写作指导。

米开朗琪罗曾说过，当他新得到一块大理石，他会一直观察这块大理石，直到他能够在整块大理石上看出作品的影子，然后才会动手直入主题，把大理石上不属于作品影子的部分一一切除。这等于是雕塑家在确定作品的核心。米开朗琪罗不用担心自己会受到任何影响，他已经清楚作品应该是什么样子，也清楚作品具备哪些主要因素。

斯蒂芬·金在《关于写作》一书中也重申了米开朗琪罗的这一原则。金在书中回顾了自己最初的写作生涯。他曾是一份地方报纸的特约高中记者，报社里一个叫约翰·古尔德的人主笔修改了金的第一部小说。金回忆说："我在里斯本生活的最后两年里上过英语文学课。在大学里，我也上过写作课、小说课以及诗歌课。但是，我在所有这些课程中学到的东西还不如古尔德在十分钟里教给我的多……"

金还在这本书中开玩笑似地举了一个古尔德帮助他修改文章的例子：

"昨晚，在里斯本高中~~深受大家热爱的~~体育馆里，一位运动员的表现深深地震惊了杰·希尔斯狂热的粉丝们。在整个学校的历史中还没有一个人能取得像他一样的成绩。鲍勃·兰森——~~也被叫作'子弹'鲍勃，这个花名非常贴切地体现了他的体型和准度——~~拿下了三十七分。是的，你没听错。他闲庭信步般地在很短的时间里就拿下了这个分数……而且，他的彬彬有礼还使得他在场上显得如此与众不同。他在场上的表现极具~~骑士风度，~~仅仅有两次个人犯规，这也打破了里斯本高中~~自朝鲜战争以来~~的纪录。"

古尔德在看到"朝鲜战争"这几个字的时候停了下来，看着我，问道："上次破纪录的时候是哪一年？"

幸运的是，我带着我的写作便签。"是1953年。"我回答道。古德尔嘴里嘟嚷着什么，然后继续低头修改我的文章。他在上面写写画画，不停地做标记，然后我的文章就变成了上面那个样子。当做完这一切以后，他抬起头来看我，像是从我的脸上看出了些什么。我想他一定是认为我有些害怕，但是他想错了。我并没有害怕，而是感到深受启发。我很想知道，为什么我的英语老师们从来都没有这样做过？

"我只是删掉了几处不好的地方，"古尔德说道，"绝大部分还是很好的。"

"我明白。"我回答道，"我不会再犯这样的错误了。"我的回答有两层意思：是的，绝大部分是好的，至少还算可以，还可以登在报纸上；是的，他只是删掉了那些不好的地方。

他大笑起来。"如果是这样的话，你就可以不用靠卖苦力生活了。你完全可以靠写作生活。要我给你解释一下我做的这些标记吗？"

"不用。"我说。

"在写故事的时候，你是在把这个故事讲给自己听。"他说，"在修改的时候，你最主要的任务是把不属于故事的部分统统删掉。"

最有效的"把不属于故事的部分统统删掉"的一个方法就是从一开始就不在故事里写这些东西。（请参阅第15章和第16章中有关排除不需要的内容的部分。）这也正是保证文章以快节奏进行的方法。一旦你有了明确的中心和写作目的，知道该如何处理开头、中间和结尾，就可以开始把这个故事讲给自己听了：你可以坐下来全身心地投入到写作中，就像疯子一样，不受任何影响，不接任何电话，不翻阅任何资料。快节奏的写作可以保证故事情节原汁原味，语言通顺流畅，而且不受任何不必要的干扰。你可以晚一点再打电话或查阅资料，反正它们也不会长腿跑掉，但写作的灵感是即兴的，稍纵即逝。所以，你现在要做的事情就是写作。

作家安妮·拉莫特在一次广播采访中说，在某段时间里，要是家里的水槽还有没洗干净的盘子，她就无法安心写作。但是现在她已经学会了不受任何干扰，哪怕是水槽里有一具尸体，她依旧可以置之不理，继续写自己的文章。

这就是精神高度集中的表现。

在写作的时候切记不要修改已经写好的内容，否则会失去写作的灵感。找不到合适的词汇了？那就先用一个意思差不多的词，或者干脆用一串"X"，然后继续写下去。不清楚原始资料到底是什么了？过后再去查阅。拿不准某个结构、语法或标点符号该怎么用了？先把它放在一边，做个标记，写完再斟酌。总之，你需要充分发挥右脑的创造力，充分发挥你内在的艺术天赋。把所有的写作规则和细节处理留到修改的时候完成，这是左脑的职责，我们的左脑最擅长做这些机械性的工作。在修改的时候，你可以放慢速度，一点一点地修改文章。这是因为在写作中出现的问题一直在那里，这些问题不像灵感那样会稍纵即逝。所以，要摆脱所有压力，一丝不苟地进行修改工作。你会发现那些在你奋笔疾书时被你忽略的问题，然后就可以查漏补缺了。对于文过饰非离题万里的内容，无论你有多喜欢，一定要毫不犹豫地删去。就像一些文学大师说的那样，你要狠下心来杀掉自己的孩子。

但你所做的这一切实际上都是为了消除影响文章节奏的症结。

第 21 章

节奏

影响文章节奏的症结

> 在物体移动之前任何事情都不会发生。
>
> ——阿尔伯特·爱因斯坦

我们在上一章中已经讨论过,写作中出现的任何问题都会影响阅读速度。无论是多么小的错误,只要让读者无法继续阅读,那么它便毫无疑问成为影响文章节奏的症结。在文章中会影响阅读节奏的症结通常包括下笔千言离题万里、逻辑混乱、结构松散、行文冗长、突兀的内容、措辞不当以及信息量过多的句子。

在阅读中最糟糕的事情莫过于在文章的开头就出现了影响阅读节奏的问题。文章迟迟不能进入正题会让许多读者失去继续阅读的兴趣,在文章的开头画蛇添足般加入各种奇闻轶事也是让读者反感的原因之一。要想成功吸引读者,文章的开头一定要开门见山,选择可以直接引出正文的轶事(可以参考根据托马斯·曼的小说《威尼斯之死》改编的同名电影的开头方式)。我之所以会引用这件轶事,是因为我认为它与文章的主题密切相关,与此同时,这件短小精悍——只有一段——的轶事能够将我们直接带入到文章的下一个部分。要记住,即使是有菩萨心肠的读者也难以忍受无聊的文章。所谓的奇闻轶事如果只是一段陈年往事，很容易会使文章变得沉闷无聊。

下面是一篇新闻。在文章的开头，作者讲了一件轶事。由于作者没有直入主题，整篇文章显得十分沉闷。

> 一位女士晕倒在梅多布鲁克的一个公共汽车站台上。醒来之后，她完全想不起来自己是谁。医生确诊她得了失忆症。警方翻阅了全部的走失人口报告、在媒体上公布了她的情况，甚至使用吐真剂对她进行催眠，但都未查清她的身份。
>
> 五个月后，一档名为《未解之谜》的电视节目播出了这位女士的情况。她的一位亲属看到了这档节目并认出了她就是来自旧金山的简·琼斯。最终，这位女士找到了自己的亲人，并发现自己原来是一个因为盗窃而被通缉的罪犯。
>
> 有些人对这位女士的故事表示质疑，认为她佯装失忆以逃避法律的惩罚。但最近，一位曾经亲身参与过1992年的这次事件的心理专家表示，这位女士的精神也许真的发生了错乱。这种精神错乱非常罕见，在这种情况下，当事人会拒绝正视自己的过去。
>
> 据这位心理专家说，没有办法证实当事人的精神是否真的发生了错乱。来自梅多布鲁克的心理学家约翰·约翰逊博士说："总是会有人质疑'他们是不是装出来的啊？'"
>
> 这正是梅多布鲁克社区教会的成员们所提出的问题……

从这里开始，这篇文章的作者又详细地讲述了另一个冗长的事件。一位名为萨姆·史蒂文斯的牧师曾经一度走失，在17年之后才被人认出来。据这位牧师说，他也经历了失忆。

第 21 章 影响文章节奏的症结

作者如此随意地在文章中讲述各种轶事会让读者感到毫无头绪。读者首先会认为这篇文章是在讲述那个在汽车站晕倒的女士的故事，然后，他们又会认为这篇文章是在讲述牧师的故事。但实际上，这篇文章与这两个故事毫无关系。这篇文章主要介绍一种名为"分离性神游症"的失忆症。如果作者可以开门见山，那么读者就可以更准确地抓住文章的主题。

怎样才能做到既在文章中保留这些轶事，又能使文章的节奏加快，尽快地将文章的主题展现在读者面前呢？我们可以删去在文章结构中不必要的内容。这个故事与那位女士和牧师都无关，二人的轶事并不能对文章的主题起到支撑的作用。我们只需要将这两则轶事的梗概一语带过，让读者对其略有了解即可，无须对其详尽介绍：

1992 年，在梅斯布鲁克的一个公交车站上，一位女士突然晕倒，醒来后发现自己患上了失忆症。当地警方查阅了走失人口报告，向公众介绍了她的情况，并用吐真剂对其进行了催眠疗法。最后，她的身份水落石出，原来她是一名正在被通缉的逃犯。

另一则案例则是关于一位叫作萨姆·斯蒂文斯的人。他是梅斯布鲁克社区教会的一名牧师。这位牧师于 1984 年从巴尔的摩走失，并于 2001 年 12 月被人认出了原本的身份。据史蒂文斯称，他在田纳西州的一个小镇上被人发现，当时他身上伤痕累累，记忆全失，但这一点并未得到警方的证实。

这是失忆症吗？或者仅仅是骗局？抑或是"分离性神游症"呢？

心理学家认为，分离性神游症是一种极为罕见的精神错乱。这种精神疾病在发作时会使患者"大脑一片空白并开始毫无目的地四处游走"。约翰·约翰森博士是梅斯布鲁克的一位心理学家，他认为人类的大脑具有一种神奇的能力，能够自动屏蔽令人不快的想法，他说："在神游期间，人会受到一种特别的思路的引导，从而整个人进入一种在常人看来是不可能的状态。"

但是，他还说，总是会有这样的质疑声："他们这样是不是装出来的呢？"

在过去的十年中，在美国至少有十几个人被发现患有失忆症，之后，这些人不得不面临来自公众的高度质疑……

通过压缩，修改过的文章以更快的节奏讲述了更多的内容。在用两个短小的段落简单地介绍了两则轶事的同时，第三段清楚无误地介绍了文章的主题。有关"分离性神游症"的内容和心理学家的话在初稿中被放在了第19和第20段，在修改稿中这些内容则早早地出现。这些介绍神经错乱的段落是全篇文章的核心，应该在文章中尽早出现，而不是像初稿那样等到第19和第20段才提及。

修改稿的最后一句话是"在过去的十年中，在美国至少有十几个人被发现患有失忆症，之后，这些人不得不面临来自公众的高度质疑……"这句话原本是在整篇文章的结尾处才出现的。在修改稿中，这句话起到了很好的过渡作用，使文章从介绍轶事过渡到核心内容。也许有人认为这句话可以，也应该作为整篇文章的首句。这个问题我们可以再进一步讨论，可以根据个人喜好再作调整，但有一件事毋庸置疑，那就是使文章节奏变得更快的方法是开门见山。如果没有开宗明义，那么也应该尽可能迅速地切入主题。

正如我们所见，在文章的开始将大量笔墨浪费在奇闻轶事上不仅极大地影响文章的节奏，还使文章迟迟不能进入主题。更糟糕的情况是文章没有主题，或者不能言简意赅地提出主题，甚至是在即将进入主题的

第 21 章 影响文章节奏的症结

时候又去介绍其他的内容。我在本书的"关于写作的指导"这一部分中曾反复强调过,言简意赅直截了当的句子是一篇文章是否优秀的关键。只有这样的句子才可以做到言之有物。如果在一句话中加入了过多不必要的因素,那么读者就会抓不住这句话要表达的核心内容,这句话也就变得烦琐冗长而词不达意。下面是一位杂志作家写的文章,这位杂志作家就是典型的迟迟不能进入主题,最后连自己都忘记了要写的主题到底是什么:

> The boutique art–house distributor Milestone Film & Video, which already deserves a medal for restoring and recirculating such lost classics a Mikhail Kalatozov's 'I am Cuba' and Pier Paolo Pasolini's 'Mamma Roma,' has released to video Powell's gorgeous 1937 first release, 'The Edge of the World'(beautifully restored by the British Film Institute), the story of two clans torn apart in a tiny Scottish Isles Crofting community.

（优秀的精品艺术电影发行公司米尔斯顿影业公司对经典电影的保护做出了巨大的贡献,最值得称道的是它保存并再度发行了米哈依尔·卡拉托佐夫执导的《我是古巴》和皮埃尔·保罗·帕索里尼执导的《罗马妈妈》。最近,米尔斯顿影业公司重新发行了迈克尔·鲍威尔在 1937 年执导的经典电影《天涯海角》。英国电影协会对这部电影进行了完美的修复。故事发生在一个苏格兰的小岛上的传统社会中,讲述了岛上两个部族分裂的经过。）

请大声地把这句话朗读出来。与同样长度的段落相比,若想把这段只有 179 个字的话读完,你得多花上两倍的时间。这段话的问题不在于长度,而在于你真正读懂这句话之前,必须扫清其中种种会影响阅读的障碍。然而，修改这样的段落是很容易的，我们只需要回忆一下自己在小学学过的内容就可以了。或者，我们也可以读一读在本书"指导介绍"部分中提及的内容："简单明了的句子通常能准确地传递中心思想。"当然，这并不是说我们一定要把文章写得直来直去。如果篇幅允许、内容需要，你当然可以在句子里加入一些不太重要的信息。但是通常来说，一个句子只能有一个中心思想。特别是当一句话含有大量信息时，比如头衔、称谓、神秘复杂的词汇或者数字，请把句子写得简短易懂：

Powell's 1937 'Edge of the World,' beautifully restored by the British Film Institute, is available on video through art-house distributor Milestone Film & Video. Milestone is the distributor that restored and re-circulated such lost classics as Mikhail Kalatozov's 'I am Cuba' and Pier Paolo Pasoliniś 'Mamma Roma.' Now it offers 'Edge of the World,' the story of tow clans torn apart in a tiny Scottish Isles crofting community.

（经过英国电影协会精心修复，在艺术电影发行公司米尔斯顿影业公司的努力下，鲍威尔在1937年执导的经典影片《天涯海角》得以再次活跃在大银幕上。米尔斯顿影业公司收藏并重新发行了大量经典电影，比如米哈依尔·卡拉托佐夫执导的《我是古巴》和皮埃尔·保罗·帕索里尼执导的《罗马妈妈》。今天，米尔斯顿影业公司又为我们贡献了《天涯海角》这部电影。这部影片讲述了在一个苏格兰小岛上的传统社会中的两个部族是如何发生分裂的故事。）

最初版本中的问题在于作者在主语（distributor）和谓语（has released）之间插入了大量烦琐冗长的内容。为了使文章简洁明了，谓语应该紧随着主语出现，同样宾语也应该紧跟着谓语出现。那些烦琐冗长、不知所云的文章的通病是在本该紧密相连的部分插入了大量的无关信息，读者自然也就读不懂这样的文章。

> Working as part of an international team led by U.S. and Ethiopian scientists, a graduate student named Yohannes Haile-Selassie（no relation to the emperor）, enrolled at the University of California, Berkeley, has found the remains of what appears to be the most ancient human ancestor ever discovered.

（约翰尼斯·海尔·塞拉西［他与塞拉西一世皇帝没有关系］作为一位研究生参加了加州大学伯克利分校的一项科研计划，加入了一支由美国科学家和埃塞俄比亚科学家组成的国际研究小组，并发现了一些迄今为止已发现的最古老的人类祖先的遗骸。）

在这段文章中，作者在主语（student）和谓语动词（has found）之间加入了学生的名字，而这个名字又碰巧是一位历史名人的名字，因此作者不得不对名字做出进一步的解释。随后，作者又在句子里加入了冗长的大学名字。"谁"和"在什么地方"固然十分重要，但是写好一篇文章才是重中之重。谁、做了什么、在什么时间、在什么地方以及为什么故事要素可以等到情节需要的时候再一一介绍。同样的，对于这段文章的修改非常简单：

> A student at the University of California, Berkeley, has found the remains of what appears to be the most ancient human ancestor ever discovered. Ethiopian graduate student Yohannes Haile-Selassie—no

relation to the emperor—made the discovery while working with an international team led by U.S. and Ethiopian scientists.

（一位来自加州大学伯克利分校的研究生发现了古人类的遗骸——迄今为止发现的人类最古老的祖先的遗骸。这位来自埃塞俄比亚的研究生名叫约翰尼斯·海尔·塞拉西，他和历史上著名的同名皇帝没有任何联系。他参加了由美国和埃塞俄比亚科学家领导的国际研究小组，正是这支小组做出了重大发现。）

打乱主语、谓语和宾语间的节奏通常会给阅读带来消极影响："It was an inducement for people to participate and a reward for their participation." Ross, who will receive \$75, said.（"它既是吸引人们加入进来的诱因，又是对这些加入进来的人们的奖励。"罗斯，那个马上就能拿到75美元的人，说道。）

大声地把这段话读出来，我们会发现眼睛漏掉的内容：谓语said被孤零零地放在了句尾，使它看起来十分尴尬；谓语应该紧紧地跟着主语。我们只需要对词序进行一些改动，甚至可以把常见的主谓结构改成"谓语－主语"这种倒装结构："它既是吸引人们加入进来的诱因，又是对这些加入进来的人们的奖励"罗斯说道。罗斯马上就能拿到75美元了。（"It was an inducement for people to participate and a reward for their participation," said Ross, who will receive \$75. ）

下面这个例子更加典型地体现了被打乱的句子节奏：

The accord between Bush and Rep. Charles Norwood of Georgia left Democrats—including the measure's co-sponsor, Rep. John Dingell, D–Dearborn—in the dark regarding what was agreed to.

第 21 章 影响文章节奏的症结

The problem leading to the marathon negotiations between Norwood, the White House and House Speaker Dennis Hastert, R–Ill., had been over provisions allowing patients to sue HMOs.

（布什和佐治亚州众议员查尔斯·诺伍德达成了一项协议，而民主党——包括这一举措的联合发起人、来自迪尔伯恩的民主党众议员约翰·丁格尔——对此却一无所知。

这导致了诺伍德、白宫和来自伊里诺斯州的共和党人、众议院议长丹尼斯·哈斯特这三方之间进行了马拉松式协商的问题是如何制定允许病患起诉健保组织（HMOs）的法律条文。）

第一段中插入的部分打断了"民主党对此却一无所知（left Democrats... in the dark）"这一谓宾结构的自然表达节奏。同样影响到阅读节奏的内容也出现在第二段中，在主语"problem"和谓语"had been"之间加入了干扰阅读节奏的内容。同时，在第二段中出现的"between"（"between Norwood, the White House, and Hastert"）也是不合文法的，也影响了读者的阅读节奏（between 一般指在两者之间）。总而言之，这篇短文里有太多影响阅读节奏的内容，但是如果你能认识到其结构上的问题，那么很容易将它修改通顺：

The details of the accord between Bush and Rep. Charles Norwood eluded Democrats—including the measure's co-sponsor, Rep. John Dingell, D–Dearborn.

Whether patients could sue HMOs—and to what extent—was the issue that prolonged negotiations involving Norwood, the White House, and House Speaker Dennis Hastert, R–Ill.

（布什和众议员查尔斯·诺伍德达成了一项协议，而民主党对此却一无所知，甚至这项举措的共同发起者，来自迪尔伯恩的民主党众议员约翰·丁格尔对此也毫不知情。

诺伍德、白宫和来自伊里诺斯州的共和党人、众议院议长丹尼斯·哈斯特三方就病患是否能起诉健保组织（HMOs）以及能够起诉到何种程度等一系列问题展开了长时间的协商。）

简而言之，写文章就像是一个人在路上行走，如果这个人不仅一直在路上兜兜转转，而且沿途还不断左采一朵花、右摘一把草的话，那么这篇文章一定是下笔千言离题万里。然而，冗长的篇幅和错误的结构仅仅是影响读者阅读的一部分原因。在新闻或其他文体的写作中有一种偏执的写作方法，就是每段只写一句话。这种写法正是会影响读者阅读速度的另一种极端：

> The ladies are on a mission.
> They board the bus and head to Oakville.
> The boxes are loaded, and the delivery is set.
> The bus arrives at the transitional care unit at the VA Health Care System.

（这些女士正在做任务。
她们登上了大巴朝着奥克维尔飞驰而去。
所有的箱子都被填得满满的，转送病人时所需的事物也都一应俱全。
大巴车停在了VA医疗系统的中转护理病房门前。）

第21章 影响文章节奏的症结

标点符号和段落应该是读者的朋友,但是在这篇文章中,它们却影响了读者的阅读。每段只写一句话不仅会减缓阅读速度,使文章失去应有的节奏,而且也不能被称为"写作"。从某种角度来说,写作意味着对各种信息进行重组,使它们按照各自不同的主题进行编排。如果每段只写一句话,那么每句话就变成了孤儿。每句话都有同样重要的地位,这样一来就弄不清哪些内容是主要的、哪些是次要的,哪些是论点、哪些是论据。其结果就是读者无法在段落间感受到文章主题的自然流露,他们只会觉得连绵不绝而来的是平淡无奇的废话。

我们经常在报纸上读到非常简短的段落,这主要是因为编辑不希望在报纸版面上出现大段大段的文字。新闻报道确实需要简明扼要,但是这不能说明我们应该放弃最基本的写作要求。与其他类型的作者相比,新闻报道的作者的确可以在使用更短段落的同时完整地讲述一个故事。为了达到强调的效果,他们可以每段只写一句话。但是对于一篇目的更加明确、内容更加丰富、组织结构更加严密的文章来说,在每个句号后都另起一段是一种不好的写作方法。

不精准的选词也会妨碍阅读。如果想写出一篇毫无瑕疵的文章,一定要牢记马克·吐温的教诲:"使用最合适的词语,而不是似是而非的词语。"某人以一己之力在小镇举办了一个大型爵士音乐节,于是便有新闻对这件事大肆褒奖。那篇新闻报道说,一般来说,只有大城市才是爵士乐的"温床",而"温床"是指不太好的东西能够快速生长的环境。例如:非暴力反抗运动的温床,吸食毒品的温床,家庭暴力的温床,轻微犯罪的温床,等等。但是,爵士乐的温床?恐怕没有人会认为爵士乐是一种社会弊病吧?

一篇介绍"年度荣誉市民"称号获奖者的报道中写道,这位获奖者之所以会参加颁奖典礼是因为受到了"愚弄"(dupe)。所有读到"愚弄"

225

(dupe)这个词的读者无不为之绝倒。这个词的意思是，出于某些违法或邪恶的目的而欺骗、欺诈或愚弄某人。在这种情况下，更为合适的措辞应该是：获奖者被一个小伎俩骗到了颁奖仪式上。或者也可以说，他被设计来参加颁奖仪式。

一位小说家曾经这样描述自己笔下的人物："在她的躺椅里寻欢作乐（cavort）"。读到这里，读者会不由自主地停下来问："你就不能先从躺椅里站起来再蹦（cavort[①]）吗？"

和糟糕的选词一样，不合逻辑也会影响阅读。比如下面这段文字。

"Now, for the first time in many centuries, technology may have finally freed us of those wars that take over and dominate the national consciousness, while decimating entire generations."

（许多世纪以来，一代代人成批地在一场场战争中死去，战争已经成为全国瞩目的焦点，在全国人民的心中占据着最重要的地位。现在，也许是科技第一次使我们完全摆脱了战争。）

读者要非常努力才能读懂"Now, for the first time in many centuries, technology may have finally freed us"这句话。许多世纪以来的第一次？有多少科技在许多世纪以前就存在了？科学技术是现代技术发展的产物，在过去的年代里还没有产生过科学技术。读者在接下来的句子中又会遇到"take over and dominate"这个烦琐冗长的表达，以及经常会用错的"decimate"。Decimate 的意思是毁掉或者消灭一部分，准确地说，是十分之一。与许多以"dec"开始的词汇一样，我们可以从单词的拼写方式

[①] Cavort 有"欢腾雀跃"的意思，也有"嬉戏、寻欢作乐"的意思。——译者注

中知道单词的词义，比如，十年（decade）、十进位的（decimal）、有十只脚的（decapod）、十项全能（decathlon）、十二月（December，古代罗马历法中的第十个月份）。我们可以说decimate这个词被错用的情况太多了，以至于它的词义也许已经发生了改变。因为词义有争议和正在发生变化的词汇会影响读者的阅读，所以它们并不是写作时的上上之选。庞大的英语词库为我们提供了许多选择，我们可以选择词义固定的词汇。选择对所有人来说不会产生歧义的词汇，谨慎的作者会努力这样做。为什么要选择那些需要解释的措辞呢？

对于上面那段讲述得含糊不清的段落，这里有一个更加简洁通顺的修改稿：

Technology may have freed us from conventional war, which in the past consumed the whole country and annihilated an entire generation.

（在过去，传统的战争消耗了整个国家的资源，并且一场战争就能毁掉整整一代人。而现代科学技术也许可以帮助我们摆脱这种传统的战争方式。）

通过这一章的内容我们可以知道，影响读者阅读的障碍通常是在文章中显得突兀异常的部分，其中最主要的表现形式就是毫无必要的说明或画蛇添足的补充。在使用的引语中如果出现了错误，那么这条引语也会影响读者的阅读（一般来说，如果引语中存在错误，那么是可以换一种说法把引语的意思讲清楚的）。此外，在讲述要点时插入的头像或年龄也会影响读者的阅读：

> He discussed the promotion with his wife, Mary Doe, 35, director of public relations at Acme Company, before he made his final decision.
>
> （在他做出决定之前，他和他的妻子，玛丽·道，35 岁，Acme 公司的公关经理，讨论了自己的升迁问题。）

这种"逗号—年龄—逗号"的写法通常使用在简单陈述事实的报道中（如果年龄很重要的话）。但是，如果要写一个生动活泼言之有物的故事，那么无论内容还是形式都不需要这种写作方式。我们怎么知道的？因为我们不会那么说话。（在写小说的时候，我们至少应该避免使用经常出现在新闻报道中的写作方法，例如"Mary Doe, D-Dallas"。一篇生动活泼的小说总是有着更通顺流畅的结构，有时候篇幅也就会更长，例如"Rep. Mary Doe, a Democrat from Dallas. 来自达拉斯的民主党人、众议员玛丽·都。"）

诚然，以前的读者对于文章中突兀的情节以及散漫的节奏是非常宽容的，但显而易见的是，狄更斯式的剧情发展对于繁忙的当代读者来说已经没有什么吸引力了。对于作者在文章中有意插入的部分，他们的反应通常是"安静！我们正要读书呢！"

第 22 章

节奏

有逻辑的阅读、快速的阅读

> 跟我说的话一样，那些话真是语无伦次啊。
>
> ——达菲鸭

人们常常会说：快速阅读"很容易"。但是轻松写出来的文章不等于阅读也很轻松。会话式的行文是确保文章容易读懂的重要前提。简明扼要通俗易懂也是至关重要的，这一点毋庸置疑。

那么，我们要做的就是"像说话那样去写作"吗？当然不是。"像说话那样去写作"这句话在实际操作中要么是做得过火了，要么是做得还不够好。准确地讲，我们应该像我们能说好的话那样去写作：正常的措辞、自然的句法、简明扼要的词汇、丰富多变的节奏。

本书第一部分中的指导主要是为了使文章清楚易懂并且通顺流畅，而第三部分中的指南对我们的文章也有极大的帮助，它强调的是如何写得更加准确。正如我们已经说过的，如果我们的文章含糊不清、词不达意或下笔千言离题万里，那么读起来速度必然会很慢。除了形式和思想之外，一篇文章中最重要的是内容。完美的形式一定要与完美的内容相结合，这样才能让文章充满活力。

能够快速阅读的内容都有什么特征呢？最重要的是用词准确、合乎逻辑以及条理清晰。最影响阅读速度的莫过于语无伦次了。其次，得体的措辞和趣味性也很重要，尤其是在小说和戏剧的创作中。同时，保持读者的兴奋点也很重要。在任何情况下，文章的内容越是刺激，读者读得就越快。当然，作者要对文章进行精心的设计，这样才能让读者和自己保持同样的节奏。也就是说，作者要让读者时刻被自己的文章所吸引。如果作者的文章跟不上读者的阅读速度，那么读者就会失去阅读的耐心。如果文章发展得太快，那么读者就会不知所云，跟不上节奏。

显而易见的是，如果文章传递的信息读者接受不了，或者以一种读者无法接受的方式表现出来，那么即使经过精心设计也是失败的。一个愚蠢的说法，即使句式再优美，措辞再华丽，也毫无用处。如果是新闻报道或说明性的文章，那么就要写得清楚明白符合逻辑，而且还要能预先想到读者会提出什么问题并在文中给出答案。如果是议论文或文学评论，那么就要做到有理有据，否则就没有说服力。如果是小说，哪怕是科幻小说或奇幻小说，都要让读者相信故事中的细节，让自己创造出来的世界和故事成为密不可分的整体。无论是哪种文章，文中使用的语言不能和文中创造出来的形象自相矛盾、象征比喻不能含混不清、类比要恰当合理。

有时，希望更进步的作者会来征求我的建议，他们说"想把故事写得更好。""希望自己能更熟练地运用象征和其他的写作手法"或"我想让自己的风格更加多样化，想让自己更具说服力、创造力。你能给我一些建议吗？"

通常，看过他们写的文章后，我们会发现他们需要学习的不是如何把故事写得更好，也不是如何更熟练地运用象征或其他写作手法。他们需要的是学会成为一名更好的写作者。

这确实有些无礼，但我这样说是什么意思呢？

要先有布料才能刺绣。对于一篇优秀的文章来说，它的布料是由精准无误、简明扼要、符合逻辑的内容紧密结合而成的。系统的艺术学习是一件费力且烦琐的事情。每个人都想跳过系统的艺术学习而一下子成为艺术家，这也许是人类的天性吧。但这是不可能成功的，就像连音阶都还不会弹就想去弹贝多芬的曲子。

写出好文章和发表优秀的演讲是一回事，写好文章和进行缜密的思考也是同一回事，文章是思想的产物。这两者之间的联系如此紧密，我们无法把这两件事分开。蹩脚的想法必然会导致蹩脚的文章。乔治·奥威尔曾经说过：

> "一个人可能由于感到失败而沉溺于饮酒，而后由于饮酒导致更大的失败；类似的事情就发生在英语之上。她由于我们愚蠢的想法而变得粗鄙不堪、难以精确，而杂乱懒散的语言又使我们更容易产生愚蠢的想法。"

我最近在得克萨斯的一份报纸上读到了一篇社论，这篇社论支持得州政府对一名杀人犯判处死刑。文章先是仔细描述了该杀人犯的滔天罪行，然后耀武扬威地问道："如果我们连他都不处决，那么我们还能处决谁呢？"这实在是一个拙劣的论点。提出这个论点的前提就是我们应该处决某人，而这种前提并不是所有人都接受的。如果一个观点建立在错误的或不受所有人支持的假设之上，那么只有同意这种先验假设的人才会接受并支持这个观点，而对于不同意这种假设的人来说，这只是一种不受用甚至可笑的观点。

同样的，如果一部小说鬼使神差地出现了惊天大逆转（deus ex machine——字面意思就是从机关里跑出来的解围之神）的话，那么会使读者心存疑虑。当写作者在小说中使用了惊天大逆转的手法时，一定是因为符合逻辑、能令人信服的方法已经无法推进剧情了，只能借拥有强大力量的神灵来解决问题。比如，珀尔被绑在了铁轨上，就在疾驰而来的火车马上就要把她碾得粉身碎骨之前，一束闪电击中了火车头，于是火车脱轨了。或者铁轨自己就脱落了——反正火车脱轨了。一个发生在现实世界的故事中突然出现了无法解释的超自然现象，这是无法令人信服的。如果故事早早就点明珀尔对无生命的物体具有超能力，那就是另外一回事了。我再强调一次，作者一定要让每一个细节都可信并前后一致。如果不想让读者对故事心存疑虑，就要保证故事按照规律发展。

一位体育记者在写报道时费尽心力地设计文章的句式，努力尝试运用象征的手法，但忽略了用词精准。"随着尊重而来的是压力。欢迎来到真实的世界。在加拿大国家女子曲棍球队手中握着的正是一把双刃剑。"

文章一开始就斩钉截铁地说："随着尊重而来的是压力。"我们可以让作者对这句话做出进一步的说明。但首先，作者应该更准确地说："伴随成功而来的是压力。"这是浅显易懂的，没有其他更深远的含义，所以应该把它说清楚。接下来，作者使用了一个不太恰当的比喻，这样一来读者就不清楚作者到底想要表达什么意思了。作者的本意是，这些运动员的成功使她们受到了更多的关注，同时也受到了更多的压力。在第三句话中的"双刃剑"指代的正是成功和压力。

那么，这把剑是不是就是像作者说的那样，成了这支女子曲棍球队手中的一把武器？还是说这把剑是悬在她们头上的达摩克利斯之剑？作者做了一个既不准确也不符合逻辑的比喻，这样一来就浪费了一个很好的机会。他本来可以利用机会打一个合乎情理的比方，同时运用一个合

第 22 章 有逻辑的阅读、快速的阅读

适的典故。

不符合逻辑——也就是缺乏逻辑——和逻辑松散的影响可远不止是让读者挠头。它们会让读者误入歧途，让读者不再相信作者的话。让我们仔细看看下面这篇文章的开头：

> 周二，胡安·恩里克·蒙特兹教授对他的学生谆谆教诲，他告诉学生要诚实守礼，同时要有时间观念。和往常一样，刚一到上课的时间，他就砰地关上了教室的门，这是他要给来晚的人传递的一个信息。
>
> 周三，胡安·恩里克·蒙特兹躺在一具简单的棺木中。他成了哥伦比亚禁毒战役中最新的一个牺牲者。
>
> 《新闻报》上的新闻写得很简单："一个好人被暗杀了。"

第一段和第二段之间有什么逻辑上的联系吗？周二的时候蒙特兹还活着，到了周三他就死了？是的，事实确实是这样。读者期望的是在第一段中提到的蒙特兹的言语和行为可以引发出什么样的事情，但是什么也没发生。

这个例子能不能有挽回的余地？在这两段之间能不能建立起合乎逻辑的关联呢？没有，这两段之间丝毫没有关联，所以最好的办法是删掉这两段。第三段倒是给我们提供了一个既实用又有趣的开头。在新闻标题中提到了蒙特兹是一个"好人"，把这一点和他生活中符合"好人"的行为联系起来应该是一件很简单的事情。（然而，我必须承认，我们在第一段里读到的例子并没有什么说服力。蒙特兹是当着自己学生的面把教室的门砰地关上的。难道他就用这种行为来教育自己的学生要有礼貌吗？）

下面一段也有问题：

  作为一个48岁的男人，吉姆·诺斯正体验着这个年龄的男人能拥有的所有经历。周三，他忍受着背部的疼痛开始了新的一天。他又结束了另一段历史。

  对于这样松散的联系，读者会感到丈二和尚摸不着头脑。诺斯忍受着背部的疼痛开始了一天的生活，然后在这一天结束后，他就结束了另一段历史？第一段历史是什么呢？诺斯是一个创下许多纪录的运动员，然而我们不知道这些。即使我们知道，这个开头还是不合逻辑。当然，我们可以对这一段进行修改，只需要将这句话中的重要内容紧密联系起来就可以了：吉姆·诺斯已经48岁了。他可能已经成为历史了，但现在他还在继续创造着历史。

  无论是在内容上还是在形式上，作者和编辑总是会在不经意间忽略不符合逻辑的地方。最常见的问题就是"non sequitur"，这个拉丁语短语的意思是"不合逻辑的推论"。也就是说，由某个前提并不能推论出某个结果，或者说一种看法和另一种看法之间没有关系。

  换句话说，不合逻辑的本质就是不合逻辑的推论。

  下面是一个常见的例子："史密斯在波士顿出生，工作还没到一年，他就开始从客户那里偷东西了。"这就是不合逻辑的推论。史密斯在哪个城市出生和他偷窃这件事没有任何的关系。但是，在这句话里却暗示了其中的关联性。

  不合逻辑的推论也经常隐藏在条件句中。例如："如果你参加了去年的电影节，那么你就会知道独立电影对于电影工业是多么重要了。"这句话中不合逻辑之处在于：如果你没有参加去年的电影节，那么你就不会知道独立电影有多么重要。另一个例子：

你吃到本地产的鲜桃了吗？

如果你还没吃到，你最好到我们的果园来尝一尝，记得带够纸巾。

据本地桃农说，这几周是今年最后的收获季。又大又红的是已经成熟了的，那些白色的也马上就要熟了。

问题同样出在条件句中：如果你还没吃到桃子，就到我们的果园来尝一尝。那么如果你已经吃到了，就不要来了？更合乎逻辑的说法应该是："如果你爱吃熟透了的桃子，那么就带上纸巾来我们的果园尝尝鲜吧。据本地桃农说，现在正是收获今年的红皮大桃的季节……"

正如这些例子所表现的那样，当我们的思路从一个句子转换到另一个句子时，很容易出现逻辑上的问题：

既然现在就想明确地知道底特律雄狮队会去哪里还为时尚早——仅仅三场比赛是远远不够的——但还是有一些确切的迹象。

不幸的是，这些迹象是自相矛盾的。

一开始的"既然"一句就是不合逻辑的推论。要想让这个句子发挥它应有的作用，我们应该这样写："既然现在想要做出准确的判断还为时尚早，那么我们就不得不做出一些猜测。"但是这会让读者这样想：如果现在做出判断还为时尚早，那么为什么要这样做呢？更好的写法是："虽然现在想要做出判断还为时尚早，但我们可以猜测一下。"或者这样写："虽然现在想要做出判断还为时尚早，但有些迹象表明……"不过，等一下！如果确实有一些确切的迹象，那么现在想要做出判断就不算是为时尚早了，难道不是吗？但是，再等等！如果这些迹象是自相矛盾的，那么现在想要做出判断还是为时尚早。

可怜的读者该怎么想呢？

要想避免这种混乱的情况，就得把句子写得符合逻辑条理清晰："赛季伊始，很难预测底特律雄狮队的去向，但是，到目前为止，似乎……"

一个单独的词语就能引起一连串逻辑上的连锁反应："据警察和目击者称，两名男孩在交火中受伤。无人在此事件中被捕，但是警方称嫌犯乘坐两辆汽车逃离了现场。"

无人在此事件中被捕，但是警方称嫌犯乘坐两辆汽车逃离了现场？这两件事之间为什么要用"但是"来连接呢？它们没有任何逻辑上的关联。（在这种句型结构中，读者希望读到的是这样的句子：无人在此事件中被捕，但警方称已经确定了犯罪嫌疑人。）所以，我们最好这样写这句话："两名男孩在交火中受伤。据警方称，嫌犯并未被当场抓获，而是乘坐两辆汽车逃离了现场。"

逻辑混乱有时候会出现在句子的转换之间，但也会出现在同一句话中，因为思路混乱也会造成逻辑上的混乱。让我们来读一下一篇新闻简报中的这句话："他拥有亚瑟港鹰童军特有的轻松自信，他努力拼搏了一辈子，是一个相当成功的人。"

这句话的逻辑在哪里？什么是"亚瑟港鹰童军特有的轻松自信"？这是一种自信的类型吗？这句话更加符合逻辑的写法应该是："努力拼搏一辈子最终取得了成就的人会拥有一种轻松的自信，而他恰恰也拥有这种自信。"

使用不符合逻辑的词对也会有问题：

第22章 有逻辑的阅读、快速的阅读

　　Traffic jams, a pesky scourge in Dallas and other big cities across the nation, often survive attempts to eradicate them.

　　（交通阻塞对于达拉斯和全国的其他大城市来说都是一个令人讨厌的灾难，所有想彻底解决这个问题的努力都以失败告终。）

　　"pesky"的意思是讨厌的、令人厌烦的。"scourge"的意思是灾难、痛苦。我们应该把这两个词用到一起吗？我们难道会说"烦人的大灾难"或"令人厌烦的大灾变"这样的话吗？按照语言上的逻辑，我们可以把这句话改成：" 每一个大城市都饱受交通问题的困扰。所有想改善这一问题的举措都以失败告终。"

　　随意滥用比喻是另一个会造成逻辑问题的原因。

　　You can't blame the network for the rain, except that this is standard fare now, tipping these big-time golf events back closer and closer to prime time. They are cutting it too close to the vest.

　　（大雨造成一连串关键的高尔夫球比赛逐一推迟，眼看着开赛的时间离黄金时间越来越近了，但你不能因此埋怨电视台。当然现在收看比赛还是正常的价位，要是到了黄金时间，收看比赛的费用就要高得多了。他们把转播时间安排得太谨慎了。）

　　请注意！这简直是太愚蠢了！本来的说法应该是"playing it close to the vest"。这个表达的意思是把自己手里的牌藏到别人看不到的地方，也就是说，要谨慎小心。在这段文章里，这个意思说不通，没有"cutting it too close to the vest"这个说法。作者也许想要表达"cutting it too close to the bone"（这样安排近乎下流）。

237

在下面的段落中，我们可以发现没有经过深思熟虑的文章通常会在逻辑上出问题：

> Louis Armstrong is, arguably, the most influential artist in popular music. Ever. Without the audacious records he make 75 years ago, the music we enjoy today --- be it jazz or rap or techno-death metal --- would be a lot more stiff and sedate, if it existed at all.

（路易斯·阿姆斯特朗是对流行乐影响最深远的一位艺术家，当然，有些人并不同意这个说法。如果没有他在75年前录制的那些大胆创新的音乐唱片，那么我们今天所能听到的音乐——无论是爵士乐还是饶舌还是技术死亡金属——都会是呆板严肃的，如果他真的录过那些唱片的话。）

在我们讨论这篇文章的不合逻辑之处前，先想一想这个时髦而含糊的单词—— arguably。这个单词的意思是……什么？也许是这样的，也许不是这样的；可能是；也许是。我们可以讨论它，但我却不能用事实证明它。在任何权威文章中都不会出现这个单词。这个单词使得文章像是由不确定和确定混杂起来的奇怪混合体。

这篇文章中的论断既笼统，又不合情理。让我们对这个论断进行一番抽丝剥茧的分析："如果没有他在75年前录制的那些大胆创新的音乐唱片，那么我们今天所能听到的音乐——无论是爵士乐还是饶舌还是技术死亡金属——就会是呆板严肃的音乐，如果他真的录过那些唱片的话。"

现在我们来分析一下：

如果没有查理曼大帝这个人，就没有人会想到马镫了。

如果没有古腾堡，我们就不会有印刷品了。

如果没有毕加索的作品，所有的艺术形式都还仍旧是写实的。

如果没有发生那些已经发生了的事情的话，我们不能——也没有人能——说得清到底会发生什么。这种表述不仅是无法推测的，也是不负责任的，对整篇文章丝毫没有益处。我们是不是能够做一些猜测？当然可以。但我们为什么要去猜测呢？与这样的异想天开相比，从真实发生过的事件入手更容易写出一篇好文章。

总之，有很多影响读者阅读的因素，同时也有很多影响写作的因素，其中最糟糕的就是不合逻辑了。文章中的不合逻辑之处不仅会影响读者的阅读，还会让读者放弃阅读。

第三部分

指导手册

第23章

语言使用手册

一个简短（但不简单）的测试

> 使用不得体的语言和在聚会上用手挖鼻孔都是没有品位的事情。
>
> ——约翰·西蒙

下面这些句子中的语法和标点都有错误，很多人都会受到这些常见错误的困扰。你能找到这些错误吗？这只是一个简单的测试，不复杂，也不困难，我们只是总结了大家经常会在阅读时碰到的问题。在演讲和写作中，经常会出现一些可笑的语法错误，比如说用错代词。其实，小学课本里就解释了应该如何正确使用代词。在这个测试后面有相关的解释。（不许偷看哦！）

1. If I was rich, I'd do something about the homeless.
2. The administration hopes the faculty will set their own goals.
3. We feel badly that we missed your call.
4. You've been here longer than me.
5. You'll prefer our plan because of it's homeowner protections.
6. Leave the parcel with whomever is in reception.

7. He lived in an old, red brick house.

8. They snuck over the wall.

9. Her husband John loves sushi.

10. The door prize will go to the Smith's because they arrived early.

11. The director gave bonuses to Sally and myself.

12. I appreciate you doing this for me.

13. This gift will show someone you care about them.

14. I want to lay on the beach awhile.

15. Twain wrote, "Nothing so needs reforming as other people's habits".

16. We stayed outdoors like we did when we were young.

17. He is one of those people who always wants the last word.

18. As far as the budget, I see no problem.

19. The emphasis is on content, but form is equally as important. In high school, Jansen was named as the most likely to succeed.

答案

1. **If I were rich.** 在"if"引导的从句中，如果语义与现实情况相反，则要使用虚拟语气。而在这种虚拟语气从句中，要使用"were"而不是"was"。当表示希望或者建议时也是如此：I wish I *were* going.（我希望我去了。）If it *were* up to them, nobody would go.（要是让他们决定的话，就没人会去了。）

2. **The administration hopes the faculty will set its own goals.** 或者改为：hopes the faculty members will set their……这里的问题在于代词和先行词不一致。先行词"faculty"是一个表示集合概念的名词的

单数形式，是一个"他"，而不是"他们"。"their"和"faculty"的概念不一致，因此我们要对先行词或者代词进行修改。（更多关于代词的内容，请参考随后的"代词入门"部分。）

3. **Feel bad.** 在感官动词和系动词之后要用形容词，而不是副词，比如"to be, seem, appear, become"这些动词。例如："This food smells bad.（这吃的真难闻。）It looks bad.（这看起来真糟糕。）""badly"这个副词是用来描述动作的（副词修饰动词）："He swam *badly* in the second race."（他在第二场比赛里游得很糟糕。）形容词"bad"是用来描述情况或者被动状态的，例如："He felt *bad* when he lost the race."（输掉了比赛，他感觉很糟糕。）（bad 修饰的是主语 he，而不是游泳这个动作。）我们应该说"She feels *stupid*"而不能说"stupidly"，应该说"look *pretty*"而不能说"prettily"，应该说"seems nice"而不能说"nicely"。

4. **Longer than I.** 这句话的意思是："You've been here longer than I (have)."所以，我们在这里需要的是主格的 I，而不是宾格的 me。我们不会说："You've been here longer than me has."（更多关于代词的内容，请参考随后的"代词入门"部分。）

5. **Its.** 和 his, hers, ours, theirs 这些所有格代词一样，its 是没有" ' "的。带有" ' "的 it's 是"it is"的缩写形式。（it's 也可能是"it has"，比如说"it's been a long time."）

6. **With whoever is in reception.** 在既做主语又做宾语的时候（在这句话中，既做 with 的宾语，又做 is 的主语），我们应该选择使用 whoever。Whoever 是 is 的主语，同时，由 whoever 引导的从句又是 with 的宾语。（更多关于代词的内容，请参考随后的《代词入门》部分。）

7. **An old red brick house.** 不需要逗号。在名词前的几个形容词之间习惯性地加上逗号将其断开，这是一种连职业作家都会犯的错误。

245

在这个句子中,"old"是用来修饰"red brick house"的。"old"和"red brick"是同级的形容词,是不能分开的。如果心存疑虑,试着在形容词之间加上"and"。如果加上"and"之后整个短语看起来显得奇怪,那么在这形容词之间也就不需要用逗号隔开了。"Old *and* red brick house"不,这看起来太奇怪了,所以不加好了。"A beautiful *and* baby girl",这个短语看起来同样也很奇怪,所以也不要加逗号,直接说"beautiful baby girl"。然而,"a large and ugly dog"这个短语听上去是没问题的,所以我们就可以把它写成"a large, ugly dog"。

8. **Sneaked**. 我们通常不会用"snuck"这个词。因为这个词不属于规则变化,所以你甚至想知道这个词是怎么来的。我们会说"the floor *creaked*"而不会用"cruck";我们也会说"the roof *leaked*"而不会用"luck";或者我们会说"the storm *peaked*"而不会用"puck"。"sneak"的变化和这些动词的变化一样,所以"sneaked"才是我们最常用的过去式。

9. **Her husband, John, loves sushi**. 当我们要解释前文中的某个名词或代词时,会用逗号把这个单词和句子分开。只有当她同时有两个以上的丈夫时,我们才会省略"John"前后的逗号。比如说"她那个叫约翰的丈夫,而不是叫哈利的丈夫。"(当然,这是违法的,但在现实生活中确实存在这样的现象。)如果她有不止一个丈夫,那么我们说的是哪个丈夫就成了重要的信息,在这种情况下,我们才会不用逗号。请注意,如果她是离异或者丧偶,那么她就有可能有很多个丈夫。在这种情况下,我们会用前任(former 或者 ex husband)或者先夫(late husband)来区分她的丈夫们。但如果她只有一个前夫或先夫,我们还是要用逗号。如果她同时有不止一个前任和先夫,我们才会省略掉逗号,比如说"Her late husband John",或者"her former husband John"。

10. **Smiths**. 在这里，我们应该用复数形式，而不是所有格形式。如果我们在信封的地址栏里也这么乱用"'"的话，那么就会让人十分抓狂。

11. **To Sally and me**. 如果我们把 Sally 这个单词从这句话中删掉，那么我们就可以看出问题所在了："gave bonus to myself"。我们需要的是宾格的"me"，而"myself"既不是主格也不是宾格。"Myself gave a bonus to him"和"he gave a bonus to myself"这两句话都是有问题的。（更多关于代词的内容，请参考随后的《代词入门》部分。）

12. **I Appreciate your doing this**. 在动名词之前应该用物主代词。（动名词是以 –ing 结尾的动词，在句子中充当名词来使用。在这句话中的"doing"就是个动名词）。

13. **Show someone you care about him (or her)**. 这句话和第二句话一样，都是代词要与先行词一致的问题。以"one"和"body"结尾的单词都是单数概念，例如 someone、everyone、anyone、somebody、everybody、anybody 等等。因此在这些单词之后也要使用单数概念的代词，而不能用 they、their 和 them 这些复数代词。许多人不想用阳性代词来同时指代两种性别，但"he or she"这种写法是一种笨拙且不自然的表达方法。除了这两种表达方法之外，还有一种更好的表达方法。在这句话里，我们可以简单地说："Show someone you care"。（更多关于代词的内容，请参考随后的"代词入门"部分。）

14. **Lie on the beach**. Lie 这个动词的意思是休息、躺着，而 lay 这个动词的意思是放置。这里的问题在于"lay"同时还是"lie"的过去式。然而，这句话没有使用过去时态。

15. **"...... habits."** 在美式英语中，逗号和句号要放在引号内。（英式英语的写法是把逗号和句号放在引号外。）

16. **Stayed out doors as we did when we were young.** 如果对这句话进行改写，我们也可以使用"like"这个单词，例如："We stayed outdoors *like* kids."如果我们能记得"like"不是连词，这个"like"和"as"的问题就很简单了。把它当作介词用在名词和代词之间表示比较，例如"she looks like him; it looks like a disaster"。用"as"或者"as if"、"as though"，连接从句——一个同时包含了主语和谓语动词的句子。例如："He shrieked *like* a maniac. He shrieked *as if* he'd lost his mind."

17. **He is one of those people who always want the last word.** 造成这种常见的错误的原因是因为我们通常会认为"one"是从句中的谓语"want"的主语。实际上，"want"的主语是代指"people"的"who"。因此，逻辑上的主谓结构应该是"people want"。这个句子的意思是："Of all those people who always want to have the last word, he is one."

18. **As far as the budget is concerned.** 如果"as far as"后面的意思表达得不完整，那么整个由 as far as 引导的部分也是不完整的。比如我们应该说："as far as something is concerned"或者"as far as something goes"。对表达不完整的"as far as"部分进行修改的另一个办法是把"as far as"改成"as for"，比如"as for the budget"。

19. **But form is equally important**（删掉 as）。"equally as"这种不符合语法的表达是小词 as 的另一个常见的使用问题。例如，一位美食评论家写道，他很喜欢这里的牛肉，但这里的小牛肉"was equally *as* good"。这位美食评论家应该写的是：这里的小牛肉"was equally good"。

20. **Jansen was named the most likely to succeed**（删掉 as）。

"as"经常被错误地用在一些动词后面，例如，named、called、elected 等等。"The association elected her *as* president." 同样，我们经常会说："The parents named their new baby *as* John"。我们应该删掉 as："The association elected her president" 和 "Jansen was named most likely to succeed"。

代词入门

弄清楚代词的用法能够帮助我们解决大部分常见的语法问题。最常见的问题就是混淆了主格代词 I、he、she、we 和 they 与宾格代词 me、him、her、us 和 them。

• A university professor says regarding the cost of the election per voter: "It bothers people inside the beltway and attentive watchers like you and I more than it does regular folks."

• Another professor—oblivious of the irony in his own comment – says that the only people in his department who care about grammar "are two other instructors and myself."

• A newspaper columnist: "I notice that you and her have the same last name."

• A TV home decorating show: "The new office makes a wonderful workplace for Sherry and I."

• An editor: "This is between you and I."

• A professional writer: "They introduced the new director to him and I."

- An entertainment report: "She's at least 15 years older than him."
- A radio commentator: "My wife has a better memory than me."
- A headline: "Who do you trust?"
- A newscaster: "Baker acknowledged that it was him who sent the anonymous note."

以上这些句子都有语法错误。我们似乎都知道"Johnny and me are going"和"me is going"这两句话都是错的。这两句话之所以是错的，是因为句子需要一个主语，而"me"只能做宾语。通常，我们会说"I am going"，也会说"call me"。然而，我们拿不准"Johnny and me"这样的说法是不是正确的，以至于即使这个说法是正确的，我们也会尽量避免使用它。例如，我们也许会说："Call Johnny and I""Give it to Johnny and I"或者是"Tell Johnny and I"这样的句子。但是，如果我们把 Johnny 这个词从这些句子里删掉，那么就能看出来这些句子中的"I"错得多么离谱了，就像我们清楚地知道"call I""give it to I"和"tell I"这些句子都是错的一样。

上面这些句子的代词也是出于同样的原因而用错的，只不过具体的错误形式不同。我们在选择使用代词的时候要看这个词需要使用主格还是宾格。如果是动作的发起者——也就是主语，那么就该用"I、he、she、they、we、who"。如果是动作的对象——也就是宾语，那么就该用"me、him、her、them、us、whom"。

因为反身代词不能做主语也不能做宾语，所以这类代词的用法和其他的代词不同。这类代词的作用是表示反射性的"I hurt *myself*"，或者起强调的作用"*they are going, but I myself am staying home*"。同样的，如果我们不会说"Myself is going"，那么我们也就不该说"John and myself are going"。如果我们不会说"Let myself know",那么我们同样也就不该说"Let John or myself know"。

删掉句子中的其他人,只留下代词。使用这种方法,我们可以看出代词的语法作用,它到底是主语还是宾语。替换介词的方法在某些特定的句子中也大有用处。比如,如果我们知道"This is between us"这样说是正确的,那么我们也就会知道"This is between you and me"这句话是正确的。因为"us"在这句话中是宾语,所以我们选择使用的代词也应该是宾格代词。"This is between you and I"和"This is between we"一样,都是错的。

在含有"than"的句子中,代词是比较容易使用的。如果你可以在代词后加上一个动词,同时这句话看起来又是合情合理的,那么就选择使用主格代词,例如"He's older than I [am]"和"I've worked here longer than she [has]"。我们不会说"older than me [am]"或是"worked here longer than her [has]"。

在新闻广播员说的"Baker acknowledged that it was him who sent the anonymous note"这句话里,我们可以发现一个常见的代词使用错误,即在"be"动词的某些形式——is、are、was、were、been——后使用了宾格代词。在"be"动词后比较常见的是主格代词,例如"This is she。""Was it he?""It is he who should apologize。" 如果你认为这样的要求过于苛刻,也可以用合适的名词代替代词,例如:"This is Mary。""Was it John?""It is Frank who should apologize。"

有些专家认为我们现在应该接受"it is me""that's her""it's him"这样的结构,但是我不这样认为,尤其是在演讲的时候。问题在于我们的听众。许多人认为使用这样的结构是错误的,甚至是一种无知的体现。这种观念对于任何一个人来说都是有害的,尤其是对于写作者来说,即使是像在电子邮件这种不正式的工作沟通中，因为这种交流方式一般会以打印稿的形式在同事间传播，久而久之会成为习惯，在写作中出现的错误也许会被永久记录下来。这样一来，大大小小的错误就会反复出现在文中，令我们感到不快。如果读者总是受到形式的困扰，而不是被文章的内容吸引，那么就无法准确理解作者想要表达的内容。

解决这些问题的最佳方式是不要使用也许会有语法错误的结构，也不要使用呆板枯燥的句式。我们总是能找到避免出现问题的方法。比如，在上面"Baker"那句话里，作者可以删掉"it was he"，直接简单地说："Baker acknowledged that he sent to anonymous note"。无论从语法还是写作上看，这都是最简单、最方便，同时最正确的修改方法。

Who 与 Whom

"Whom do you trust?"这个标题的意思和"You trust whom？"这句话的意思是不是一样的呢？我们之所以会用"whom"这个宾格形式，是因为我们认为"You trust me，him，her，them，us."这样的句子是正确的。而"Who do you trust？"这句话和我们说"You trust I，he，she，they，we"是一样的。

同样的，如果我们还记得代词的形式是由这个词是主语还是宾语来决定的，那么我们就可以解决 who 和 whom 这个问题。Who 和 whoever 是主格，whom 和 whomever 是宾格。我们可以把句子重新改写成陈述句，而不要改成一个问句，用其他的主格代词或者宾格代词来代替 who 和 whom。常见的主格代词有 I、he、she、they、we；常见的宾格代词有 me、him、her、them、us。通过这种办法，我们通常可以判断出来哪种代词是正确的。例如：

第23章 一个简短（但不简单）的测试

- "Who/whom is going?"我们会说"he/she is going"，所以我们需要主格疑问代词 who。所以正确的写法是："Who is going?"

- "Who/whom did you say is going?"经过改写后，这句话就变成了："You did say he/she is going?"所以，我们还是需要主格疑问代词 who。我们之所以会把这句话写错，是因为我们通常会忘记我们需要的是谓语动词"is going"的主语。正确的写法是："Who did you say is going?"

- "There's the man who/whom police are investigating."警察正在对"him"（宾格）进行调查，所以我们就该用宾格疑问代词 whom。正确的写法是："There's the man whom police are investigating."

- "We wonder who/whom they would elect."他们会选"him、her 或者 them"，因此我们需要宾格疑问代词 whom。正确的写法是："We wonder whom they would elect."

虽然上面提到过的错误都是简单的语法错误和标点符号错误，但这些错误经常出现在写作中，我们会在下一章中讨论这些语言错误。

第 24 章

语言使用手册
驱散传言

> 在写作中，除非你知道如何遵守规则，否则违反规则是不明智的。
>
> ——托马斯·斯特尔那斯·艾略特

我们可以进一步阐述 T. S. 艾略特的这句话：想知道如何遵守规则，首先要知道都有什么规则。我教了许多年的写作，也做了多年的职业写作培训工作。经验告诉我，即使是教育者和职业作家也会在写作中遇到大量的语言问题。在语言中有许多毫无根据的奇怪说法、误解和禁忌，但有些人认为这些都是正确的表达方法，并把它们运用到写作中。有时，一条来自老师或编辑的建议就变成了语法规则。有时，对一条语法规则的解释是很详细的，但大家对它用法的理解却是错误的。无论是出于何种原因，我们都误解了一些表达方法。

语言上的流言是指那些据说是语言的使用规则，但实际上从来没有一个文法家或语言专家赞同过的"假规则"。这些常见的流言是什么呢？下面这些例子是我们绝对不能犯的错误：

- 把不定式或其他动词短语分开
- 一句话用介词结尾
- 用"and"或者"but"开始一句话
- 在正式的文体中使用缩写
- 在一连串并列结构中的"and"前加上逗号（这种逗号也叫作序列逗号或者牛津逗号）
- 把"none"和"couple"当作复数来看待

同样的错误还有：我们应该尽量避免在句子中使用"that"；我们应该在"historian、historic 和 historical"这些单词前用"an"这个冠词。当然，这些说法都是错误的。没有一个语言专家会同意这些说法。看到这里，你也许会不高兴，心想："她在这儿乱说什么呢？""我学的就是这样啊……"。请允许我再说一遍：这些说法都是错误的。没有一个语言专家会同意这些说法。从现在起，我们应该放弃这种错误的观念了。

让我们逐条分析这些错误。

把不定式分开

不定式就是"to"加上动词，例如，to walk、to go、to arrive、to leave，等等。被分开的不定式的例子有：to slowly walk、to boldly go、to eventually arrive、to hurriedly leave，等等。对于读者来说，被分开的不定式通常是没有吸引力的，仅凭这一点就足够说明为什么不要把不定式分开，但是，把不定式分开在语法上不是错的。这种广为流传的说法是怎么形成的呢？在 19 世纪，语言学家试图改革英语语法，让英语使用拉丁语的语法。在拉丁语中，不定式是一个单独的单词，所以这种不定式是肯定不能被分开的。但是在英语中，我们有时候必须要把不定式分开。

如果没有被分开的不定式在表达上是含混不清的，那么我们就要把这个不定式分开。例如："The dean is considering adding a course to better prepare students for the test."难道应该把这句话写成"a course better to prepare"吗？还是应该把它写成"a course to prepare better students"？我们可以把"better"放在"students"后面——to prepare students better for the test，但是最准确地写法还是要把不定式分开：to better prepare students。

试着把下面句子中被分开的不定式改成正常的结构，看看会发生什么：

"The CEO expects profits to more than double next year."需要把这句话里的不定式改成"expects profits more than to double"吗？还是要把它改成"expects profits to double more than"？

"The group plans to legally ban open disclosures."需要把这句话里的不定式改成"plans legally to ban open disclosures"吗？还是要把它改成"plans to ban legally open disclosures"？

"We hope to strongly protest passing the legislation."需要把这句话里的不定式改成"we hope strongly to protest passing"吗？还是要把它改成"hope to protest strongly passing"？

简而言之，我们应该抛弃掉不定式就是 to do 这种固定结构的观念。不定式要为文章表达的准确和通顺服务，该分开的时候就分开，不该分开的时候就不要分开。

分开的动词短语

　　另一个毫无根据的说法是，把复合动词短语分开是错误的表达方式，例如：should probably go、will never be。和被分开的不定式一样，把复合动词短语分开在语法上不是错误的。但是与被分开的不定式不同的是，被分开的复合动词短语通常对读者都很有吸引力。优秀的写作者总是会把复合动词短语分开来写。当然，我们应该注意避免不恰当的表达方式，例如："He's repairing the computer that she had several weeks ago given to the church." 我们应该把这句话写成："repairing the computer that she had given to the church several weeks ago." 但是，"the plan was summarily dismissed" 这句话是没问题的。实际上，这句话要比 "the plan summarily was dismissed" 和 "the plan was dismissed summarily" 都要好。

　　下面是职业作家写的一些句子。这些职业作家不想把动词短语分开，结果句子中就出现了奇怪的词序。"Sally knew that Harriet privately had contributed substantial sums to the high school for students' lunches and fees." 在说话的时候，我们会使用更自然的措辞，毫不犹豫地把动词短语分开："Sally knew that Harriet had privately contributed substantial sums to the high school... ." 另外一个例子："She could see that Sheila even had polished the salt cellars." 更自然的说法是："She could see that Sheila had even polished the salt cellars." 另一种既保持了紧密的动词短语又符合逻辑的说法是："She could see that Sheila had polished even the salt cellars."

用介词作为一句话的结尾

温斯顿·丘吉尔是一位演说家兼作家。他的文章通俗易懂条理清晰，同时，他的口才也非常好。丘吉尔因为用介词作为句子的结尾而受到了诘责。据说，他是这样回应的："女士，这种迂腐到无以复加的行为是我绝对无法容忍的。"（Madam, this is arrant pedantry up with which I will not put.）

这个故事也许是杜撰出来的，但是传递了一个准确的信息。在语法规则中并没有不能用介词作为一句话的结尾这一条。如果某种写法是拙劣做作的，那么我们就有足够的理由放弃这种写法。但是，如果这种写法不是拙劣做作的，那为什么一定要先有一条虚构的语法规则，才能这么写呢？

从下面的例子中我们可以看出虚构的语法规则会对我们产生何种影响。我们不能再说："You don't know what you're talking about." 我们要这样说："You don't know about what you're talking." 我们不能问："Is that the tradition in the town you come from?" 我们要这样问："Is that the tradition in the town from which you come?" 我们不能说："It was perfectly clear that they were up to." 我们要这样说："It was perfectly clear to what they were up." 哦！不！要是这样说的话，这句话还是以介词结尾的。那么我们必须要把这句话说成这样："It was perfectly clear up to what they were."

有时，反对介词出现在句尾的人会引用这样的例子："Where is it at?" 但是这句话的错误并不在于介词出现在句尾，而是在于出现在句尾的介词是多余的。正确的句子应该是："Where is it?" 嗯，就是这样！

用"and"或者"but"开始一句话

在句首不应该使用连词,比如 and、but、for、however、nevertheless、now、still 和 yet。这种想法是一种偏见。但这只是一种偏见而已,而且通常人们不会意识到这一点。在句首使用这些单词并没有语法错误。这样做反而会让你的句子更能吸引读者。这些单词不仅能起到承上启下的作用,而且它们还能让写作者顺利地结束前面的句子,从而避免把句子写得过长。最后,正是因为句子的开头有了"and"或者"but"这些连词,这些句子才能得以强调,例如:"I am going to hear my boss' speech. But that doesn't mean I want to."

在句首使用连词并不是什么新鲜的写法。在牛津英语字典中,我们可以发现许多十世纪受过良好教育的作家都会写出这样的句子。而且,在《圣经》中也有许多这样的句子。

需要注意的一点是:不要过度使用这个技巧,否则会让文章显得矫揉造作。

缩写

有一种流行的说法是,在写作中,哪怕是在最需要用缩写的时候也不要用。这种说法是错误的。一些写作者接受的教育是在专业或正式的写作中,一定要使用完整的单词拼写,例如:要把 don't、can't、I'll、we've、it's 这些缩写写成 do not、cannot、I will、we have、it is。

这种习惯大概是源自一种错误的概念,认为正式的文章应该有一套固定的格式,不应该使用会话式的句子。与非正式的文章相比,正式的文章更适合工作上的沟通。同时,电脑上的语法检查程序也要为此负一些责任。众所周知，语法检查程序因其极高的错误率及愚蠢的修改建议而恶名远扬。（人工智能无疑是一项令人惊奇的技术，但有时候我们还是需要亲自上阵。）

实际上，缩写和完整的拼写都是我们需要的。我们要视具体的句子来决定到底用哪一种写法，全面地考虑句子的韵律、措辞、长度、重心以及节奏。我们选择的写法应该是最合适的、最自然的、最方便的和最天衣无缝的。并不是只有在口语中才会用到缩写，优秀的作家在任何一种文章中都会使用到它。

在《华尔街日报》报社的大门口上挂着一个箱子，上面写着这样一句话："What's News"。难道我们要把这句话改成"What Is News"吗？很明显不用。如果我有一个叫简的姑妈，我会在给她的信里这样写："We're leaving Tuesday, but don't worry, we'll see you before we go."如果我们用正式的写法来写这句话，那么这句话是不是就该变成这样："We are leaving Tuesday, but do not worry, we will see you before we go."？

有许多杰出的作家知道该如何利用缩写，下面这些句子就是很好的例子。大声地把两个不同版本的句子读出来，体会一下缩写如何保持了句子的通顺流畅，同时还做到中心突出、节奏明快和措辞优雅。

"Let's not rush to judgment before we're sure there's a problem."如果不用缩写的话，这句话就会变成："Let us not rush to judgment before we are sure there is a problem."这样一来，这句话就会显得臃肿笨重。

"It's to the place now where it's more fun to stay home, but don't admit it."而"It is to the place now where it is more fun to stay home, but do not admit it."这句话就显得别扭得多了。

有些写作者不敢在文章中使用缩写。以下两段就是例子。同样，读一读这两段，感受一下第二个版本的优点：

"Although it is hard to predict how this controversy will end, there is clearly a shift in opinion."同样一句话，使用了缩写的版本在表达上更好："Although it's hard to predict how this controversy will end, there's clearly a shift in opinion."

"There is nothing wrong with getting rich as long as it is done fairly."更好的写法是："There's nothing wrong with getting rich as long as it's done fairly."

既然缩写这么好，那么我们是不是可以只用缩写而不用完整的拼写了呢？绝对不是。这两种写法都是我们需要的。完整拼写的语势更强、看起来更庄重，所以在某些情况下我们更需要完整的拼写方式，例如："I cannot tolerate that. This will not stand."同时，有些缩写形式容易产生误会，例如：he'd、we'd、I'd等等。这些写法既可以是"he would、we would、I would"的缩写方式，也可以是"he had、we had、I had"的缩写方式。为了避免这种误会，最好用完整的拼写方式。（但是，对于"it is"和"it has"这两种表达方式来说，大家都能接受"it's"这个缩写形式："It's good to see you; it's been a long time."）

除了上面这些情况以外，尽可能地使用缩写形式吧。你的文章会变得通顺流畅、节奏明快和朗朗上口。

使用序列逗号

我们有时需要在文中列举一连串并列单词。通常，我们会在列举的最后一个单词前加上"and"或者"or"，同时，我们会在"and"和"or"之前加上一个逗号，这个逗号被称作序列逗号或牛津逗号。一个常见的说法是，序列逗号不对。在大部分使用《美联社写作风格指南》（*Associated Press Stylebook*）的媒体作者中，这种说法尤为盛行，他们的写作风格在不经意间造成了这种困惑。在这种写作风格中，将一串简单列举的并列单词中的序列逗号省去是没问题的，例如：The flag is red, white and blue. 但是，如果这一串并列单词很复杂，或者最后两个单词用在一起会产生歧义，又或者在这一串并列单词中有一个含有连词的单词，那么就必须要使用序列逗号。例如：

> The main points to consider are whether the athletes are skillful enough to compete, whether they have the stamina to endure the training, and whether they have the proper attitude.
>
> I had orange juice, toast, and ham and eggs for breakfast.

《美联社写作风格指南》的要点在于，除了在最短、最简单的并列单词中，都保留了序列逗号。同时，它并没有说在任何情况下序列逗号都是错的。但是并不是所有人都是这样理解的。一些写作者毫无根据地得出了以下的结论：序列逗号是错的，是可以被删掉的。但是，并没有一个已知的权威人士说过这样的话，实际上，序列逗号是正确的。

然而有趣的是，虽然有些写作者会在某些情况下不使用序列逗号，但是他们总是会在文章中使用到一种比逗号的分隔作用更明显的标点符号——分号。但这是不合情理的。这种自相矛盾的写作风格会给文章带来更大的麻烦。不使用序列逗号不仅会破坏文中的平行结构，而且作者不得不考虑在此处不使用序列逗号是否符合美联社写作的要求，这样一来，很容易就会表述不清。

写作专家认为，在任何情况下都应该保留序列逗号。让我们来看看这些专家是怎么说的：

威廉·斯特伦克和 E. B. 怀特有一本备受推崇的著作——《风格的要素》(The Elements of Style)。在这本书中，他们是这样说的：在并列三个以上的事物并只使用一个简单连词的情况下，应该用逗号把这些并列的事物分隔开，在这个连词前也要使用逗号。例如：Red, white, and blue. Gold, silver, or copper. He opened the letter, read it, and made a note of its contents.

对于现代美语用法，威尔逊·弗莱特列举了多达五页的例子，介绍了在不使用序列逗号的情况下会产生的困惑。例如：

"有一句经常会被引用的名言：如果你使用了连词，那么你就不需要使用逗号了。也许这句话本可以用来解决这个问题，但这实际是一个不合格的借口，毫无道理可言。连词，正如这个称呼一样，是一种连接的工具，但是标点符号只能起到分隔的作用。如果坚持把前者当作后者来用，就像非要往严丝合缝的轴承中撒上一把沙子……当你在写'red, white, and blue'的时候，你想表达的意思是'red and white and blue'。这才是标准的并列形式——三个并列的事物，这是不言自明的……在这里，我们的建议是，在一连串并列的事物时，用逗号把每一个事物和其他的事物分开。当然，也包括最后两个事物。我们都知道这样做会避免出现要表达的意思含糊不清的情况。"

对于现代英语用法，H.W. 福勒说："当两个以上的单词、短语或意群一起顺序出现在文章中时，需要在 and 前使用逗号……经常有太多的人不使用牛津逗号，我认为这样做是不明智的。"

《芝加哥格式手册》(The Chicago Manual of Style)指出："当我们在一连串列举的事物中的最后两个事物间使用了连词时，在这个连词前需要使用逗号。例如：Attending the conference were Farmer, Johnson, and Kendrick. We have a choice of copper, silver, or gold. The owner, the agent, and the tenant were having an acrimonious discussion."

《芝加哥格式手册》还指出："在一连串独立从句中，如果最后两个从句是由一个连词连接的，那么在这个连词前应该使用逗号将这两个从句分开。例如：Harris presented the proposal to the governor, the governor discussed it with the senator, and the senator made an appointment with the president."

下面这些著作也都认为序列逗号应该保留：

- 《哥伦比亚标准美式英语指南》(*The Columbia Guide to Standard American English*)
- 《韦氏新大学生词典》(*Webster's Ninth New Collegiate Dictionary*)
- 《韦氏新世界词典》(*Webster's New World Dictionary*)
- 《美国政府印刷局写作风格手册》(*The U.S. Government Printing Office's Manual of Style*)
- 现代语言协会出版的《逐字逐句》(*Line by Line*)，克莱尔·库克著
- 《麦克劳-希尔风格手册》(*The McGraw-Hill Style Manual*)
- 《文字编辑手册》(*The Copy Editor's Handbook*)，艾米·艾因斯霍恩著
- 希普利 (Shipley) 的《职场写作风格指南 (*Style Guide for the Workplace*)》

以上这些工具书毫无例外、自始至终地倾向使用序列逗号。布赖恩·加纳在最近出版的《现代美语用法词典》(*Dictionary of Modern American Vsage*) 一书中指出："在有两个或两个以上并列事物的句子中，

需要使用逗号把每个事物分隔开，其中也包括把最后一个事物和倒数第二个事物分隔开。例如：'The Joneses, the Smiths, and the Nelsons.' 确实有许多人在讨论是否该使用序列逗号。这个问题其实很容易回答，应该。这是因为如果不使用序列逗号会使文章要表达的意思含混不清，而使用了序列逗号则不会有这个问题。"

那么，为什么有些记者会坚持使用一种在文学界闻所未闻甚至是被坚决抵制的写法呢？因为个人习惯和写作传统，除此之外没有其他更好的解释了。（一个新闻编辑部的文字编辑曾经亲口对我说，他们是为了节省字数才不使用序列逗号的。天呀！只要随便删掉一个累赘的短语或一个无关紧要的单词，就能给序列逗号腾出位置来了。）在文章中使用序列逗号可以使文章表述清晰、结构平衡、行文优美，所以没有理由不使用序列逗号。

None 和 couple

另一个常见的流言是"none"和"couple"这类单词通常都是单数概念。

我们知道"none"通常都表示"no one"或者"not one"。但是，这个单词还可以表示"not any"（"any"这个代词既可以是单数概念，也可以是复数概念）。同时，"none"这个单词还可以指"some"或者"several"。如果不是这样的话，那么"none of the members is going"这句话的结构就是正确的，但这句话明显是错误的。我们应该根据句子的具体结构来决定句中的"none"到底是单数概念还是复数概念。如果它明确地表示"no one"或"not one"，那么它就是单数概念，例如："Of the five candidates, none is qualified."这句话强调的是"没有一个候选人"。如果它表示的是"not any"，那么它就是复数概念，例如："None were more pleased with his arrest than his former friends."这句话强调的是"他全部的旧友"。同样，如果紧跟着"none"的名词是复数形式而不是单数形式，那么也要把"none"看作复数概念，例如：None of the queen's dresses were suitable. 但下面这句话中的"none"是单数概念：None of the queen's clothing was suitable.

"couple"到底是单数概念还是复数概念也是由具体的句子来决定的。如果在这两个人中的每一个人都有自己单独的行动，即使这两个人是相互协作的关系，那么"couple"也是复数概念，例如："The couple are seeing their divorce lawyers."如果"couple"在任何情况下都是单数概念，那么这句话就该这样说："The couple is seeing its divorce lawyers."但是，如果两个人做的是同一件事情，那么"couple"就是一个单数概念，例如："The couple is giving millions to the university."

在美语中，集合名词通常都是单数概念，例如company, team, jury, committee, faculty, 等等。也就是说，这些名词对应的代词应该是"it"而不是"they"。当一个集合名词指代的是人时，用"it"指代这个名词就会略显别扭，问题也就随之产生了。在这种情况下，我们可以在集合名词后加上一个名词的复数形式，这是解决这个问题最好的办法。用"faculty members"来代替"faculty"，用"company employees""company managers"或者其他类似的说法来代替"company"，这样一来，随后的代词就是"they"，而不是"it"，使用"they"来指代有生命的物体也就顺理成章了。

英国人从来不会遇到集合名词的问题。他们把集合名词规定成复数概念。例如："The jury are deliberating, the committee are planning, the faculty were present."这种传统是符合语言学的，但美语中没有这种传统。

保留 that

有些写作者和编辑不喜欢"that"这个单词,但是"that"在句中是有作用的。很明显,任何多余的单词都是没用的,但是,如果我们随意删掉有实际作用的"that",那么句子就会变得条理不清、词不达意。例如:

He said technicians later discovered the fire near the control center burned out a section of the cable that relays information between trains and the center.

在一些句子中,我们需要使用"that"来保持节奏,同时使句子条理清晰,上面这句话就是个很好的例子。在读过一遍之后,我们会认为这句话想要表述的是技师们发现了大火,但实际上他们发现的是大火烧毁了一段电缆。如果我们在"discovered"后面加上"that",那么就可以避免这种误解了:

He said technicians later discovered that the fire near the control center burned out a section of the cable that relays information between trains and the center.

在同时包含原因状语和时间状语的句子中,要保留"that",例如:"Our CEO said Wednesday he would step down."CEO 是在周三说的这句话吗?还是他在周三会辞职?一个简单的"that"就能把这句话讲清楚:"Our CEO said Wednesday that he would step down."或者"Our

CEO said that Wednesday he would step down."

另外，在一些单词后需要使用"that"，例如：announce, believe, thought, reveal, declare, understand, assert, assume, allege, 等等。比如"He announced a report accusing her of lying was false." 这句话，第一遍读完后会弄不清作者到底想要说什么，更准确的写法是："he announced that a report accusing her of lying was false." 同样，"they believe the chief witness in this case will take the stand this week."这句话的表述也不清楚，更好的写法是："they believe that the chief witness in this case will take the stand this week."

A 和 an

你绝不会想到像"a"和"an"这样的小词也会给我们带来极大的困扰，但事实就是这样。我们不会在元音之前用"a"，也不会在辅音之前使用"an"，例如我们不会说"a eagle""a incident""an gratuity"和"an historic"。

这看起来是微不足道的小事，但它是令人感到棘手的问题。因为对于类似 an eagle、an incident、a gratuity 和 a history 这样的短语来说，要想写对并不难，难的是把它们写错，所以经常会有人用错"a"和"an"这件事情实在是太奇怪了。之所以会这样，是因为在这样的短语中，元音会容易和辅音发生连读，反之亦然。但是，当元音与元音接连出现时，这两个元音的发音就会发生矛盾。当辅音与辅音接连出现时也是这样。把下面这两组短语大声地读出来，你就会明白我的意思了："an airplane"和"a airplane"，"a book"和"an book"。

我们总是会听到有人会说"an historic"或"an historical"。政

治家会把一次会议称作为"an historic meeting",新闻主播会用"an historic"人物来描述某个人物。

"an historic"这个说法之所以是错误的,是因为我们在念这个短语的时候字母"H"是要发音的。只有当"H"不发音的时候,我们才会使用"an",例如:an heir、an honor。但我们会说"a hair"。

如果以字母"H"开始的单词的重音在第二个音节上,这种错误就更常见了。类似的短语有:an habitual criminal、an hypothesis 或者 an heroic。尽管首字母"H"所在的音节在这类单词中是弱读音节,但是它也还是要发音的。这就解决了这个问题。正如布赖恩·加纳在《现代美语用法》一书中所写的,在此类单词之前的"an""很容易吸引住读者和听众的注意力"。(英国人更能够接受这种写作方法,虽然作为英语用法的权威,R. W. 福勒早在八十年前就曾在著作中提到,当单词的第一个音节是弱读音节并且是以"H"作为首字母的时候,大家对于到底该用"an"还是"a"这个问题并不能达成一致的意见。)

同样的错误也经常会出现在"humble"这个单词身上。"humble"这个单词中的"H"也是要发音的。但问题在于,有些人不会发"H"的辅音,因而会直接把"humble"读成"umble"。这样一来,根据在元音之前要使用"an"这条语法规则,这些人就会说成"an umble person"。但实际上这个单词并不是以元音开始的。据我所知,没有一本字典把"humble"和"humbly"的发音标注成"umble"和"umbly"。

有些人会反对下面这几句话的说法:"An FBI investigation started the whole mess." "It's an NCAA policy." "She has an MA degree."这些人认为在这些句子中的冠词"an"是错误的,因为冠词是出现在辅音字母"F""N"和"M"之前。但这样的观点是错误的。正如我们在前文中说过的,在辅音之前要使用"a",在元音之前要使用"an"。"F""N"和

"M"确实是辅音字母，我们可以在"federal""national"和"master's"这样的单词之前使用"a"。但在上面那些句子中，这些字母是用在缩写组合中的，它们的发音是"eff""enn"和"emm"。

同样，有些单词的首字母是元音字母，但要发成辅音。在这样的单词前就要用"a"。例如"a eulogy"（这里"eul"这个音节的发音是"yule"）、"a uniform"（字母"U"的发音是"you"）、"a Ouija board"（"oui"这个音节的发音是"we"）。我们可以说"an herb"也可以说"an herbal"，因为在美语中，这里的"H"通常是不发音的。但在英语中，这里的"H"就要发音。但是在"herbicide"这个单词中的"H"则是肯定要发音的。

在十九世纪之前的美语中，"a"和"an"这两个单词没有明显的区别。例如在美国宪法中，对规划统一规则的表述是"an uniform rule of naturalization"。但是，到了上个世纪，我们就根据发音规则来决定到底该用"a"还是用"an"了。例如，像"a hour"或者"an history book"这样的短语是很难读出来的，同样，这些短语听起来也很别扭。

以上是在英语中常见的误解和传言。在下一章中，我们会集中讨论大家在写作中经常会遇到的问题。

第 25 章

语言使用手册

写作风格指导

> 我是小时候在自家的餐桌上学习到太阳系的相关知识的。我知道了地球绕着太阳转，月亮绕着地球转。当我成为一名作家之后，有一次我在文章中描写了月亮从西方升起，文学评论家赫歇尔·布里克尔指出了我的错误，我才知道月亮是永远也不会从西方升起的。我从赫歇尔·布里克尔的谆谆教诲中获益良多，他告诉我：一定要确定你把月亮挂在了天空中正确的位置上。
>
> ——尤多拉·韦尔蒂

我已经教了几十年的英文写作，我把在这几十年中经常被问到的关于英文写作的问题全都收集在这一章中。本章包括许多常见的写作风格和技巧，其中有深受写作者偏爱的写作风格和技巧，也有各种常见的写作问题。你可以根据个人喜好选择写作风格。最重要的一点在于，你要拥有属于自己的风格，并且在写作中一以贯之。切记在写作中所使用的方法一定要经过深思熟虑并合情合理。在你深受困扰或急于交稿时，拥有属于自己的固定风格可以使你避免陷于细节的处理而找不到正确的方向。

年龄——使用数字

a.m. 和 p.m.——要用小写

an Hispanic——要写成 a Hispanic

an historic——要写成 a historic

anniversary——anno 和 annus 就是年的意思，因此"one-year anniversary"或者"25-year anniversary"这种类似的说法就是多余的。直接说"first anniversary"和"25th anniversary"就可以了。同样，像"three-week anniversary"或者"one-month anniversary"也是不正确的。

后单引号——例如 P's 和 Q's；POWs 是复数名词，并不是所有格；'90s。

Autopsy——这个单词的本意就是为查死因而作的尸体剖检，因此"autopsy to determine the cause of death"是多余的写法。

Backward——不要写成 backwards

Barbecue——不要写成 barbeQ

Better, best——better 用于两者间的比较，best 用在三者或三者以上。

Capitalization（资本总额）——就不需要再多写一个 capitals（资本）了。

要正确使用大写。不常见的名词才需要大写，例如：President Doe（多伊总统）和 the president（总统），Pope John Paul II（教皇约翰·保罗二世）和 the pope（教皇），the Mississippi River（密西西比河）和 the river（大河）。

对于工作职位来说，只有当这个职位是正式的、特殊的时候，才要大写姓名之前的工作职位。例如：company chairman Don Doe（公司董事长唐·多伊）或 executive editor John Doe（责任编辑某某）或 senior vice president John Doe（高级副总裁某某）；U.S. Trade Representative Sally

Doe（美国商贸代表某某）、Democratic Party Chairman Jane Doe（民主党主席某某）、Prime Minister Jimmy Doe（某某首相）。出现在人名之后的工作职位则不需要大写。在所有的标题中要大写每一个名词。

对于 department 这个单词来说，只有当它用在专有名词中时才需要大写。例如：Department of State 或 State Department（美国国务院）。

对于 city council（市议会、市政局）来说，当这个短语专指某个具体的部门时需要大写，在表示议会成员的时候则需要小写 council member。

一些地区是需要大写的，例如：Gulf Coast（墨西哥湾岸区）；Northern Michigan（北密歇根），Upper Peninsula（密歇根上半岛），Northern California 和 Southern California（北加州和南加州），South Florida（南佛罗里达），等等。但是，我们会说 northern Florida（北佛罗里达）和 upstate New York（纽约上州）。当东南西北表示地理方向时，它们不需要大写。（见下面的《标题》部分。使用字典来确定一些特殊的单词或短语的写法）。

Chaise longue——不要写成"chaise lounge"。

Citizens——在乡村（countries）里住的人叫作老百姓（citizen）。在城市（city）或者州（state）里居住的人叫居民（resident）。生活在君主制国家（monarchy）里的人叫作臣民（subject）。

冒号（colon）——在 be 动词后不要使用冒号。"The three objects of the new plan are:"这样的写法是错误的。这句话应该写成"The new plan has three objectives:" "These are the three objectives of the new plan:" 或者 "Below are the new plan's three objectives:"。

逗号（commas）——下面是一些经常会用错逗号的情况：

- 当在一个名词前同时有多个形容词修饰名词时，不要在每个形容词后都习惯性地加上逗号：例如：

错：His only memory was of a yellow, frame house.

错：He was a charming, young reprobate.

上面两个例句中，在 yellow 和 charming 这两个形容词后不应该使用逗号。Yellow 不只是修饰 house，而是修饰 frame house。同样，charming 修饰的是 young reprobate。如果你不确定的话，可以试着在你想要加逗号的地方加上连词"and"看一看："yellow and frame house""charming and young reprobate"。如果加上 and 后的结构显得很别扭的话，那么就不要用逗号了。正是因为这些形容词是不能被分开的、语法作用相同的修饰词，所以把它们分开后的句子会显得很别扭。下面是两个正确的例子："the turreted red brick tower"，"an angry, ugly dog"。（同见第 23 章中的测试，第七条）

- 在一连串并列名词中，一定要在 and 之前加上逗号。这种写法在英语中已经存在了好几个世纪，直至现在许多人仍旧习惯这种写法。在不会产生歧义的情况下，省略序列逗号是可以接受的做法。但是，文字编辑不应该想当然地就不使用序列逗号。序列逗号不是语法错误，写作者应该习惯使用序列逗号。（在第 24 章中的"使用序列逗号"部分中有更详尽的解释）

- 除非在句中有其他被标点分隔开的部分，否则出现在句首的 and 或者 but 后不能有逗号。例如：

错：And, it was a cold day.

对：And it was a cold day.

对：And, when he had finished the project, he resigned.

错：But, he resigned.

对：But he resigned.

对：But, hoping to avert a crisis, he resigned.

- 在间接引语前的主谓结构前后都要有逗号。

错：After the confrontation, he said the president was angry.

对：After the confrontation, he said, the president was angry.

错：During the meeting, he said the board tried to humiliate him.

对：During the meeting, he said, the board tried to humiliate him.

第一个错句的句义是，当面对质（confrontation）后他说了那句话。实际上这句话的意思是："他说总裁在当面对质后很生气"。第二个错句的句义是，他在会议中说了那番话。但这句话的真正意思是："他说董事会在会议上试图当面羞辱他。"

- 在标准英语语法中经常会用逗号把"too"和其余的句子成分分隔开，例如："He said that he, too, was going."但如果是在一个简单句中，并且"too"被用在了句尾，那么通常情况下可以省略逗号，例如："I am going too."
- 在一个含有连词的复合句中，如果连词后的成分可以组成一个完整的句子，那么要在该连词前加上逗号。如果在连词后的句子成分只是短语的话，那么该连词前就不能加上逗号，例如：

对： She is going, but she doesn't want to.

对： She is going but doesn't want to.

• 最常见的用错逗号的情况有两种。一是句中出现了城市名或州名，二是在句中出现了年月日这些表示时间的单词。这些时间和州名的前后都要加上逗号，例如：

对： He went to Los Angeles, Calif., on March 30, 2003, after receiving a summons from the chief.（请注意出现在"Calif."和"2003"前后的逗号）

让我们再看这样一个例句："She has been in Denver, Colo., since June 1995."当句中出现的时间只有年月，而没有日期的时候，就不用加逗号了。

在另一个例句中，"He was in Washington D.C., before that."在这句话中，因为 D. C. 并不是一个州名，所以在"Washington"这个城市名后不用加逗号。

Dove —— dive 的过去式是 dived

Eponym（名祖）——见《同名》部分

Espresso ——浓缩咖啡并不是"expresso"

et. al., e.g., i.e. —— et. al. 的意思是"及其他"，e.g. 的意思是"例如"，i.e. 的意思是"也就是说"。它们都要小写并且用斜体。因为拉丁文缩写形式在文中会显得非常突兀，同时只有在特殊情况下才需要使用它们，所以最好还是用正常的英语短语"and others""for example""that is"。

etc. —— 当 etc. 出现在句中时，在它前后都需要有逗号。

Everyday 是个形容词；every day 是个副词 —— everyday tasks; he wears it every day.

Female —— 当这个词表示女性的时候不要将它当作名词来用。只有在用来修饰动物时或特殊的情况下，这个词才能当作名词用，比如在医学领域、统计数据、警方报告和社会学调查中。除此之外，无论是在普通还是在专业文章中，这个词都当作形容词来用。

错：The author is a female.
对：The author is a woman.

Free rein —— 并不是 "free reign"。这个短语的意思是完全的行动自由。

Hang on to, hold on to —— 不是 "onto"。

Historic, historical —— historic 的意思是在 "历史上重要的"。Historical 的意思是 "与历史有关的"。

Hoi polloi —— 这是一个希腊语短语，意思是民众、大众。这个短语前不能加 "the"，也不能用这个短语来表示精英或者上层阶级。

Holdup 是一个名词，hold up 是一个动词短语。

Housewife —— 绝大部分写作指导中都会用 "homemaker" 来代替 "housewife"。

Irregardless —— 双重否定在这里是错的，要用 "regardless"。

Kindergartner —— 不要写成 "kindergardner"。

Lady —— 除非是一个正式的头衔，例如 "Lady Diana"，或者用它来形容优雅的举止，否则，大部分写作指导更倾向于使用 "woman"。当用它来形容优雅的举止时，一定要确定这个词是适合的，没有丝毫屈尊俯就的意思。

Likely——不要把 likely 当作"probably"来使用。并不是所有以 -ly 结尾的单词都是副词，likely 也不是副词。它是一个形容词，和 probable 的意思是一样的，而不是 probably。因此，likely 和其他形容词的用法一样，要跟在"be"的后面，例如："The situation is likely to worsen."而不能说成："The situation likely will worsen."

错: They likely will go.
对: They are likely to go.
对: They probably will go.

Literally——这个词的意思是"实际上"，是"figuratively（比喻的）"的反义词。在打比方的时候不要用这个单词。如果你说一个乐队"literally"爆炸了，那么这个乐队就是真的爆炸了。

Makeup 是个名词，make up 是个动词短语，make-up 是个形容词。

Media——它是 medium 的复数形式。

Mid——除非它用在大写单词或数字之前，否则一般情况下在 mid 后不需要加短横线"-"。

Mini——一般情况下不需要短横线"-"，例如：miniseries, miniskirt, minibus。

Minuscule（小写的）——不是"miniscule"。

Moslem——大部分写作指导更倾向于使用"Muslim"。

Namesake（同名），eponym（名祖）——namesake 是指同名的人或同名的事。第一个使用该名的人或事则被称为 eponym，例如："German engineer Rudolf Diesel was the eponym for the diesel engine."

Near miss（几乎发生的事情）——这个结构是不符合逻辑的。一个险些错过的目标实际上就是直接命中的目标。

Non——一般来说，在 non 后面不需要短横线"-"，例如：nonprofit, nonsmearing。但在某些特殊的名词前或在一个别扭的结构中例外。

Numerals——对数字的基本要求：从一到九要使用完整的拼写。两位数以上的数字要使用阿拉伯数字，例如："nine days ago, 10 days ago."尽量不要在句首使用阿拉伯数字。

One of the only——这是错误的写法。要写成"one of the few"或者"some such"。

Orient 是一个动词，orientation 是一个名词——不要写成"orientate"。Orient 这个名词的意思是指一个地理区域。

Parentheses（小括号）——当句子中要使用逗号时，标点符号要出现在小括号后面。例如：

- Would you prefer to have the banquet Sunday（if everyone else approves）?
- I'd prefer Sunday（if everyone else approves.）
- After they nominated Jim（instead of me!），they called for a vote of acclamation.
- She didn't want the job（or so she said），and no one pressed her on the issue.

Percent（百分数）；%——在文章中要使用百分数的完整拼法，百分号则要使用在表格、图标、单据、列表，等等情况下。

Police office——大部分写作指导都不建议使用"policeman""police-woman"或"cop"这样的单词。

州名的邮政缩写——在文章中要使用通用的州名缩写。在列表、图表和表格中则要使用标准缩写形式。因为各州的州名缩写在慢慢发生变化,所以经常会带来一些问题,例如读者会弄不清 AR 到底是指 Arkansas 还是 Arizona,MA 到底是 Maine 还是 Massachusetts 还是 Maryland,MI 到底是 Michigan 还是 Minnesota。

Quotations(引号),**ellipses**(省略号),**brackets**(括号)——在句中出现的引号中使用的省略号是三个点。省略号不能出现在引语的句首,直接用引号即可。出现在句尾的省略号是四个点,其中最后一个点是句号。

- 括号是出于编辑目的加入的插入符合。这种写法会打乱阅读节奏,因此只有在必要的情况下才能使用。尽量不要在引语中过多地使用括号。如果引语的内容表述得不是很明确,编辑不得不反复对其进行解释,那么才可以在句中使用括号。如果需要删减括号中的内容,那么就需要在括号中使用省略号。这样做同样也会打乱阅读的节奏。与其用括号对复杂的引语进行烦琐冗长的解释,还不如用自己的话把引语解释一遍。

Quotations(引号),**periods**(句号)和 **commas**(逗号)——在美式英语中,句号和逗号都要写在引号内。

Reason is because, reason why——这是多余的。尽量不要写出这样的句子:"the reason they canceled the meeting is because so few members showed up." 应该这样写:"they canceled the meeting because" 或者 "the reason they cancelled the meeting is that…." "reason why"这样的表达同样是多余的。"The reason why she works is to pay her tuition"这句话应该这样写："She works to pay her tuition"或者"The reason she works is to pay her tuition."

Re-creation——当这个词表示再次创造而不是休闲放松的时候，要在 re 后面加上短横线"-"。

Round trip 是个名词，round-trip 是个形容词。

Scot, Scots, Scottish——苏格兰正确的写法是"Scotland"，不要写成"Scotch"。

船名——要大写。应该用"it"来代指一条船，而不是用阴性代词。

sic.——表示因此，所以的拉丁文。在引用的材料中不能使用，否则就是用词错误。最好用"thus"和"so"来代替 sic.。

single most, single best, single biggest, etc.——single 不能修饰这些形容词最高级形式。要把 single 放在它确实修饰的词之前，例如：most important single moment, best single day, biggest single donation。其实这些短语都是不需要 single 的。

Spit and image——不要写成"spittin image"或"spitting image"。

Temblor——这个词的意思是地震。不能写成"trembler"。

The past decade, the past 10 years, etc.——这些时间当然是已经过去了，所以"过去十年"要写成"the last decade""the last 10 years"。

These 是指前方的、即将发生的；those 是指后方的、已经发生过的：These are the new officers; those were the officer last year.

时间跨度——应该写成"from 7 to 9 p.m."，不要写成"from 7-9 p.m."；或者写成"between 7 and 9 p.m."，不要写成"between 7-9 p.m."。

标题——以下是不同类型文章对应的标题格式：

- 参考书目需要大写，但不需要使用斜体，也不需要用引号。

    Webster's New Collegiate Dictionary

    Texas Almanac

    The Dimwit's Dictionary

    Webster's New World Thesaurus

- 主要的宗教书籍名字需要大写，但不需要使用斜体，也不需要用引号。

    Holy Bible; Bible

    Book of Common Prayer

    Book of Mormon

    Second chapter of the Koran

- 书籍和其他类型的文章：对于出版的书籍、宣传册、会议记录和汇编、期刊、报纸，以及报社单独印发的专栏——*New York Times Book Review*《纽约时报书评》，标题和副标题都要使用斜体。

- 电影、戏剧、电视剧、广播剧的名字都要用斜体。在一季电视剧中单独一集的名字需要使用引号。（见下）

- 短篇小说、短篇诗歌、散文、歌曲、演讲、研究报告，未出版的作品的名字要用引号。如果是长诗，名字要用斜体。描述性的课程名字也需要用引号，只说明了教学场地的简短的课程名称则不需要，例如：English 101, biology, physics, beginning Spanish, conversational French, 等等。

例1：He read The Waste Land, "The Lovesong of J. Alfred Prufrock," and "Kubla Khan" in a college course, "Poetry for the Novice."

例2：During Professor Tweedle's favorite lecture, "The Archetype of the Mask in Claude Levi-Strauss' book, The Raw and the cooked," the raucous Texas audience suddenly began singing "Oklahoma!"

- 对于一部作品中的各个部分来说，要使用引号，例如：一本书中的各个章节；一部文选、一本百科全书、一份报纸、一本杂志中的每篇文章；一部交响乐中的每篇乐章；一部连续剧中的每一集；等等。

例1：The reader was referring to an article in The Dallas Morning News headline "Elderly man kills wife, himself."

例2：Next week's offering on Mystery! will be "Colonel Mustard in the Library With a Knife."

当在一部大部头的作品中包含许多小系列时，无论是整个作品的名字还是每个小系列的名字都要使用斜体。而其中每个单独部分的名字则需要使用引号进行标注。例如：

Masterpiece Theatre will presents the episode "Casualties" tonight on its Fortunes of War series.

- 流行歌曲：专辑的名字要使用斜体，每首歌的名字要使用引号进行标注，例如：

"One Way Ticket," a single from Blue, was a hit more than a decade ago.

- 古典音乐：歌剧、清唱剧、赞美诗、交响诗和任何有情节导向的作品，即讲述了一个完整故事的作品。对于这些音乐形式来说，它们的标题都要使用斜体，例如：Carmen、维瓦尔第的 Four Seasons。

- 在大型歌剧和交响乐中，每首单曲的歌名都要用引号标注，例如：

"Spring" from The Four Seasons

- 对于交响乐、奏鸣曲、协奏曲这些只有曲调的音乐形式来说，它们的名字不需要用引号标注，也不需要使用斜体，例如：

Beethoven's Symphony No. 6

Adagio from the Fifth Symphony

对于比较长的乐曲来说，如果它们有其他的名字，或是有描述性的名字，那么这些名字需要使用斜体，例如：

William Tell Overture

Beethoven's Emperor Concerto

Beethoven's Symphony No. 6 is also known as The Pastorale.

• 画作和雕塑：对于油画、素描、雕塑以及其他艺术作品来说，它们正式的名字需要使用斜体。如果它们的名字是非官方的，但是约定俗成的，那么则需要大写，但不需要使用引号标注。例如：

The Thinker by Rodin; Rodin's Thinker

Hogarth's series of drawing The Rake's Progress

The official name of Leonardo's Mona Lisa is La Gioconda.

• 软件和光盘：对于操作系统、程序、工具、游戏和参考文件来说，它们的名字需要大写，但不需要使用引号标注，例如：DOS, Quicken, Eudora, Monopoly, Encarta。

• 对于标题来说，第一个和最后一个单词需要大写，同时还要大写标题中的主要词汇，包括名词、动词、形容词、副词以及从属连词，例如 if, because, as, that, 等等。需要小写的有：冠词 a, an, the; to, 无论是用作介词还是不定式；并列连词 for, and, nor, but, or, yet, so; 少于四个字母的介词。如果介词由四个或四个以上的字母组成，则需要大写。对于这一点，虽然不同的写作指导书中的解释略有差异，但主流的写作指导书中的解释都是统一的。如果标题中过长的介词使用小写的话，即使在语法上并没有什么错误，但这些介词看起来总是很别扭。类似的介词有：between, toward, beyond, among, with, from, 等等。例如：

"What Kind of Fool Am I?"

"What to Listen For"

Stopping by Woods on a Snowy Evening"

"Hand in Hand With a Man Called Dan"

"Thirteen Ways of Looking at a Blackbird"

• 要把整个标题看作一个单数名词，需要使用动词的单数形式作为它的谓语，例如：Brief Lives is considered a biographical companion to the arts.

• 在文中引用标题时，对标题中出现的冠词 a, an 或 the 使用斜体会让句子看起来很别扭，因此在以下情况的标题中不需要使用冠词：

冠词用在名词所有格或物主代词前：

错：Hoffer's philosophy was well presented in the The True Believer.

对：Hoffer's philosophy was well presented in his True Believer.

冠词用在形容词或另一个冠词前：

错：She cited a The Oxford Universal Dictionary definition.

对：She cited an Oxford Universal Dictionary definition.

• 标题不能被作用 on 或者 about 这类介词的宾语，因为这类介词本身就已经指定了话题：

错：In his well-known book on Modern English Usage, Fowler discusses the use of italics for emphasis.

对：In his well-known book, Modern English Usage, Fowler... .

对：in his well-known book on English usage, Fowler... .

Toward——不能写成"towards"。

Verbal agreement（口头协议）——如果这个协议真的是"口头"的，那么就不要使用这个短语。Verbal 的准确释义是词语的、书面的和口头的。因此，一个 verbal agreement 既可以是书面的协议，也可以是口头的协议。如果这个协议不是写在纸上的话，那么最好用"oral agreement"或者"spoken agreement"这样的短语。

Wait——和 wait 搭配使用的介词是 for，并不是 on，除非你想说的是"伺候顾客吃饭"（wait on tables）。

Zero——尽量不用毫无意义的阿拉伯数字，例如：要把 7:00 p.m. 写成 7 p.m.。但是 7:30 p.m. 这样写是可以的；要把 $1,000,000 写成 $1 million；要把 $1,600,000,000 写成 $1.6 billion。

授权与致谢

在此对于以下授权谨表示深深的致谢：

Chapter 1

Excerpt from *The Right Stuff* by Tom Wolfe. Copyright © 1979 by Tom Wolfe. Reprinted by permission of Farrar, Straus and Giroux, LLC.

Excerpt from *The Night Manager* by John le Carré. Reprinted by permission of Ballantine.

Chapter 15

Random House, Inc. and Sterling Lord Literistic (Canada and UK) for *Simisola* by Ruth Rendell.

From A Traitor to Memory by Elizabeth George, copyright © 2001 by Susan Elizabeth George. Used by permission of Bantam Books, a division of Random House, Inc.

Reprinted with the permission of Scribner, an imprint of Simon and Schuster Adult Publishing Group, from *Writing for Story* by Jon Franklin. Copyright © 1986 by Jon Franklin.

Chapter 14

The Dallas Morning News for David Casstevens article.

Chapter 16

Random House, Inc. for *Shake Hands Forever* by Ruth Rendell.

Two very brief quotations from pp. 169, 228 from *Bandits* by Elmore Leonard. Copyright © 1987 by Elmore Leonard. Reprinted by permission of HarperCollins Publishers Inc.

Excerpt from pp. 54-6 from *Cuba Libre* by Elmore Leonard. Copyright © 1998 by Elmore Leonard. Reprinted by permission of HarperCollins Publishers Inc.

Chapter 17

Excerpt from *Coming Into the* Country by John McPhee. Copyright © 1977 by John McPhee. Reprinted by permission of Farrar, Straus and Giroux, LLC.

Excerpt from *The Night Manager* by John le Carré. Reprinted by permission of Ballantine.

Reprinted with the permission of Scribner, an imprint of Simon and Schuster Adult Publishing Group, from *Innocent Blood* by P.D. James. Copyright © 1980 by P.D. James.

Random House, Inc. for *A Certain Justice* by P.D. James.

Random House, Inc. for *A Taste for Death* by P.D. James.

The Dallas Morning News for Russell Smith and David Casstevens excerpts.

Chapter 18

Random House, Inc. for *Devices and Desires* by P.D. James.

Random House, Inc. for *Deception on His Mind* by Elizabeth George.

Random House, Inc. for *Atonement* by Ian McEwan.

Reprinted with the permission of Simon and Schuster Adult Publishing Group, from *Catch-22* by Joseph Heller. Copyright renewed © 1989 by Joseph Heller.

Random House, Inc. for *Missing Joseph* by Elizabeth George. *The Dallas Morning News* for Rick Holter excerpt.

Chapter 19

Little, Brown and Company for *Le Convict and Other Stories* by James Lee Burke.

Excerpt from *A Small Town in Germany* by John le Carré. Reprinted by permission of Pocket Books.

The Dallas Morning News for excerpts from Brad Bailey, Jeremy Gerard, and Christine Wicker.

Chapter 20

Reprinted with the permission of Scribner, an imprint ofSimon and Schuster Adult Publishing Group, from *On Writing:A Memoir of the Craft* by Stephen King. Copyright © 2000 by Stephen King.

出版后记

无论是写新闻报道、人物传记、广告文案还是小说或戏剧，写作者首先需要牢记一点：写作的本质在于实现表达与交流。

好的写作可以传递信息、输出价值观、引发共情、获得审美享受，作者与读者彼此依赖，又各自有所创造。而糟糕的写作，无论糟糕的原因是什么，必然会导致表达与交流环环受挫，甚至彻底失败。或许我们无法真正定义何为"好的写作"，不同的文体、风格及审美需求可能对应着不同的标准，但对于所谓的"糟糕的写作"，我们每个人都可以说出几乎类似的感受——"这到底是什么意思？""太啰嗦了，一句话说了三遍。""这样的表述太有歧义了吧。""枯燥无聊，根本读不下去。"废话连篇、词不达意、扭捏作态、枯燥乏味——不管你打算写什么，这都是必须克服的问题。

作者保拉·拉罗克有三十余年写作教学经验，本书包含了其在教学与实践过程中总结出的各种写作规范与有用的技能，这些规范与技能适用于所有文体的写作，旨在为所有患"写作困难症"的读者提供真正的"一站式"服务。本书共分三部分，第一部分为写作的基本原则和指导建议，主要解决的是写作中"如何更高效地沟通"这一问题，做到下笔时更切中要害、简洁而真诚。第二部分涉及叙事文写作中"讲故事"的技巧，主要解决的则是"如何吸引读者"的问题。要想吸引读者，讲故事是最好的方法。拉罗克多年来一直在研究"故事原型"及其对读者的影响，在这部分内容中，她娴熟、老练地告诉我们如何运用"原型"的力量对读者提出问题，让读者充满期待，并推动故事发展。而这种"讲好一个故事"的方法不仅在小说写作中是有效的，还可以运用到非虚构文学及其他文体的写作中。第三部分则为英文写作风格手册，拉罗克列举了大量单词、语法、标点、文体规范及常见错误，读者可以根据自身的需要随时查阅。

在阅读完这本书后，你可能会羞愧万分，惊讶于自己曾犯过如此多"不可饶恕"的错误；也可能恍然大悟，发现学习写作没有想象中那么困难——毫无疑问，书中的所有写作原则与规范并非"金科玉律"，但都是非常有用的试金石。

服务热线：133-6631-2326　188-11142-1266

读者信箱：reader@hinabook.com

后浪出版公司

2019 年 3 月

图书在版编目（CIP）数据

写作之书 /（美）保拉·拉罗克著；张铮译. -- 南昌：江西人民出版社，2019.5
ISBN 978-7-210-11186-3

Ⅰ. ①写… Ⅱ. ①保… ②张… Ⅲ. ①文学创作 Ⅳ. ①I04

中国版本图书馆CIP数据核字(2019)第028950号

The Book on Writing: The Ultimate Guide to Writing Well
Copyright © 2003 by Paula LaRocque.
Simplified Chinese edition copyright:
2019 Ginkgo (Beijing)Book Co., Ltd.
All rights reserved.

本书中文简体版由银杏树下（北京）图书有限责任公司出版。

版权登记号：14-2019-0027

写作之书

作者：［美］保拉·拉罗克（Paula LaRocque）　译者：张铮
责任编辑：冯雪松　特约编辑：王婷婷　张怡　筹划出版：银杏树下
出版统筹：吴兴元　营销推广：ONEBOOK　装帧制造：7拾3号工作室
出版发行：江西人民出版社　印刷：北京天宇万达印刷有限公司
690毫米×960毫米　1/16　19印张　字数213千字
2019年5月第1版　2019年5月第1次印刷
ISBN 978-7-210-11186-3
定价：49.80元
赣版权登字 -01-2019-44

后浪出版咨询(北京)有限责任公司常年法律顾问：北京大成律师事务所
周天晖 copyright@hinabook.com

未经许可，不得以任何方式复制或抄袭本书部分或全部内容
版权所有，侵权必究
如有质量问题，请寄回印厂调换。联系电话：010-64010019